歴史文化ライブラリー
617

平家物語の合戦
戦争はどう文学になるのか

佐伯真一

吉川弘文館

目　次

頼朝の東国合戦　頼朝の敗北・復活と三浦一族の奮戦

義仲の戦い　木曽冠者の進撃と朝日将軍の最期

『平家物語』の合戦をどう読むか――プロローグ

戦いを物語る

『平家物語』が合戦を描いた文学であることはよく知られているだろう。源平合戦、現代の用語では治承《じしょう》・寿永《じゅえい》の乱の現実が、そこにはかなりの程度反映されている。しかし、合戦の現実とは、多くの場合、目を背けたくなるような悲惨なものである。それを語ることがなぜ「文学」になるのだろうか。「文学」という言葉では定義があいまいだとすれば、人々の共感を呼ぶ物語になるのはなぜなのか、と言い換えてもよい。人はなぜ戦いを物語るのだろうか。それはもちろん簡単に答えの出せる問題ではないが、合戦を扱う軍記物語などの古典文学の中には、その答えの端緒が、いくつも見え隠れしているはずである。特に『平家物語』は、そうした端緒を多様に内在させている作品である。

たとえば、一ノ谷合戦では、息子と同じ年頃の美少年敦盛《あつもり》を心ならずも討ち取って涙にくれる熊谷直実《くまがいなおざね》の話がある。世阿弥《ぜあみ》の能「敦盛」や浄瑠璃・歌舞伎「一谷嫩軍記《いちのたにふたばぐんき》」のもとにもなった、日本文学を代表する物語である。だが、それは、猪俣則綱《いのまたのりつな》が越中前司盛俊《もりとし》をだまし討ちにした、美談とは対極にあるような物語と並んでいる。武士たちは、手柄を立てて恩賞を得るために戦っていた。そのような、生活の糧を確保するために人を殺す非人間的な戦場の現実を基盤として、「文学」が生まれているのである。

一方、屋島《やしま》合戦で那須与一《なすのよいち》が扇の的を射た話も有名だろうが、これは、はるか遠くで風に揺れている小さな扇を射るという、離れ技を語る物語である。橋合戦《はしがっせん》で、一来法師《いちらいほうし》が橋《はし》桁《げた》の上で戦いながら浄妙房明秀《じょうみょうぼうめいしゅう》の肩を躍り越えたという曲技の類も同様である。現代の私たちがスポーツを観戦して、速球を打ち返すホームランや、ディフェンスの間をすり抜けるシュートに拍手を送るように、合戦における妙技は素朴な賞賛の対象だった。そして、観客席でお祭り騒ぎが始まるように、そうした合戦物語は祭りにつながっている。戦の中に織り込まれた妙技は、作り物などの形で祭礼の重要な要素となった。橋合戦で浄妙房と一来法師が演じて見せたパフォーマンスは、祇園祭の山鉾《やまほこ》「浄妙山《じょうみょうやま》」として、今でも祭りの一角を担っている。こうした話は、戦場の現実を伝えるというよりは、戦いの妙技・曲技を面白く華々しく伝えて、人々の目や耳を楽しませたのだが、これもまた、人々の共感を呼ぶ物語であった。その他にも、『平家物語』には、さまざまに異なった性格の合戦物語が存在する。

合戦記事の多様性

だが、それらは、作者がさまざまな合戦を巧みに書き分けたということではない。『平家物語』に描かれる多くの合戦について述べる前に、前提として述べておきたいのは、この作品が、一人の著者によって順次書かれていった、小説のような作品ではないことである。二〇世紀中頃までの研究では、『平家物語』も、もともとは一人の作者によって創作された作品だったと考えられていた。純一で小規模な作品だったものが、次第に雑多な要素が加わってふくれあがっていった結果、現在見る『平家物語』ができあがったというように。しかし、現在の研究では、『平家物語』は最初からさまざまな資料を継ぎ合わせてできた、パッチワークのような側面を持つ作品であるということが、ほぼ常識化している。そして、そうした特徴は、合戦記事において、特にはっきりと表れるのである。

『平家物語』の成立について記す現存最古の文献である『徒然草《つれづれぐさ》』第二百二十六段は、『平家物語』作者の「信濃前司行長《しなののぜんじゆきなが》」が、琵琶法師の生仏《しょうぶつ》に物語を教えて語らせたのだとしつつ、「武士のこと、弓馬の業《わざ》は、生仏、東国の者にて、武士に問ひ聞きて、書かせけり」とする。これは、『平家物語』成立から約百年後の伝承であって、もとより直ちに事実とはいえないが、貴族に属する作者が合戦を描くには、自分の筆で自由に書けるわけではなく、武士に「問ひ聞」くことが必要だったと意識されている点は注目すべきだろう。実際には、さまざまな「問ひ聞き」がなされていたのではないだろうか。

前述のように屋島合戦や橋合戦はパフォーマンスを楽しむような話が多く、一方、一ノ谷合戦にはリアルな生々しい話が多い。大まかに言えば、一つ一つの合戦ごとに性格が違うのだが、これはまだ話を単純化した言い方である。実は、橋合戦も屋島合戦も一ノ谷合戦も、それぞれが、いくつもの話の継ぎ合わせによって成っているわけで、どの合戦記事も、その成り立ちは単純ではない。分解して見てゆけば、一つの合戦物語の中に、さまざまの小さな話が織り込まれていることが見えてくる。

そうした一つ一つの話は、戦場から何らかの経路をたどって伝えられたものであろうが、その中には、戦場の実相をそのままに伝えたものもあれば、人々の想像力によって大きく変形された上で、『平家物語』形成の場にたどり着いたものもあるのだと考えられる。もちろん、そうした材料の上に、物語の作者・編者が机上で加えた脚色も加わるわけだが、それ以前に、そもそも根本的に性格の異なる話が、物語の中に混在しているのである。合戦に関するさまざまな物語は、合戦が物語られる理由がさまざまであることを、そのまま示しているわけである。

『平家物語』の合戦記事を読んでゆけば、さまざまな欲求に従って、さまざまな方向に発展した物語が語られていたことが見えてくる。それを子細に観察し、考察してゆくことは、人間が戦うとはどういうことであるかを考えることにつながってゆくだろう。以下、合戦の歴史的な経過をたどり、物語の順を追いながら、主な合戦について述べてゆく形で記述を進めてゆくこととする。

『平家物語』の諸本

だが、本題に入る前に、もう一つ説明しておかねばならないことがある。『平家物語』には多くの異本がある。しかも、異本の数が多いだけではなく、諸本間の相違が非常に大きく、ほとんど別作品かと見られるようなことも多い。実際、異本の中には、「源平盛衰記《げんぺいじょうすいき》」「源平闘諍録《げんぺいとうじょうろく》」のように、『平家物語』という名を捨ててしまったものもある。しかしそれらは同時に、「『平家物語』諸本」としか呼びようのない内容的共通性を抱えてもいる。一つの作品の範囲内に収まる側面と、互いに別の作品という側面とを同時に抱えているのが、『平家物語』の諸本なのである。その中の一つだけを見て、「『平家物語』にはこう書いてある」といっても、「いや、別の『平家物語』にはそんなことは書いていません」といわれてしまうことがいくらでもある。しかも、その中でどの本が古い形なのか、『平家物語』本来の形を伝えているのか、判断は容易ではない。どれもが本物の『平家物語』なのである。

そのため、『平家物語』研究では、常に少なくとも十種類ぐらいの異本に目配りして異同を確認しながら考えることが必要になるが、本書では煩雑を避けて、諸本の問題についてはできるだけ簡略な記述を心がけることにする。それでも、次のような点は記憶にとどめておいていただきたい。

まず、諸本は大きく二つの系統に分けられる。語り本系と読み本系である。現在一般に読まれているのは語り本系である。語り本は琵琶法師の語りの台本に用いられたと見られる系統で、中でも、南北朝期の琵琶法師明石覚一《あかしかくいち》によって定められた覚一本《かくいちぼん》が、岩波書店の「日本古典文学大系」や小学館の「日本古典文学全集」など、多くの注釈書の底本となり、現在最も一般的に読まれている。語り本系には、他に、部分的に古い形をとどめているともいわれる屋代本《やしろぼん》や、新潮社の「日本古典集成」の底本とされた百二十句本《ひやくにじつくぼん》をはじめ、非常に多くの異本があるが、『平家物語』諸本全体の多様さの中に置いてみれば、語り本系諸本相互の相違はそれほど大きなものではない。

次に読み本系には、延慶本《えんぎょうぼん》・長門本《ながとぼん》・源平盛衰記・四部合戦状本《しぶかっせんじょうぼん》・源平闘諍録などの異本があり、相互の違いは非常に大きい。二〇世紀中頃までの研究では、『平家物語』の古い形をとどめているのは語り本系であると考えられていたが、現在では、むしろ読み本系の方に古い形が残っているというのが通説である。とりわけ、古い部分が多いと見られるのが延慶本である。本書でも引用することが多い。ただし、延慶本には独自の加筆もあり、全体が古い姿を残しているわけではない。『平家物語』の諸本は、どれも、古い姿を伝える部分もあれば、独自に改作・改訂された部分もあるものとして、比較・対照しながら読まねばならない。

また、長門本・源平盛衰記は、延慶本と類似する面の多い詳細な読み本系異本である。『平家物語』には十二巻本が多いが、長門本は二十巻、源平盛衰記は四十八巻にふくれ上がっている。長門本は延慶本に近く、延慶本の誤りや改作を訂《てい》し得る場合がある一方、後代の増補改訂記事もある。源平盛衰記（以下しばしば「盛衰記」と略記）は、書名が『平家物語』ではなくなっているために、別作品のように扱われることもあるが、これも『平家物語』の異本である。盛衰記は興味深い独自記事が多く、江戸時代には歴史事実を伝える書物として広く読まれた。これら三本に対して、四部合戦状本・源平闘諍録は簡略な本文を、真名《まな》表記（基本的に漢字のみによる表記）で記している。どちらも一四世紀頃に関東で成立したものと見られる。その他、語り本系の巻と読み本系の巻の双方を取り合わせた南《なん》都本《とぼん》のような本も含めて、多種多様な異本が存在する。

本書では、『平家物語』の多くの諸本に目を配りながら、基本的には覚一本によって記述を進める。しかし、必要に応じて延慶本やその他の諸本に言及することも多い。原表記は異本によって平仮名・片仮名・真名表記などさまざまだが、本書では漢文的表記は書き下し、カタカナ交じりをひらがな交じりに変えたり、仮名表記を漢字に置き換えるなど、適宜、読みやすく改めている。

橋合戦

以仁王の乱と異能の悪僧たち

以仁王の乱

『平家物語』が最初に描く本格的な合戦が、巻四「橋合戦《はしがっせん》」である。奈良へ逃げようとした以仁王《もちひとおう》と、それを追う平家との戦いだが、まずは以仁王の乱について、簡単に解説しておこう。

以仁王の野望

以仁王（一一五一～八〇）は、後白河院《ごしらかわいん》の第三皇子であった。母は藤原季成《ふじわらのすえなり》の娘、成子《しげこ》。兄の二条《にじょう》天皇や、弟だが後白河院に愛された建春門院《けんしゅんもんいん》の子高倉《たかくら》天皇の陰に隠れて、不遇な皇子であった以仁王は、親王宣下も受けず、かといって出家もしない中途半端な立場のまま、青年期を終えていた。そして、治承二年（一一七八）十一月、高倉天皇と平徳子《たいらのとくこ》（建礼門院《けんれいもんいん》）の間に皇子（安徳《あんとく》天皇）が生まれ、翌月皇太子となったことで、以仁王の皇位継承の望みはほぼ絶たれた。しかし、治承三年十一月、後白河院を幽閉していわゆるクーデターを敢行した清盛《きよもり》に対して、人々の批判は高まった。治承四年二月に安徳天皇が皇位についたことは、平家の権力が絶頂に達したことを意味するが、それは同時に大きな反発を呼んでいたわけである。

そうした中で、以仁王は平家を倒し、父後白河院を解放して、自ら皇位につくという野望を抱いたものだろうか。『平家物語』では、以仁王にはそんな野望など全くなかったのだが、平家に私怨を抱いた源《みなもとの》頼政《よりまさ》がたきつけたのだと描く。しかし、単なる頼政の私怨に原因を求めるのは現実的ではないだろう。現在では、以仁王にもおそらく皇位への野心があり、以仁王の背後にある勢力、すなわち母成子の実家である閑院家《かんいんけ》や、女性ながら実力者であった八条院などがそれを支援していたのではないかとする見方が有力視されている。

宇治橋の戦い

ともあれ、以仁王は寺院勢力などと連携した反乱を計画していたようだが、治承四年（一一八〇）五月、その情報が平家に漏れ、追捕《ついぶ》の官人が向かった。しかし、以仁王は危ういところで御所を抜け出し、三井寺《みいでら》（園城寺《おんじょうじ》）に逃げ込んだ。有力寺院である三井寺に逃げ込めば、平家も簡単には手出しできない。以仁王は、しばらく三井寺に籠もって、延暦寺《えんりゃくじ》や興福寺《こうふくじ》などの大寺院、そして諸国の武士に助けを求める令旨《りょうじ》を多数送ったようである。中でも、鍵を握っていたのが、三井寺の隣の比叡《ひえい》

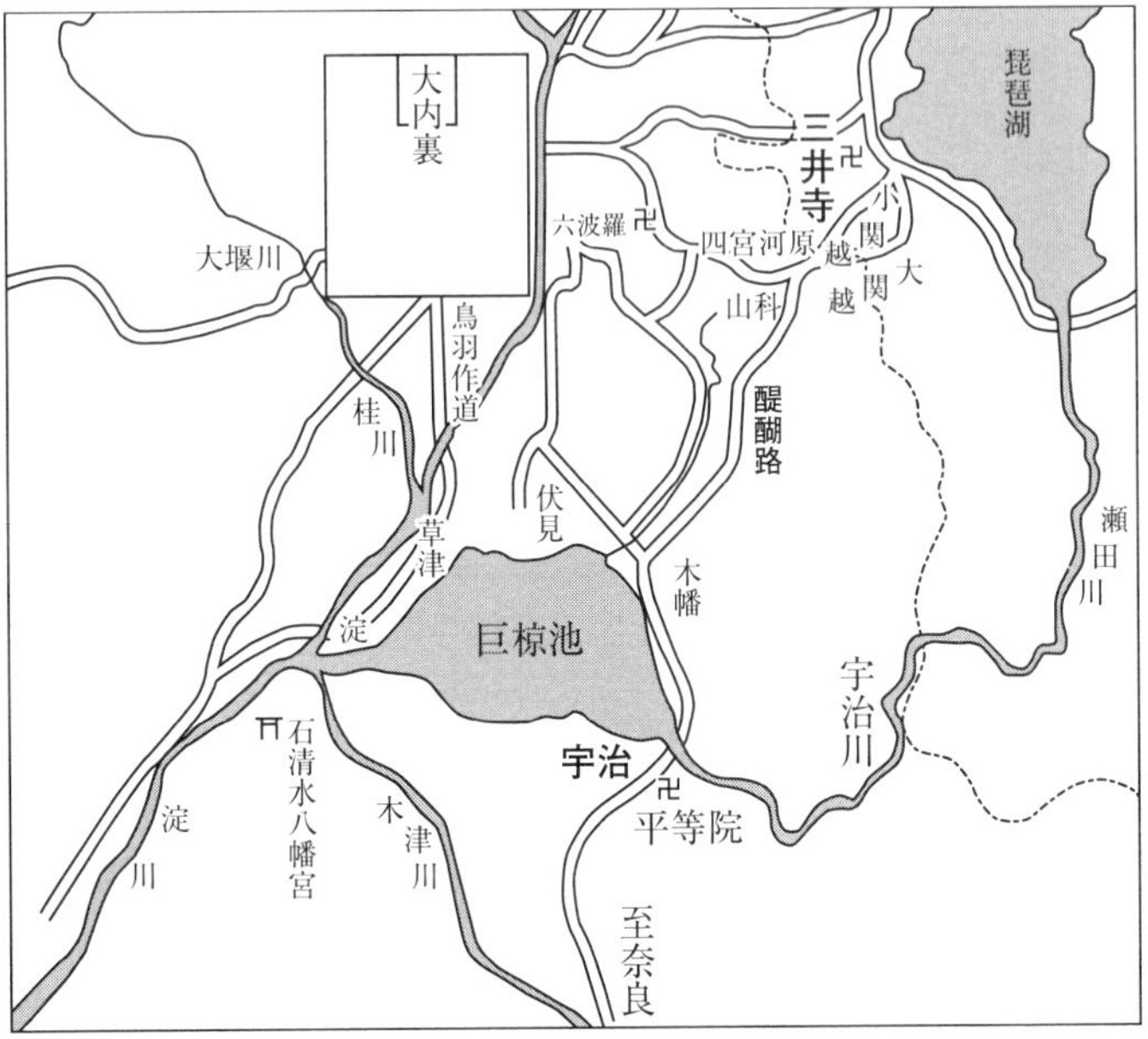

図1　三井寺から奈良へ

山《ざん》上に位置を占める延暦寺であった。延暦寺が味方についてくれれば、平家を相手に戦えるというのが、以仁王の狙いだっただろう。しかし、延暦寺では親平家派と反平家派が複雑な争いを展開し、結局、反平家派は敗れた。延暦寺が味方についてくれない限り、三井寺にいつまでもとどまっているのは危険である。そこで、以仁王は三井寺を出て、奈良（南都）へ向かって逃げた。奈良では、興福寺を中心とした寺院の大勢力が、以仁王を迎えようとしていたのである。

三井寺から奈良へは、醍醐路《だいごじ》（大和街道）を通って宇治に出、宇治橋を渡って行く道筋である。この時代、宇治の西側には、広大な巨椋池《おぐらいけ》が広がっていた（近代に干拓されて消滅）。平安京と平城京の間の交通は、巨椋池の東側か西側を通るしかなかったが、西側を回るのは遠回りであるため、東側の宇治で宇治川を渡るのが便利であった。宇治が古くから交通の要衝とされ、宇治橋がかけられていたのは、そのためである。

三井寺から宇治までは、およそ一二㌔ほどの道のりだが、『平家物語』によれば、以仁王はその間に六度も落馬したという。平安貴族は、もともと武士のようには馬に乗らないが、まして、以仁王は激動の日々に疲れ切っていたのだろう。やむを得ず、宇治橋の南側にある平等院《びょうどういん》に入って、しばらく休むことにしたと、『平家物語』は語っている。平家も直ちに追っ手を派遣し、宇治橋辺で追いついた。奈良へ逃げ込まれては一大事なので、相手が皇子とはいえ、容赦はできない。そこで、五月二十六日の朝から、宇治橋を挟んで熾烈な戦いが展開されることになった。

壮大な虚構

ここまでの事実経過について、正確なことはわからないが、三井寺に籠もっていた以仁王が奈良へ向かい、宇治橋・平等院の周辺で合戦があったことなど、『平家物語』が伝える基本的な経過は、おおよそ事実と認められるだろう。しかし、そこから先の合戦そのものの規模に関しては、『平家物語』には大きな虚構がある。

覚一本《かくいちぼん》では、この時の平家勢を、知盛《とももり》・重衡《しげひら》・行盛《ゆきもり》・忠度《ただのり》を大将軍とした二万八千余騎であると描いている。これは、ほとんど平家の総力を挙げた軍勢ということになろう。それに対する以仁王側の軍勢は、頼政の手勢と三井寺の悪僧《あくそう》たちを合わせて一千人とされている。延慶本《えんぎょうぼん》では平家二万余騎、以仁王三百余騎とされ、覚一本に比べればだいぶ少ないが、それでも平家側は大変な数である。

ところが、当日の様子を伝える藤原兼実《かねざね》の日記『玉葉《ぎょくよう》』五月二十六日条によれば、平家は三百余騎、以仁王はわずか五十余騎であったという。軍記物語の合戦叙述に誇張はつきものだが、三百余騎を二万八千余騎とした、百倍近い誇張はさすがに珍しい。いったいなぜ、これほどの壮大な虚構がなされたのだろうか。

考えられる最大の要因は、この合戦が後々に残した歴史的な意味の大きさである。この合戦は、平家政権打倒に至る内乱の最初の合戦であったが、問題はそれだけではない。話をいささか先取りするが、以仁王はこの合戦で敗れ、命を落とす。しかし、以仁王が発した令旨は一人歩きして、頼朝《よりとも》や義仲《よしなか》の挙兵をもたらすのである。皇位継承も可能な後白河院の皇子が発した令旨は、諸国の源氏が錦《にしき》の御旗《みはた》とするに足る権威があった。しかも、実は以仁王は生きているという風説が流れ、その令旨の力を一段と強めたようである（水原一〔一九七九〕に詳しい）。

以仁王令旨によって挙兵した頼朝や義仲が、やがて平家を滅ぼす。その意味では、以仁王令旨こそが平家を滅ぼしたのだとさえいえる。そうした意味では、橋合戦は、全国を巻き込んだ大きな動乱全体の始まりそのものだったわけである。そうした歴史的な意味の大きさが、この合戦の叙述を過剰にふくらませる要因となっていたのではないだろうか。

だが、どんなに重要な位置づけがなされたとしても、それだけで合戦の物語を語れるわけではない。物語を語るには、具体的な肉付けが必要である。また、橋合戦の虚構は、単なる数の誇張ではない。戦いの描写そのものが、現実離れした内容を多くはらんでいるのである。しばらくは覚一本に沿って、物語を読んでゆこう。

ホラ話の幕開け

以仁王を平等院で休ませるにあたって、その軍勢は、宇治橋を三間《けん》引き外していた。橋の真ん中辺で、柱と柱の間三つ分の橋板を外し、橋桁《はしげた》の骨組みだけにしてしまって、騎馬では渡れないようにしたのである。宇治川さえ渡らせなければ、時間が稼げるという算段であった。ところが、攻め寄せてきた平家二万八千余騎は、そうとは知らず、我先にと進んでくる。橋を渡りかけた先陣部隊が、橋板を外してあることに気づき、後ろの方に向かって「橋をひいたぞ、あやまちすな」と呼びかけたが、その声は届かず、後ろからはどんどん押してくる。先頭を切って橋を渡ろうとした二百余騎は押されて宇治川に落ち、おぼれて流されてしまった。

いきなり、壮大なホラ話である。物語は、

大将軍には、左兵衛督《さひょうえのかみ》知盛、頭中将《とうのちゅうじょう》重衡《しげひら》、左馬頭《さまのかみ》行盛、薩摩守忠度《さつまのかみただのり》、侍大将《さぶらいだいしょう》には、上総守忠清《ただきよ》、其子上総太郎判官忠綱《ただつな》、飛騨守景家《かげいえ》、其子飛騨太郎判官景高《かげたか》、高橋判官長綱《ながつな》、河内判官秀国《ひでくに》、武蔵三郎左衛門有国《ありくに》、越中次郎兵衛尉盛継《もりつぐ》、上総五郎兵衛忠光《ただみつ》、悪七兵衛景清《あくしちびょうえかげきよ》を先として、都合其勢二万八千余騎、木幡山《こはたやま》うちこえて、宇治橋のつめにぞ押し寄せたる。

と、景気のいい記述に続けて、これを語るので、読者もつい勢いに乗せられて読んでしまうのだが、先にも見たように平家勢は実際には三百余騎程度だった。二百余騎も川に落ちてしまったら、それだけで壊滅である。いや、仮に二万八千余騎だったとしても、こんなことが実際に起きるとは考えにくい。橋を引くのはこうした場合の常套手段で、当然予想されることである。それに気づいたのが橋を渡り始めた後だったというのは、何とも間の抜けた話である。しかも、先陣は後ろから押してくる部隊に落とされたというのだが、騎馬の武者たちが後ろから押してくるというのはどんな状況なのか。狭い橋の上で、押しくらまんじゅうのように、後ろの馬が前の馬の尻に鼻面を押しつけてぐいぐい押したとでもいうのだろうか。現実の情景を想像すると、あり得ない話だと思われるのである。

だが、これは、この後に続くホラ話の集成ともいうべき橋合戦の幕開けとしては、実にふさわしい話なのであった。

合戦か曲芸大会か

悪僧の大活躍

いきなり二百余騎が川に落ちるという幕開けに続いて描かれるのは、三井寺の悪僧《あくそう》たちの大活躍である。「悪僧」とは「僧兵」とおおよそ同じ意味の言葉である。「僧兵」の方がなじみがあるかもしれないが、これは寺院勢力が戦わなくなった江戸時代の言葉であり、三井寺のような大寺院には戦闘部隊がいるのが当然であった中世には、「悪僧」の語が用いられていたので、ここでも「悪僧」を用いる。「悪僧」の「悪」は、「強い」「猛烈な」といった意味で、必ずしも悪い意味ではない。

ともあれ、三井寺の悪僧の活躍が目立つのが、『平家物語』の橋合戦である。以仁王が引き連れていたのは、頼政の手勢と三井寺の悪僧たちだったようだが、前述の『玉葉』や、中山忠親《なかやまただちか》の『山槐記《さんかいき》』といった日記では、頼政一党の奮闘は記されても、三井寺の悪僧については記されない。悪僧がほんとうに奮戦したのかどうか、事実は不明なのだが、『平家物語』では、橋合戦の主役は悪僧たちなのである。だが、以下に登場する悪僧たちの素姓はほとんどわからない。身分の低い「堂衆《どうしゅ》」と呼ばれる階層の悪僧が多いようである。

最初に登場するのは、五智院《ごちいん》の但馬《たじま》である。大長刀《おおなぎなた》の鞘《さや》を外して橋の上に進んできた但馬に対して、平家の「究竟《くっきょう》の弓の上手ども」は、一斉に矢を射かけた。しかし、但馬は平然と立ち向かった。

　但馬、すこしもさわがず、上がる矢をばついくぐり、下がる矢をば躍《おど》りこえ、向かつてくるをば長刀で切つて落とす。敵《かたき》も味方も見物す。それよりしてこそ、「矢切《やぎ》りの但馬」とはいはれけれ。

上の方に飛んできた矢は身を低くしてくぐってよけ、下の方に飛んできた矢は飛び越えてよけ、そして、正面から飛んできた矢は長刀で切って落としたというのだが、くぐったり飛び越えたりはよいとして、正面から飛んでくる矢を切って落とすというのは実際には無理ではないだろうか。野球のボールでも、正面から飛んで来たら打ち返すのは難しい。ましてこれは、手で投げたボールではなく、弓で射た矢なのである。あるいは、体をかわしてよけながら切ったとするのかもしれないが、よけられるなら矢を切る必要もない。「矢切り」は現実にはあり得ないスタンド・プレイというべきだろう。「敵も味方も見物す」

とあるように、これは実戦的な技ではない。わざわざ矢を切ってみせる、見世物らしい曲技なのである。以下、悪僧たちは次々に、こうした超現実的な技を披露してゆく。

浄妙房明秀の射芸

「矢切りの但馬」は前座のようなもので、続いて登場する浄妙房《じょうみょうぼう》明秀《めいしゅう》こそ真打ちである。明秀は、「かちの直垂《ひたたれ》に、黒皮威《くろかわおどし》の鎧《よろい》きて、五枚甲《かぶと》の緒《お》をしめ、黒漆《こくしつ》の太刀をはき、廿四《にじゅうし》さいたるくろぼろの矢おひ、ぬりごめどうの弓に、このむ白柄《しらえ》の大長刀とりそへて」と、全身真っ黒だが長刀のみ白という印象的なスタイルで登場、「日頃は音にも聞きつらむ、今は目にも見給へ。三井寺にはそのかくれなし。堂衆《どうじゅ》のなかに、筒井の浄妙明秀《じょうみょうめいしゅう》といふ一人当千《いちにんとうぜん》の兵物《つわもの》ぞや。われと思はむ人々はよりあへや。見参《げんざん》せむ」と名乗りを上げると、二十四本差した矢を次々と放った。「やにはに十二人射殺して、十一人に手負せたれば、えびらに一《ひとつ》ぞ残つたる」という著名な場面である。

箙《えびら》に二十四本の矢を差して出てくるのは、『平家物語』の合戦の通例だが、明秀は、その矢ですぐさま十二人を射殺し、十一人に負傷させたところで、矢は一本残っていたという。つまり、二十三本の矢を放って二十三本とも命中させ、しかも、そのすべてが敵に傷を与え、さらにその半分は致命傷だったという。すさまじい射芸である。実際には、放った矢のすべてを命中させるのは至難の技だし、敵も鎧を着ているのだから、体のどこかに当たったからといって傷つけ得るとは限らない。鎧の弱点に命中するか、矢の威力が強いために鎧の裏へ矢が突き通ることを「裏かく」というが、裏かく矢か、あるいは顔面など露出した部分に命中した矢でないと、敵を負傷させることはできない。まして、一本の矢で敵を即死させるのは、きわめて困難なことであるはずだ。射た矢がすべて命中し、その過半数が敵を射殺したというのは、野球で言えば、打率十割、その半分以上がホームランというような、とてつもないバッターということになろう。これまた大変な誇張である。

明秀は、矢を射尽くした後、弓を投げ捨てて、狭い橋桁を走り渡った。

つらぬきぬいではだしになり、橋の行桁《ゆきげた》をさらさらさらと走り渡る。人はおそれてわたらねども、浄妙房が心地には、一条・二条の大路《おおじ》とこそふるまうたれ。

橋桁を渡るのは体操の平均台の上を渡るようなものだが、もし踏み外して、鎧を着たまま川に落ちてしまえば、溺死がほとんど避けられないのだから、危険なことはこの上ない。しかし、明秀は平気で渡りきり、敵勢の中に突入した。

長刀で向かふ敵《かたき》五人なぎふせ、六人にあたる敵に会うて、長刀中《なぎなた》よりうち折つて、捨ててけり。その後、太刀を抜いて戦ふに、敵は大勢也、蜘蛛手《くもで》・角縄《かくなわ》・十文字・蜻蛉返り《とんぼうがえり》・水車《みずぐるま》、八方すかさずきつたりけり。やにはに八人斬り伏せ、九人にあたる敵が甲《かぶと》の鉢《はち》にあまりに強う打ち当てて、目貫《めぬき》のもとよりちやうど折れ、くつと抜けて、河へざぶと入りにけり。頼むところは腰刀《こしがたな》、ひとへに死なんとぞ狂ひける。まずは長刀で戦い、長刀が折れると太刀で戦い、太刀も折れると腰刀で戦って、大奮戦を演じたのである。

一来法師の跳躍

そこに後ろからやって来たのが一来《いちらい》法師である。一来法師は明秀の前に出ようとしたが、橋桁の上では明秀の横をすり抜けることはとてもできない。そこで一来はどうしたか。明秀の兜に手を置いて、「悪《あ》しう候《そうろう》、浄妙房」（ちょっとごめんよ、明秀さん）と声をかけつつ、明秀の肩を躍り越えて戦ったというのである。橋桁の上で、長刀などを持ったまま肩を躍り越えてみせるというだけで十分に曲技的だが、敵の矢が盛んに飛んでくる、あるいは目の前に武器を持った敵がいる、その正面でこの跳躍をやってみせるのだから、これまた大変な見せ場なのである。それは、実戦的な技の力を誇張したと見られる浄妙房明秀の射芸に比べて、はるかに見世物的である。

一来法師の跳躍は、後世の絵画では、しばしば、明秀の肩の上で宙返りをしているように描かれる。現在の祇園祭の浄妙山では、一来の体は宙返りというほど傾いてはいないが、江戸初期、海北友雪《かいほうゆうせつ》の描いた祇園祭礼図では、やはり宙返りをしているように描かれているので、この図柄の起源はそれなりに古いのだろう。だが、もちろん、戦場で宙返りをしてみせる必要などあるわけがない。『平家物語』諸本の本文でも、宙返りをしたと描かれてはいない。

それでは、後世の絵師や職人たちは、ただ思いつきでこんな絵を描き、作り物を作ったのだろうか。あるいは、本来は実戦的な行為であった跳躍を、見世物的に歪曲したのだろうか。そうではあるまい。おそらく、一来法師の跳躍は、もともと見世物らしい曲技なのであって、それを宙返りに仕立てた絵師たちは、その本質を最大限に引き出して見せたに過ぎないと考えるべきだろう。

図２　寛文十二年（1672）版『平家物語』挿絵　国立公文書館デジタルアーカイブより

『平家物語』では、一来は、明秀の肩を躍り越えて戦ったと描かれた直後に、「一来法師打死《うちじに》してんげり」と、すぐに討死してしまう。簡素な記述が、思い切りの良い文章として評価されたりするところではあるが、むしろ、一来法師はこの跳躍を見せるためにのみ登場しているので、用がすんだらすぐに退場するのだと考えておく

図3　小堀鞆音『宇治橋合戦図』　『弦廼舎画迹』（工芸社，1933年）より

べきだろう。但馬の「矢切り」も、明秀の射芸や橋桁渡りも、一来の跳躍も、現実離れしたパフォーマンスとしての面白みによって語られているのではないか。

延慶本の「水車」

さて、ここまで覚一本によって読んできたが、より多くの古態をとどめるとする説が有力な延慶本の橋合戦ではどうだろうか。実は、延慶本では、こうした曲技の競演とでもいうべき性格が、より顕著である。

その典型は、矢切りの但馬に見られる。覚一本では「五智院の但馬」の名だったが、延慶本では「矢切ノ但馬明禅」の名で登場し、やはり橋の上で敵の矢を防ぐのだが、そのやり方がいささか異なる。覚一本では、前述のように、矢をくぐったり躍り越えた

りしてよけ、正面から飛んできた矢を切って落としたというのだが、延慶本の但馬（明禅）は、「水車」を回したという。

明禅長刀をふりあげ、水車をまはしければ、矢、長刀にたたかれて、四方にちる。春の野に東方《とんぼう》の飛《とび》ちりたるに異ならず。

これはいったいどういうことか。明禅は、長刀を水車のように回して、矢をはじき飛ばしたというのである。回転式の羽根で雪をはじき飛ばすロータリー車のように、長刀を激しく回転させて飛んでくる矢をはじき飛ばし、はじかれた矢は、春の野に虫が飛び散るように（「東方」は遊糸、つまり糸を引いて飛ぶ蜘《く》蛛《も》ともいわれる）、四方八方に飛び散ったというわけである。小堀《こぼり》鞆《とも》音《と》の近代日本画「宇治橋合戦図」が描いているのが、この様子であろう（但馬の水車の件は源平盛衰記にも同じように描かれているので、小堀はおそらく、源平盛衰記によったものと思われる）。

「水車」の語は、先に見た覚一本の浄妙房明秀の戦いに「蜘蛛手・角縄・十文字・蜻蛉返り・水車」とあったように、太刀を自由自在に使って戦う様の描写にも用いる。また、

図4　長刀を回す男（『石山寺縁起』）　石山寺所蔵

長刀の「水車」は、たとえば、『太平記』巻八で、延暦寺の豪鑑《ごうかん》・豪仙《ごうせん》という悪僧が、「四尺余の大長刀水車に廻して、跳懸々々《とびかかりとびかかり》、火を散《ちらし》てぞ切たりける」と描かれるが、これは敵に斬りかかる直前に長刀を振り回している様子である。このように、実戦で長刀を振り回すのに「水車」の言葉を用いる例は少なくないが、それらはあくまで敵を斬る技に関わる形容であり、長刀を回転させて矢をはじき飛ばしたりするものではない。

「水車」と芸能

そこで見ておかねばならないのが、源平盛衰記巻四十二で、那須与一が扇の的を射た妙技を讃えて、平家の十郎《じゅうろう》兵衛尉家員《いえかず》が舞う場面の、次の記述である。

甲をば著《つ》けず、引立《ひきたて》烏帽子《えぼし》に長刀を以て、扇の散たる所にて水車を廻し、一時舞《まい》てぞ立たりける。

これは、戦闘ではなく、舞と結びついた芸能的なパフォーマンスである。長刀を水車のように回したという表現は、こうした芸能的な所作と関わるのではあるまいか。そこで気になるのが、『石山寺縁起《いしやまでらえんぎ》』巻二第二段の、長刀の柄の中程を持ち、回転させているように描かれる男の絵である。この絵を解説する詞書はないが、真剣な顔で長刀を回すこの男は、周りの人々から面白がられると同時に、少々危険視されているようにも見える。鞘もつけない長刀を回転させてみせるのは、危険を伴う所作であり、それだけに注目を集めたのだろう。その意味では、火のついたたいまつを振り回すファイアー・ダンスのようなものだろうか。

図５　長刀を持つ男（『年中行事絵巻』）
『日本絵巻大成』（中央公論社，1977）より

　長刀を用いた芸能らしきものの存在は、『年中行《ねんちゅうぎょう》事《じ》絵巻《えまき》』巻十一の稲荷《いなり》祭《まつり》の場面にも見える。長刀を持った男が周囲から注視されている絵である。この絵では、これから長刀をどのようにして見せるのか、よくわから

ないが、稲荷の祭礼という空間で、周囲の者たちがこの長刀を持った男に注目していることは興味深い。祭礼のような場で、長刀を用いて人目を引く曲技的なパフォーマンスが存在したことは確かだろう。そうした芸能は、「長刀振り」等の名称で、各地の民俗芸能に残っている（植木〔二〇〇一〕）。

延慶本の「水車」は、むしろ、そうした芸能的な所作との類縁性を有するのではあるまいか。そもそも、矢を防ぐためには楯を持つ方がよほど効果的であるはずで、わざわざ長刀を回転させて矢をはじき飛ばす意味は全くない。もし意味があるとすれば、奇抜な技で人目を引くことだけであろう。

では、「水車」とは、具体的にはどのような所作なのだろうか。実戦的な武具研究の観点から、長刀の使用法について考察した近藤好和〔二〇〇〇〕は、『石山寺縁起』の例が、長刀を「実際に水車にまわしている図」であると指摘し、その動作は、「今日のバトンをまわすように、長刀を回転させている」ものと見る。筆者は近藤の指摘によってこの絵に気づいたものであり、その指摘に共感する。ただし、『石山寺縁起』の図については、バトンのように三六〇度回転させるのではなく、相撲の弓取式《ゆみとりしき》や狂言「棒縛《ぼうしばり》」の棒術のパフォーマンスなどに見られるように、手首を返して素早く左右に振り、弧を描いているのだと読みとる可能性もあろうか。

潜水の超人

延慶本の橋合戦で異能を発揮する悪僧は、これだけではない。円満院大輔慶秀《けいしゅう》は、負け戦になった頃に登場し、宇治川を泳ぎ渡って対岸に逃げ、捨てぜりふを残して去ってゆく以外、ほとんど役割が与えられていないので、あまり注目されないが、この悪僧の逃げっぷりには驚くべきものがある。延慶本によれば、慶秀は敵に追われて、鎧を着たまま宇治川に飛び込み、「水の底をくぐりて」向こう岸に上がったという（覚一本では「円満院大輔源覚」だが、水の底をくぐったとする点は同様）。「水の底をくぐった」とはどういうことか。八坂系の中院本《なかのいんぼん》が「水のそこをはひ（這ひ）」とするのが参考となろう。彼は、鎧を着たまま水の底を這って宇治川を渡ったというのである。

そんなことができるものかと笑う読者もあろうが、この当時、水練《すいれん》（水泳の達人）とは、そのような、とんでもない長時間の潜水に耐えられる人物だと信じられていたようである。たとえば、壇ノ浦合戦で敗れた平家の侍大将、越中次郎兵衛盛次《もりつぐ》・上総五郎兵衛忠光《ただみつ》・悪七兵衛景清《かげきよ》・飛騨四郎兵衛景俊《かげとし》等は、延慶本によれば、「究竟の水練にてありければ、海の底をづぶにはいて」逃げ延びたという。狭い海峡とはいえ、壇ノ浦の海底を這って海岸まで逃げられるのであれば、宇治川を這って渡るぐらいは楽なものだろう。

あるいは、源平盛衰記巻四十二の屋島合戦、那須与一の扇の的に続く記事では、伊勢三郎義盛《よしもり》の郎等《ろうどう》「大胡小橋太」なる人物が、やはり究竟の水練の上手で、「半日も一日も」

水底に潜っていることができたと語られる。さらに、慈光寺本《じこうじぼん》『承久記《じょうきゅうき》』巻下、大井戸の渡河戦で、瀬踏《せぶ》みを命じられた武田六郎信長の郎等荒三郎も、水底を一時ほど這って対岸に渡ったとされる。

もちろん、現代の科学的知識からいえば、何時間も水中にとどまり、水底を歩いて渡るなどということは不可能である。私たちの感覚では、水練とは水上を早く巧妙に泳ぐ能力のことであって、長時間呼吸を止めて水中に潜り続ける能力のことではない。だが、この時代には、おそらく、海人の潜水泳法などから類推して、水練の達者にはこうした長時間にわたる潜水も可能と考えられたものであろう。慶秀は、そうした人物の一人として描かれている。つまり、一見ただ逃げ延びただけに見える慶秀の逸話も、実は矢切の但馬や一来と同様に、一種の超人的な異能を誇示する物語なのである。

雷房の大声

最後に、雷房鏡鑁《いかずちぼうきょうばん》の記事を見ておこう。「法輪院ノ荒土佐鏡鑁」という悪僧は、三十六町以上（約四キロ）先まで声を響かせる、とてつもない大声の持ち主だったので、「雷房」というあだ名をつけられていたという。雷房はその大声で、対岸の平家に声をかけ、川を渡れない臆病さをあざ笑ってみせるのだが、別段、戦力として何かの役に立ったわけではない。大声が役に立つこともあるだろうが、敵に打撃を与え得るような能力ではないのは明らかである。橋合戦では、雷房の大声による挑発は、結局、敵の足利又太郎忠綱《ただつな》の渡河（後述）を招き、自軍の敗戦をもたらしたともいえる。

だが、大声は、剛の者のしるしではあった。『平家物語』以外では、大声で広く知られたのは雷房ではなく、皮肉なことに、雷房の挑発に応えて渡河を実現した足利又太郎忠綱であったが。忠綱は、『吾妻鏡《あずまかがみ》』治承五年閏《うるう》二月二十五日条によれば、「末代無双の勇士」であり、三つの点において特異な人物であったという。その三つとは、第一に百人分の力を持つこと、第二に十里に響く大声の持ち主であること、第三に歯が一寸（三センチ）もあることだったという。歯が一寸もあったと言われても、それがどうしたという感もあるが、ともあれ、特異な肉体の持ち主だったというわけである。忠綱の大声については、千里も届いたと記す書もある（続群書類従本『秀郷流系図《ひでさとりゅうけいず》』）。

他に、『理慶尼《りけいに》の記』（武田勝頼滅亡記）では、安倍《あべ》貞任《さだとう》・宗任《むねとう》兄弟が、顔の大きさは三尺（約九〇センチ）四方もあり、声は百里に聞こえたと描かれている。これらも、実際にはあり得ない誇張だが、多分に空想的・伝説的な、大音声《だいおんじょう》を語る類型があったのだろう。特別に強い武者とされる人物については、こうした特異な能力が語り伝えられたのではないか。雷房の逸話も、異能を語る物語の一つであろう。実戦的な意味が薄く空想的であるからといって、矢切の但馬や一来と区別するのは、あまり有意義な議論とは思えない。一来の宙返りも、但馬の矢切りや「水車」も、実戦的な意味がないこと、空想的であることにかけては、およそ雷房にひけをとらないはずである。

以上のように見てくれれば、橋合戦における悪僧たちの活躍とは、およそ現実的な合戦描写とはほど遠い、異能比べ、曲技の競演であるといえよう。現代ならば、「びっくり人間」などと呼ばれてテレビ番組に取り上げられるような特異な能力を持った者たちが、合戦の場を借りて次々に芸を披露している、そういう物語なのだといってよいだろう。

合戦物語の現実と空想

橋合戦はリアルか？

さて、橋合戦の悪僧の活躍場面を読み進めてきたが、以上のような読解は、筆者が提唱してきたもので、現在ではそれなりの理解を得ているつもりだが、以前から一般的な読解であったとはいえない。では、以前はどう読まれてきたのか。ここで、橋合戦に関する従来の研究史を振り返ってみよう。

そもそも、戦後の『平家物語』理解として、戦乱の体験に基づいた民衆の声が「語り」を通じて物語にとり入れられ、それによって『平家物語』は、それ以前の文学にはなかった新たな表現を獲得し、生き生きとした文学となることができたのだ——といった構図がある。現在でも、中学・高校の教育現場では一般的な教え方ではないかと思われる。橋合戦はそうした構図のあてはまる典型的な例として扱われ、かつては教科書にも多く取り上げられてきた。たとえば、谷宏は、「矢切りの但馬」というあだ名から、その由来を語る「語り物」が、「平家成立の以前にすでにひろくゆきわたっていた」と想定し、益田勝実〔一九五六〕は、そうした「いくさがたり」は、合戦の体験者たちによって語りはじめられたからこそリアルであり得たのだと考えた。新たに勃興する階級が、自らの体験に基づいて合戦を語り、そうした「語り」を取り入れることによって、『平家物語』は新しいリアルな文学たり得たというわけである。

こうした考え方自体が有効性を失ったわけではない。平安時代までの文学があまり取り上げなかった合戦という話題を、具体的で生き生きとした口語を交えて表現し得たのはなぜだったのか、天才的な文筆家がいたのだというような説明ですませることは不可能だろう。『平家物語』が成立する以前にこうした合戦を語る「語り物」がほんとうに存在したのかといわれれば、あったともなかったとも論証はできないが、それは、『平家物語』の生成をめぐる一つの有力な想定である。また、戦場の実体験を語る伝承が『平家物語』に取り入れられたという想定は、部分的にはおそらく正しい。この点は、次章で小坪坂《こつぼざか》合戦について考えるように、ある程度まで論証も可能である。

しかしながら、問題は、「体験談に基づくリアルな語り」という想定を、橋合戦の悪僧の活躍場面にあてはめようとしたところにある。右に見てきたような悪僧たちの描写を、

「生き生きした」「迫真の」描写と評するのはよい。とりわけ、矢が尽きた後の浄妙房明秀の突撃場面などは、人間の動きを具体的・躍動的に活写している。こうした叙述が、平安時代までの文学に見られなかったことも事実であろう。

だが、但馬や一来の描写などは、常識的な意味では「リアル」という言葉にはあてはまりそうにないような誇張に満ちている。いや、問題は、ただ誇張があるということではない。そもそも戦場の事実を伝えようとする姿勢ではなく、合戦に関わる曲技の面白みを語ろうとする姿勢によって、これらの場面が語られていることであろう。

まじめな読解の陥穽

悪僧たちの戦いぶりを、現実の体験のリアルな再現と読むとすれば、どのような読解になるだろうか。たとえば、難波喜造は、覚一本の矢切りの但馬について、「大向うを感心させるためなどではさらさらなく、敵方の「究竟の弓の上手ども」を挑発して、彼らの矢を一本でも多く消費させるために」矢切を演じて見せたのだと解した。但馬の活躍が、「その後に続く明秀の突撃にとって、どれほどの助けとなったか計り難い」と考えたわけである。現実的な合戦記述として橋合戦を読もうとすれば、但馬の「矢切り」にはこうした意味を与えるしかあるまいが、もともと「敵も味方も見物す」と描かれるような、つまりは「大向こうを感心させる」見世物的なスタンド・プレイである「矢切り」を、こうした現実的な意味に還元しようとするのは苦

表1　諸本対照表

覚一本（語り本）	延慶本	長門本	源平盛衰記	四部合戦状本
平家軍兵落河	**明秀奮戦**	**明秀奮戦**	矢合わせ	平家方五派渡河
矢合わせ	一来法師	一来法師	平家軍兵落河	**明秀奮戦**
矢切の但馬	渡辺党橋桁渡	渡辺党橋桁渡	**明秀奮戦**	渡辺党橋桁渡
明秀奮戦	**矢切の但馬**	平家軍兵落河	渡辺党橋桁渡	**矢切の但馬**
一来法師	円満院大輔逃走	**矢切の但馬**	一来法師	平家軍兵落河
忠綱馬筏	平家軍兵落河	平家軍兵落河	平家軍兵落河	忠綱馬筏
	雷房	忠綱馬筏	**矢切の但馬**	
	忠綱馬筏		雷房	
			平家軍兵落河	
			忠綱馬筏	

しい読みである。

『平家物語』の記述に従う限り、圧倒的多数の平家勢は、但馬一人に矢を射かけたところで矢が不足するはずはない。また、但馬の行為が明秀の突撃を助けるという読解は、まず但馬が、続いて明秀が登場するという覚一本などの構成では可能であるとしても、読み本系の諸本では不可能である。『平家物語』諸本の橋合戦の記事構成は、諸本で大きく異なっており、右の対照表に見るように、矢切りの但馬が明秀の奮戦よりも前に位置しているのは語り本系の諸本だけで、読み本系諸本ではいずれも但馬の活躍が後回しになっている。但馬が明秀よりも後から出てくるのでは、難波のように読むことはできない。

難波などの論文が書かれた時期には、読み本系に古態を見るという説はいまだ有力ではなかったので、これら諸本への顧慮が不足しているのはやむを得ない。より大きな問題は、『平家物語』の合戦記事の多様性への理解不足であり、戦場の体験が現実的な合戦伝承を生み、それが『平家物語』に取り入れられてリアルな叙述を形成するという図式を、橋合戦にそのまま当てはめようとしたところにあろう。

いや、さらに大きな問題は、合戦を語るということを、戦場体験の再現というような、きまじめな方向でのみ理解しようとしていたことであろう。スタンド・プレイの面白みを狙ったホラ話などが古典文学として価値を持つわけがない、民衆が育てた語り物は、自らの体験を真剣に語る文学であったはずだ——というようなまじめな思い込みが、理解を誤らせたのではないだろうか。実際には、人々はばかばかしいホラ話ともいうべき超人的な曲技の話を大喜びで聞くこともある。合戦の物語に対する人間の興味のあり方は多様であり、『平家物語』はその多様さを反映している。そのような理解が必要なのである。

足利忠綱の馬筏

さて、宇治における以仁王と平家の戦いを「橋合戦」と呼ぶのは、覚一本の章段名によることだが、章段名の由来は、宇治橋の上で悪僧が繰り広げた戦いにあろう。しかし、この合戦は、橋上の戦いではなく、平家勢がいわゆる「馬筏《うまいかだ》」によって馬を泳がせて川を渡ったことによって決着する。覚一本『平家物語』の記述によれば、橋を渡れないことに業を煮やした平家方の侍大将上総介忠清《かずさのすけただきよ》が、巨椋池の西側への迂回を提案すると、下野国住人の足利又太郎忠綱が進み出て、「迂回していては間に合わない。目の前にいる敵を討たずに奈良へ逃げ込ませては一大事である。坂東では、新田入道が利根川を馬筏で渡ったこともある」と述べて、一族郎等を引き連れて川に飛び込み、馬筏を作って川を渡りきったという。「馬筏」とは、多くの人馬が密集して馬を泳がせ、一団となって渡る渡河法である。

足利又太郎忠綱は、下野国（現栃木県）の住人。足利尊氏《たかうじ》などで有名な源姓足利氏とは異なる藤原氏秀郷流の足利氏で、俊綱《としつな》の子息。先にも記したとおり、剛勇で知られる伝説的な人物で、橋合戦における活躍は、『平家物語』以外にも『吾妻鏡』治承五年閏二月二十三日条などに見えて著名だが、史実としては疑問視されている。藤原兼実の『玉葉』や中山忠親の『山槐記』に見えるこの日の記録では、渡河して戦ったのは上総介伊藤忠清やその子の検非違使《けびいし》伊藤忠綱などであり、足利忠綱については記されていない。『平家物語』の記事は、伊藤忠綱の活躍を足利忠綱にすり替えたものかとされる（野口実〔二〇〇二〕・日下力）。

しかし、誰がやったのかは別として、この時、平家方の武士が馬筏で宇治川を渡ったことは事実と見られる。『山槐記』に、「馬筏を以て郎従二百余騎渡河」とあり、慈円《じえん》の『愚《ぐ》管抄《かんしょう》』巻五にも「大勢ニテ馬イカダニテ宇治河ワタシテケレバ」とある。さらに、西行《さいぎょう》も、次のように詠んでいる（『聞書集《ききがきしゅう》』二二六）。

武者のかぎりむれて死出の山こゆらむ、山だちと申す恐れはあらじかしと、この世ならばたのもしくもや。宇治のいくさかとよ、馬筏とかやにてわたりたりけりときこえしこと、おもひいでられて

沈むなる死出の山川みなぎりて馬筏もやかなはざるらむ

宇治橋合戦で馬筏が用いられたことは有名だったわけである。馬筏は、後代には馬術の伝書にも載るが、『今昔物語集《こんじゃくものがたりしゅう》』巻二一・一一話に、北方の夷《えびす》の渡河法として見えるところからすれば、この時代には都の近くではあまり見かけない戦法だったものだろうか。そのために話題になったのかもしれないが、いずれにせよ、馬筏による渡河は実際に敢行されたわけである。ただし、『平家物語』は平家勢を大変な多勢として描くこともあって、馬筏の描写も誇張され、一部、現実離れした情景が展開されていることも事実である。

平等院の激戦

川を渡った平家勢は、以仁王側の武士たちと、平等院の周辺で激戦を繰り広げた。以仁王は奈良へと向かい、頼政とその手勢は、平家勢をここ

で食い止めて以仁王を少しでも遠くへ逃げさせようと、必死で戦ったわけである。頼政の次男（実は養子）の兼綱《かねつな》は、上総太郎判官忠綱の射た矢が顔面に当たり、痛手を負いながらも、襲いかかってきた敵の童《わらわ》を倒した。しかし、平家の兵十四五騎が落ち重なって兼綱を討ち取った。頼政嫡男の仲綱《なかつな》も痛手を負って、平等院で自害した。

この頼政勢の奮戦は、『玉葉』や『山槐記』が伝えるところに比較的近い。『玉葉』によれば、頼政の手勢はわずか五十余騎であったが、皆命を惜しむ様子はなく、とりわけ兼綱の奮戦は、「あたかも八幡太郎のごとし」と記されている。頼政は、覚一本などでは平等院周辺で自害したとされるが、これは疑わしい。頼政の次男兼綱が「父をのばさんと、かへしあはせかへしあはせ、ふせきたたかふ」という描写があるが、「返し合はせ」とは、少し走っては引き返して戦うさまであり、頼政や兼綱が平等院から脱出・逃亡したことを前提とした記述であろう。延慶本では自害の場所を木津川《きづがわ》の岸辺とする。これは、『玉葉』が、頼政を「綺河原《かばた》」（現京都府木津川市山城町あたり）で討ち取ったとするのに近い。おそらく、実際には頼政は奈良をめざして逃げたが途中で討たれたのだろう。しかし、逃げずに戦い、平等院で亡くなったとする覚一本のような所伝が有力になり、後には謡曲「頼政」に見るような「平等院の扇の芝」での自害という物語を生んだと見られる。

ともあれ、馬筏による渡河以降の合戦記事では、以仁王側で戦うのは悪僧ではなく、頼政の手勢ばかりが描かれる点には注意すべきだろう。そして、頼政勢の活躍は、誇張や脚色、あるいは異伝を含みつつも、基本的には事実を確認できる内容であり、史実を全く確認できない悪僧の活躍記事とは対照的なのである。

つまり、『平家物語』の宇治橋合戦記事は、悪僧の活躍を描いた空想的な曲技の記事と、足利忠綱の馬筏による渡河、そして頼政勢の奮戦記事という、三種類の記事が接合されてできていると見られるのであり、後二者（馬筏と頼政勢奮戦）は基本的には史実に立脚しているようである。それらは、誇張に満ちた悪僧の活躍記事とは異質なのではないか。一つの合戦に関する叙述も、こうして、異質な記事の組み合わせによってできている場合があるのが、『平家物語』の合戦記事なのである。

以仁王の死

さて、以仁王自身は、わずかの護衛を連れて奈良をめざした。しかし、平家の飛騨判官景家（覚一本は飛騨守とする）は、それを察して素早く追いかけ、光明山寺《こうみようせんじ》（現京都府木津川市山城町にあった寺）の鳥居の前で追いついて、矢を射かけた。その一つが以仁王の脇腹に当たり、以仁王は馬から落ちて、ついに首を取られたのだった。

以仁王の最期の場面に居合わせたのは、覚一本では三井寺の悪僧たちであり、延慶本では長谷部信連《はせべのぶつら》と童の黒丸《くろまる》であった。その他、以仁王の乳母子とされる佐大夫宗信《むねのぶ》は、近くの贄野池《にえのいけ》に隠れて水草で顔を覆い、震えていたと描かれる。長谷部信連は、覚一本では御所脱出の際に検非違使たちと戦って捕らえられたとあったが、延慶本ではここで討死したとする。史実としては、信連は生き延びて、頼朝の世になってから、かつての功績によって能登国に所領を得たようで、以仁王と共に死んだとするのは誤りであろう。ただ、以仁王と信連・黒丸・宗信という取り合わせが、御所を脱出した際の顔ぶれと同じであるのは気にかかる。延慶本の宇治橋合戦前後の叙述は、悪僧たちの話、忠綱の馬筏の話、頼政の手勢の話など、記事によって登場人物がはっきりと分かれる。そうした記事のグループの一つに、以仁王側近によって構成される話もあったと見られるところが興味深い。

さて、不遇な皇子であった以仁王は、その顔を知る人も少なかった。以仁王が寵愛して子まで産ませたという女房を呼び出して首を見せたことにより、ようやく、以仁王を討ち取ったという確認ができたのだった。最初にも述べたように、この後、以仁王生存説が浮かび上がるのは、こうした事情にもよっていたのだろう。

しかし、『平家物語』は以仁王の死を明記する。『平家物語』が作られた時代には、もはや、以仁王生存説が単なる噂に過ぎないことが明らかになっていた。そして、次に語られる頼朝挙兵の根拠として、『平家物語』では、文覚《もんがく》を介して得た後白河院の院宣《いんぜん》があったとする。そのため、物語の中では以仁王令旨に頼る必要はないのである。しかし、実際には、頼朝や義仲が平家と戦う根拠としていたのは以仁王令旨であった。現実の事件をはるかに上回る規模で描き出された橋合戦の記事は、以仁王事件の重要性を言外に語っているのではないだろうか。

頼朝の東国合戦

頼朝の敗北・復活と三浦一族の奮戦

頼朝の挙兵

東国の合戦譚

前章に見たように、以仁王は死んでも、その令旨は一人歩きするように効果を発揮した。あちこちで、これを根拠とした反平家運動が起きる。その動きの中心となり、最終的に平家を滅亡に追いやったのは、いうまでもなく源《みなもとの》頼《より》朝《とも》である。もっとも、頼朝が自ら陣頭に立って戦ったという合戦はほとんどない。挙兵して数ヶ月で関東を掌握した頼朝は、以後、鎌倉に腰を落ち着けて、京都や西国の戦いには、義経《よしつね》や範頼《のりより》を大将として軍勢を派遣することになる。本章で扱うのはその前の、挙兵直後の時期に頼朝が自ら出陣して戦った石橋山《いしばしやま》合戦など、東国における合戦である。

だが、頼朝が挙兵してから石橋山合戦で敗れ、三浦一族も衣笠城《きぬがさじょう》合戦で敗れて、どちらも房総に逃げるあたりの合戦の詳細は、語り本の『平家物語』にはあまり語られない。

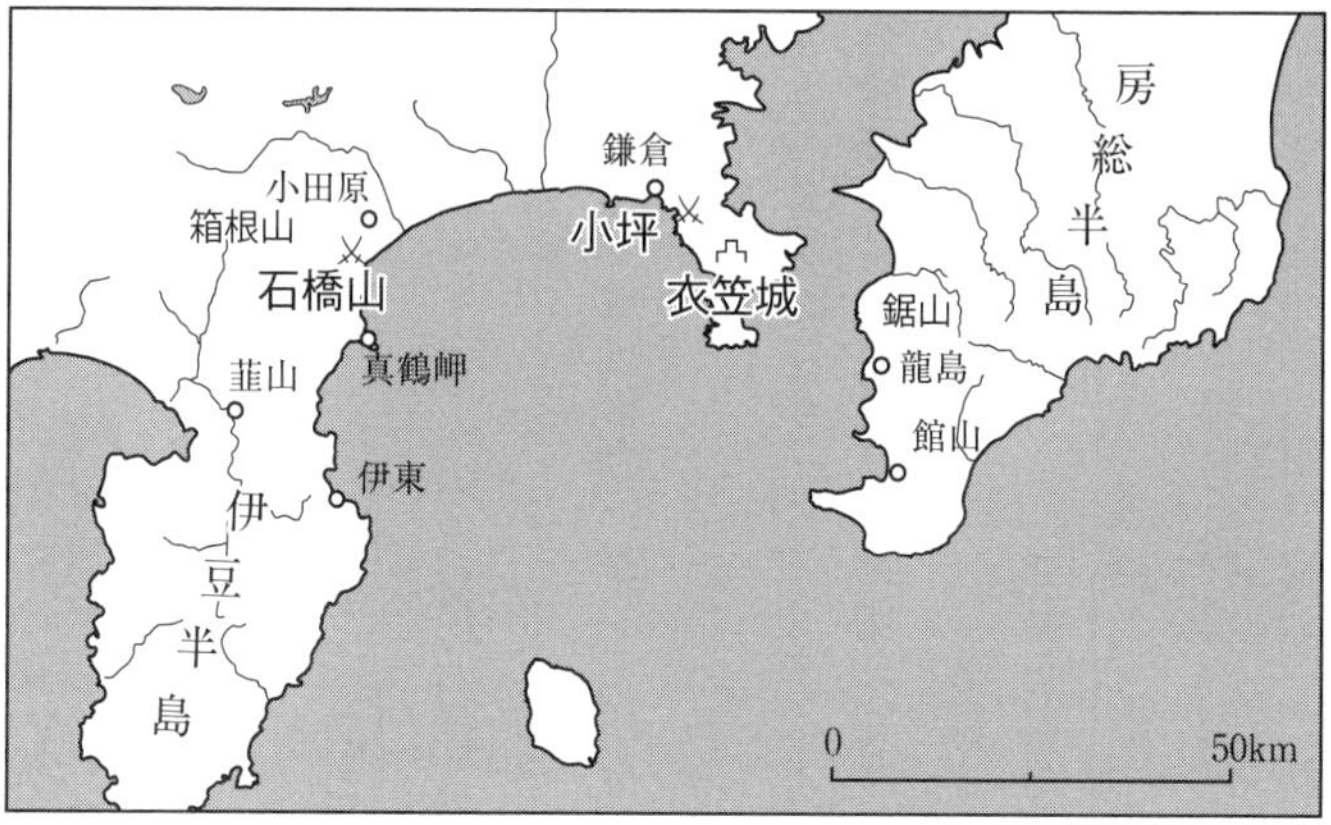

図6　東国の戦場

覚一本《かくいちぼん》などでは、巻五「早馬」で、相模国の大庭《おおば》三郎景親《かげちか》から福原に送られた早馬による報告という形で、頼朝の挙兵から衣笠城合戦までをごく簡単に語るにとどめ、関東の状況を頼朝等の動きに即して語ることはしないのである。この間の合戦記事を詳しく記すのは、読み本系の延慶本《えんぎょうぼん》・長《なが》門本《とぼん》・源平盛衰記《げんぺいじょうすいき》に限られる。四部合戦状本《しぶかっせんじょうぼん》は、衣笠城合戦までは語り本と同様で、その後、頼朝が安房《あわ》に逃げ延びてから関東武士たちが頼朝のもとに参集するまでの過程だけは詳しく記す。源平《げんぺい》闘諍録《とうじょうろく》は、衣笠城合戦までの部分にあたる巻が散逸していて、現存する巻五は、頼朝が房総半島を進撃し、坂東を制圧する過程を述べるところから始まっている。そこで、ここでは、延慶本を中心に、適宜、源平盛衰記や長門本を参照しながら記述を進めることとする。

また、この部分については、都の貴族が残した記録ではやはりごく断片的な情報しか伝わらないが、『吾妻鏡《あずまかがみ》』が詳しい記録を残している。鎌倉幕府の公式歴史書である『吾妻鏡』にとっては、頼朝挙兵こそは歴史の始まりであり、自らの体制の神話的起源とさえいえる部分であったから、詳しいのは当然である。ただし、「『吾妻鏡』は歴史記録で史実を伝えているが、『平家物語』は物語だから虚構が多い」といった見方は、現在の研究では否定されている。『吾妻鏡』は編纂史書である。その材料としては、『平家物語』の古本《こほん》のような資料、あるいは『平家物語』と共通する資料も多く用いられていたようであり、さらにそれを鎌倉幕府にとって都合のいいように編集しているのであるから、一律に史実を伝える記録などとはいえないわけである。時には、『吾妻鏡』よりも、むしろ延慶本などの『平家物語』の方が、史料として信頼できる場合もある——以下は、そのような現在の一般的な見方に従って記述してゆくこととする。

山木夜討
—「事の草創」—

さて、頼朝が平家に反旗を翻した最初の行動は、伊豆国の目代《もくだい》であった平家の家人、山木兼隆《やまきかねたか》を襲撃して討ち取ることであった。山木兼隆（「山木」は「屋牧」「八牧」などとも表記）は平信兼《のぶかね》の子息、検非違使《けびいし》に任官して山木判官と呼ばれた。北条政子が頼朝に嫁ぐ前に、父の北条時政が娘を兼隆に嫁がせようとしたが、政子がそれを嫌って逃げたという話が延慶本などに見えており、頼朝と兼隆は政子をめぐる恋敵でもあったと描かれる（ただし、頼朝と政子の恋については、近年その史実性を疑う髙橋秀樹の指摘がある）。

　その山木兼隆を頼朝勢が襲撃したのは、治承四年（一一八〇）八月十七日の夜であった。延慶本『平家物語』によれば、頼朝勢は北条時政とその子宗時《むねとき》・義時《よしとき》に、当日の昼に駆けつけた佐々木定綱《さだつな》・経高《つねたか》・盛綱《もりつな》・高綱《たかつな》兄弟等を加えても、騎馬武者と徒歩武者を合わせて三、四十人という小勢であった。当日は近くの三島大社の神事の日であり、山木館が手薄になるのを狙ったものだろう。ただし、佐々木兄弟が大雨・洪水のために遅参したので、十七日の明け方に襲撃する予定が、同日の夜になってしまったのだという。

　頼朝が流されていたのは、蛭《ひる》が小島《こじま》だったとされる。現静岡県伊豆の国市四日町蛭島だが、政子と結婚した頼朝は、この時は北条氏の館にいたのだろう。北条氏の館は、蛭が小島より西南の、現伊豆の国市寺家《じけ》あたりにあった。山木兼隆の山木館は、伊豆の国市韮山《にらやま》の山木。蛭が小島の東側の小高い山のあたりである。いずれも同じ旧韮山町内で、北条から山木までは二キロほどの道のりである。頼朝挙兵の最初の合戦は、この山間の狭い地域で、わずかな兵によってなされた、ごく小さな襲撃事件だったわけである。

　しかし、『吾妻鏡』の書きぶりは、そのような田舎の小さな合戦とは感じさせない。八月十七日条によれば、兵が出発する際、北条時政は、「今日は三島大社の神事なので、参詣した人々がたくさん帰ってくる。牛鍬大路《うしくわおおじ》を行くとその人たちの目につくので、蛭が島通りを通って行くべきだろう」と言った。北条から山木へ行く道には、おそらく北寄りの大道「牛鍬大路」と、南寄りの小道「蛭が島通り」があり、時政は、人目を避けて小道を行くことを提案したというわけである。だが、頼朝はその案を却下した。「事の草創として閑路を用ゐがたし」。つまり、「大事をなす最初の行動として、小道を行くようではだめだ。大道を行くがよい」というのである。頼朝は、この小さな事件を、「事の草創」すなわち日本に新たな政権、新たな時代を創造する手始めとして、堂々と戦えと指示していた――そのように『吾妻鏡』は語るわけである。事実とは考えられないが、『吾妻鏡』がこの戦いを、鎌倉政権の神話的起源とでもいうべき、頼朝の戦いの出発点に位置づけていることがよくわかる記述であるといえよう。

『吾妻鏡』は、何百、何千もの大兵力による合戦が展開されたと描くわけではない。その点は、『平家物語』の橋合戦における虚構とは質が違う。しかし、頼朝が、「おのおの早く山木に向かひて雌雄を決すべし。今度の合戦を以て生涯の吉凶を量るべし」と号令し、「士卒すでに競ひ起る」などというくだりを読めば、ずいぶん多くの軍勢が出発したかのように読めてしまう。また、山木兼隆の後見である堤権守信遠《つつみごんのかみのぶとお》の館に攻め寄せた佐々木経高が矢を放つ際、「これ源家、平氏を征する最前の一の箭《や》なり」と描く点など、『吾妻

『鏡』は、この小さな合戦をできる限り壮大に格調高く描き出そうとしているとはいえるだろう。これはこれで潤色に満ちた一種の「物語」であるということもできよう。

ともあれ、山木夜討の事件展開は、『吾妻鏡』でも、延慶本『平家物語』および長門本・源平盛衰記でも、大筋では変わらない。三島の神事で手薄な日を狙って奇襲をかけたにもかかわらず、わずかな頼朝勢は、兼隆を討ち取るのに手間取った。だが、後から駆けつけた加藤次景廉《かとうじかげかど》が、その戦いに決着をつけたという。細かい違いはいろいろあるが、ここでは、そのストーリーを、延慶本『平家物語』によって見ておこう。

兼隆を討ち取る

頼朝勢は山木館に攻め寄せたら火を放ち、北条館に残った頼朝は、その火を見て夜討の成功を知るはずだった。頼朝は今か今かと山木館の方向を見つめるが、火の手は一向に上がらない。業を煮やした頼朝は、いざという時のために手元に置いていた加藤次景廉にも出動を命じた。なけなしの近衛兵を前線に投入したわけである。もっとも、延慶本によれば、景廉は頼朝の腹心というわけではなく、時々頼朝に奉公していたに過ぎないが、この日は何か事件がありそうだというのでたまたまやって来たところ、頼朝の傍らにいるよう命じられていたのだという。頼朝は、最後の切り札ともいうべき景廉に自ら長刀《なぎなた》を手渡して、「これで山木兼隆の首を取ってこい」と命じたのである。

景廉は、見事に期待に応えた。頼朝がつけてくれたたった一人の従者に長刀を持たせて走り、景廉が山木館に着いた時、寄せ手の北条勢は、敵を攻めあぐねていた。そこで景廉は、まず三本の矢で敵三人を射殺すと、長刀を持って突入し、立ち向かう男を一人なぎ伏せると、山木兼隆本人を見つけた。兼隆も太刀を持って立ち向かったが、太刀を鴨居に当ててしまい、抜けなくなってしまった。景廉はそのすきに兼隆の首を刺し、襲いかかってきた従者も討ち取って、障子に火をつけると、次のような歌を詠んだ。

法華経を一字も読まぬ加藤次が八巻の果てを今見つるかな

「法華経など、一文字も読めないこの私なのに、「ヤマキ」の終わりを今見たことだよ」。法華経は八巻あるので、しばしば「八巻《やまき》」という。それを「山木《やまき》」にかけた戯《ざ》れ歌《うた》である。この歌は、類似の歌が源平盛衰記に北条時政の詠として見えるが、どこかの段階で物語作者が作ったものだろう。頼朝挙兵物語全体が持っている明るさを象徴するような歌である。頼朝は、山木館から火の手が上がるのを見て、「景廉が兼隆を討ったのだな」と察知したという。山木夜討は、加藤次景廉の功名の物語に集約されるわけである。頼朝挙兵を語る物語は、全体として、頼朝側近の成功物語という一面を強く持っている。頼朝の配下の武士たちが、頼朝の挙兵にいかに尽くし、働いたかが語られるわけである。

石橋山合戦

石橋山の詞戦

山木兼隆を討った頼朝は、伊豆を出て石橋山に籠もった。石橋山は箱根の山並が真鶴《まなづる》の海に迫るあたり。いち早く頼朝にくみした土肥実平《とひさねひら》の地元であった。山中に陣取った頼朝勢は、北条・土肥など三百余騎に過ぎなかった。そこに攻め寄せてきたのは相模国の大庭一族や伊豆国の伊東一族を中心とした、三千余騎もの平家勢であった。頼朝勢には三浦一族も加わるはずだったが、いまだ到着していない。平家勢を率いる大庭景親は、三浦勢が到着する前にけりをつけてしまおうと、日が暮れる前に少数の頼朝勢に襲いかかった。山木夜討の六日後、八月二十三日の夜のことである。夜になって雨はいよいよ激しく降り、闇夜の山中の戦いが展開された。

以下、しばらく延慶本によるが、戦いの口火を切ったのは、大庭景親と北条時政の詞《ことば》戦《たたかい》であった。景親が、「日本中に肩を並べる人もない平家の御代を傾けようとするのは誰だ」と問いかけると、時政は、「源頼朝公が院宣を賜って挙兵したのだ。坂東八ヶ国の武士たちは、もともと皆源氏の御家人《ごけにん》ではないか」と答える。景親が、「我こそは、後三年の戦で片目を射られながらも答《とう》の矢を射返してかたきをとった鎌倉権五郎景政《かげまさ》の子孫」と名乗ると、時政は、「それ見ろ、先祖代々源氏の家人ではないか」と言う。後三年の戦は、八幡太郎義家《よしいえ》に従った戦役であった。しかし、景親は、「確かに源氏が主でなかったとは言わない。しかし、昔は主でも今は敵だ。恩こそが主である。今では、平家の御恩が山よりも高く、海よりも深いのだ」と述べる。

当時の武士たちが、合戦の最初にしばしばこうした詞戦を繰り広げたことは事実と見られる。その点は、屋島合戦の章で述べる。石橋山で詞戦が実際にあったのかどうかはわからないが、「恩こそ主よ」という景親の言葉は、当時の武士の本音を語るものであろう。東北地方の合戦で勢力を広げた源頼義以来、源氏は関東の武士たちとの関係を深めていたが、平治の乱以降は平家が圧倒的に大きな実権を握っていた。よく戦い奉公した武士に対して、主人が恩（報酬）として所領を与えることによって主従関係が成り立つという「御恩と奉公」の論理からいえば、恩を与える平家のために戦うのは自然なことである。この後、頼朝に従うようになる武士たちも、実力ある棟梁《とうりょう》がきちんと「恩」を与えてくれることに期待して戦ったのであろう。

さて、大庭陣営では、大庭景親が、弟の俣野《またの》五郎景久《かげひさ》に、「佐奈田与一《さなだよいち》と組み打ちをして討ち取れ」と指示していた。佐奈田（佐奈多）与一義忠《よしただ》は、三浦氏の支族で岡崎義実《おかざきよしざね》の嫡男の若武者だった。真田《さなだ》（現神奈川県平塚市真田）の住人で、石橋山の近くに住んでいたため、三浦半島に住む三浦氏の本隊よりも早く参陣し、この合戦における頼朝勢のエースのような存在だった。最も手強い敵として、マークされたわけである。

闇夜の戦い

だが、俣野五郎は、景親に問い返した。「こんなに真っ暗な中で、どうやって佐奈田与一を見つけろというんだ」。すでに日が暮れていた上、大雨で月明かりもない。闇夜の山中では、敵も味方もわからないというのである。景親は答える。「佐奈田与一は、白馬にまたがり、鎧は肩が白く、裾《すそ》にも銀の金具を打ってある上、白い母衣《ほろ》をかけているので、夜目にも目立つはずだ」。母衣は鎧の背につけて矢を防ぐ袋状の布。要するに、全身白ずくめなのである。こうした姿は、勇敢に戦っているところが目立つので功績を認められやすいが、敵の攻撃目標にもされやすい。勇気の必要なかっこうであるわけだが、若武者与一はそんなことは気にせず、思い切り自己顕示をしていたのである。

俣野は佐奈田を見つけて組み合った。二人はたちまち馬から落ち、組み合ったまま山の斜面をごろごろと三段（三〇メートル余り）ばかり転げ落ちた。止まったところで上になったのは、佐奈田だった。組み伏せられた俣野は、大声で助けを呼んだ。俣野のいとこの長尾新五《ながおしんご》がやってきたが、暗闇の中だったため、組み合っている二人のどちらが俣野かわからない。「上が敵か、下が敵か」と尋ねる長尾新五に、佐奈田与一は「上が俣野、下が佐奈田だ」と偽ったが、俣野は「いや、上が佐奈田、下が俣野だ」と叫び、「わからんのか、鎧の金物を探ってみろ」と言う。鎧の裾金物が佐奈田の目印なのである。

そこで、鎧を探られた佐奈田は偽装をあきらめ、長尾を蹴り倒した。長尾が倒れている隙に俣野の首を取ろうと、鞘巻《さやまき》（短刀）を出したのだが、刺しても刺しても首が切れない。おかしいと思って闇の中で目をこらすと、鞘を帯に止める栗形《くりかた》（反角《かえりづの》とあるべきか）が欠けていて、帯から刀を抜く時に鞘が外れず、鞘をはめたままの刀で俣野を刺そうとしていたのである。佐奈田はあわてて鞘を口にくわえて抜こうとしたが間に合わず、長尾新五の弟の新六が駆けつけて、ついに佐奈田の首を取ったのである。

目の前にいる敵と味方の区別もつかず、自分の短刀の鞘が外れているかどうかさえもわからないという闇の中の戦いを描くのが、他に類を見ない石橋山合戦の特色である。どこまでが事実かはわからないが、現実に闇夜の中で合戦が行われたことは疑いない。その経験をふまえた合戦譚であるとは言えるだろう。見た目に派手な橋合戦とは対照的な、手探りの戦いである。

佐奈田与一の鎮魂

佐奈田与一の討死は、父の岡崎義実はもちろん、頼朝をも大きく落胆させたという。石橋山合戦物語の中心は、佐奈田の討死場面であると言ってよいだろう。

また、この物語は後代、狂言「文蔵《ぶんぞう》」においても語られる。「文蔵」は、佐奈田の従者であった文三家安の名にちなむもので、「温蔵粥《うんぞうがゆ》」（禅寺で作る味のついた粥）の名を思い出すために石橋山合戦をひとしきり語らせるというナンセンスな内容だが、佐奈田与一の討死が著名な物語であったことをうかがわせる。石橋山の中腹には、現在も「佐奈田霊社」がある。佐奈田は痰《たん》がつまって声が出ず、助けを呼べずに討たれたとの伝承により、ぜんそくや気管支炎を癒してくれる神とされているのである。境内には、与一塚や文三家安を祀る文三堂などがあり、闇夜の山中の合戦の物語を今に伝えている。

佐奈田の物語は、なぜ有名になったのだろうか。三浦一族のホープともいうべき若武者が、石橋山合戦という、頼朝の最初にして最大の苦難となった敗戦で命を落としたことは、「天下草創」における英雄的犠牲者の代表を語る物語の位置を獲得し、強く喧伝されたものと見られる。三浦一族にしてみれば、石橋山で若武者佐奈田与一を失い、この後に見る衣笠城合戦で一族の長老三浦大介義明《よしあき》を失ったことは、挙兵の最初から頼朝に忠義を尽くしていたことの証であり、その忠義を繰り返し語ったことが想像されるのである。また、頼朝もそれに応えた。『吾妻鏡』には、頼朝が佐奈田与一の供養をきわめて念入りに何度も行い、また遺族に気を配ったことが、繰り返し記される。そして、建久八年（一一九七）には、与一の供養のために山内《やまのうち》（現横浜市栄区）に証菩提寺《しょうぼだいじ》を建立している（『吾妻鏡』は該当部分欠巻だが、建長二年〈一二五〇〉四月十六日条に見える）。

その後も証菩提寺は幕府によって手厚い保護を受け、さらに幕府の滅亡後も佐奈田与一の供養を看板として存続した。天文十一年（一五四二）の日付のある証菩提寺文書「証菩提寺修造勧進状写」によれば、頼朝が佐奈田与一の「忠功」に感じ、菩提を弔うために建立したというこの寺を修造すべく、勧進を行っている。勧進聖が佐奈田与一の物語を語ったことは想像に難くない（佐伯〔二〇二二〕参照）。

頼朝挙兵の記事には三浦一族の影が濃い。三浦一族が最初から頼朝に忠節を尽くし、痛ましい犠牲を払いつつも多大な功績を挙げたと語る物語が、大きな位置を占めているようである。そうした物語が鎮魂の形をとって語られたと見られることも興味深い。鎮魂の語りは、時には一族の忠節の宣伝でもあり得たわけである。合戦の実体験を語ることにより勲功を主張することと、戦死者の最期の様子を語って魂を慰めること——それらは、合戦がなぜ語られるかという問題を考える場合に重要な二つの要素を示しているといえよう。

そして、そうした現実的な目的によって合戦談が何度も語られるうちに、それを母胎として、芸能のような興味本位の語りが生まれてくることもあったに相違ない。

頼朝を助けた者たち

さて、敗れた頼朝勢は、ばらばらになって逃げ散った。頼朝自身は、山中を彷徨した末、土肥実平が用意した船に乗って房総へ逃げたのだが、真鶴への道について、延慶本・長門本はさほど詳しく記さない。この点について詳しいのが源平盛衰記であり、その物語は、頼朝挙兵譚全体の性格に関わる興味深い問題をはらんでいると思われるので、以下、しばらく源平盛衰記の語るところに寄り添ってみよう。

頼朝は近くの山中に逃げ込んだが、なおも大庭勢が追ってくる。そこで、佐々木高綱は自ら「前右兵衛佐頼朝、爰《ここ》にあり」と名乗って敵の目を引きつけ、頼朝がはるかに落ち延びたのを確認して後を追ったという。中国の漢楚《かんそ》合戦で、紀信《きしん》が高祖（劉邦《りゅうほう》）の身代わりになった故事を意識した話だが、もとの話では紀信は項羽《こうう》に捕らえられて殺されるのに対して、高綱は生き延びる。そして、頼朝に再会して感謝され、「天下を取ったら、必ず半分をお前に分けよう」と言われたと語る。以下、源平盛衰記にはこうした話が多い。

杉山をさまよう頼朝は、「鵐《しとど》の岩屋」という谷に降り立った（現在、真鶴の海岸に同名の洞窟があるが、源平盛衰記の記す位置とは異なる）。そこに大きな伏木《ふしき》があり、その穴に隠

図７　前田青邨「洞窟の頼朝」　大倉集古館所蔵（重要文化財）

れたのである。そこに大庭勢がやって来た。その中にいた梶原景時《かじわらかげとき》が、伏木の中に入ると、頼朝と正面から目が合った。頼朝は自害を決意したのだが、景時は言った。「暫《しばら》く相待ち給へ、助け奉るべし。軍《いくさ》に勝給たらば、公《きみ》忘給な」（お待ちなさい、お助けしましょう。戦に勝ったならば、あなたはこのことを忘れなさいますな）。景時がそう言い終わらないうちに、不思議なことに蜘蛛の巣が突然そこにかかった。景時はその蜘蛛の巣を弓や兜に引っかけ、「蜘蛛の巣が張っているくらいだから中には誰もいません」と、頼朝をかばって去って行った。頼朝はその後ろ姿を拝んで、「我世にあらば其《その》恩を忘れじ」と心中に誓ったというのである。

近代名画「洞窟の頼朝」（前田青邨）を産んだ名場面だが、もとより史実とは思えない。しかし、この話は簡略ながら『吾妻鏡』治承四年八月二十四日条にも見えるので、源平盛衰記作者が創作したわけではないだろう。その話の眼目は、梶原が「軍に勝ち給ひたらば、公忘れ給ふな」と念を押し、頼朝は「我世にあらば恩を忘れじ」と誓ったという源平盛衰記の記述に明らかである。危ういところで頼朝を助けた者たちには、後の報酬が約束されているわけである。

こうした物語は、佐々木高綱や梶原景時といった著名な武士について語られるだけではない。頼朝はその後、「小道の地蔵堂」という寺に入り、僧は仏壇の下に穴を掘って頼朝を隠してくれた。追って来た大庭勢は僧を疑い、気絶するまで拷問したが、僧は頼朝の居場所を白状しなかった。大庭勢が去った後、這い出てきた頼朝は僧を介抱し、「頼朝が世を取ったら、必ずこの堂を修理し、恩返しをする」と言い残して行く。

さらにその後、真鶴の近くに着いたところ、兜も烏帽子も失っていた頼朝たちが、このかっこうでは人に怪しまれるから、烏帽子ぐらいは欲しいと言っていたところ、甲斐国の大太郎という烏帽子商人に出会い、烏帽子をもらい受ける話がある。頼朝は別れ際に、「頼朝が出世したら、名田《みょうでん》百町と家を三軒さしあげよう」と言ったので、大太郎は「商人風情に烏帽子をねだる人に、所領を与えるなんて言われてもなあ……」とつぶやいたが、実際、その後、甲斐国伊沢《いさわ》（石和）に名田百町と家三軒を賜ったというのである。これは、延慶本・長門本にも類似の話が見える（ただし伊沢に土地をもらう結末までは記さない）。

さらに、この後、安房に向かう船中で和田義盛が「戦に勝ったら私は日本国の侍の別当にしてほしい」と頼朝に頼む話もあり、これは延慶本や長門本にも見える。そして、義盛は実際、この後に侍別当になるのだが、それを記した『吾妻鏡』治承四年十一月十七日条には、「石橋山合戦後、安房国に赴いた時に、義盛がこの職を望んだためである」と記されている。このように、源平盛衰記には頼朝を助けて後の報酬を約束された話が並んでおり、その一部は延慶本や長門本、そして『吾妻鏡』にも見える。

明るい逃亡の物語

『平家物語』諸本や『吾妻鏡』だけではない。『太平記』巻九には、頼朝挙兵に一番に駆けつけて、頼朝に「一番」という文字を書いてもらい、それを紋章としたという武蔵の久下《くげ》氏の伝承が記される。『平家物語』諸本にも『吾妻鏡』にも、久下氏が石橋山に駆けつけたとは記されておらず、まず史実とは考えられない話だが、久下氏が「一番」の紋を使用していたことは『見聞諸家紋《けんもんしょかもん》』にも見え、こうした伝承が存在していたことも事実なのである（佐伯〔一九九六〕参照）。

要するに、「頼朝を助けて報酬を約束された話」や「頼朝に忠義を尽くしたことを誇る話」は、おそらく数多く存在したのである。それはおそらく挙兵直後から発生し、多様な伝承を含みこみながら、何百年も語られ続けていった。後代には、頼朝を助けて領地をもらった、あるいは姓をもらったというような伝説が、たくさん生まれている。たとえば、千葉県鴨川市太海《ふとみ》の仁右衛門島《にえもんじま》は、頼朝をかくまって島の領有権を保証されたという伝説で知られる観光地である。房総には、頼朝を助けて姓をもらったとする伝説が多い（佐伯〔一九八〇〕）。「我が一族は頼朝挙兵の最初から忠義を尽くした」という物語は、鎌倉時代からはるか後代まで語られた。それは、頼朝から賜ったと称する数多くの偽文書が生まれたゆえんでもある（佐伯〔一九九六〕）。そうした伝承の比較的早い時期のものの一部を書きとどめているのが源平盛衰記であり、また、延慶本・長門本、そして『吾妻鏡』なのであろう。

それらの伝承は、敗残の頼朝の逃亡を語るにもかかわらず、ごく明るい。九十九里浜の箭挿《やさし》神社（現山武市蓮沼）に伝わる伝説では、頼朝は房総に逃げてきた時、このあたりを遊覧して絶景に感激し、「真丸《まんまる》や箭挿が浦の月の的」の句を残したという。敗走中の頼朝が九十九里浜を遊覧している暇があるかとか、この時代に俳句はまだないなどといった疑問をすべて脱力させてしまうような、あっけらかんとした伝説ではないか。頼朝は一度は負けたが、その後、一気に盛り返して天下を取る。その結末を誰もが知った上で自分の一族や土地の由緒に関連づけ、権益や誇りの源泉にしようという目的に貫かれているために、これらの物語は一様に明るいのである。

小坪坂合戦・衣笠城合戦

三浦一族の退却

さて、話が先に進みすぎた。石橋山の闇の中で戦いが繰り広げられ、頼朝勢が敗れた八月二十三日深夜のこと、三浦一族の本隊三百余騎は、丸子川の東岸に到着した。「丸子川」は、現在の小田原市内を流れる酒匂川《さかわがわ》の古名であり、これを西に渡れば石橋山がほど近い。「夜が明けたら石橋山に寄せて合戦だ」と、川岸に控えているところに、石橋山から逃れてきた大沼四郎という武士が、「石橋山合戦は敗北だった。佐奈田与一は討たれたし、頼朝殿も討たれてしまったのではないか」という情報を伝えた。三浦の人々は衝撃を受けた。せっかく駆けつけたのに、合戦はすでに敗北に終わっていた。もし石橋山に進めば、大庭や伊東を中心とした大軍が待ち受けている。だが、もし引き返したなら、畠山重忠《はたけやましげただ》を中心とした武蔵国の軍勢に衝突してしまうかもしれな

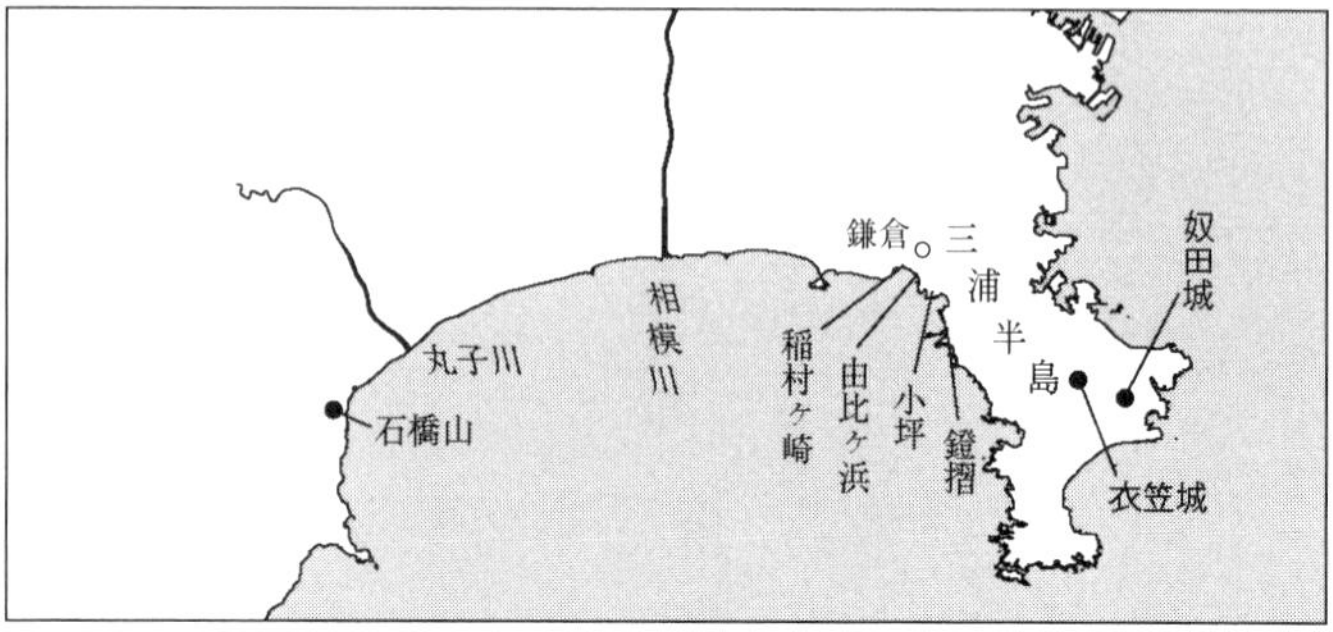

図8　石橋山と三浦半島

図9　三浦氏略系図

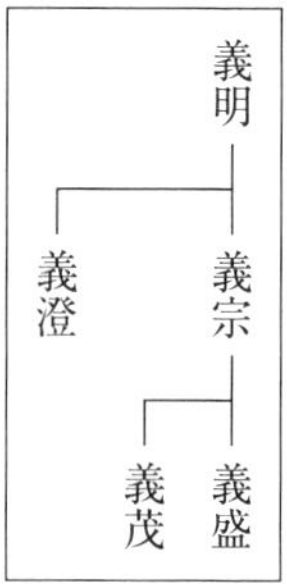

い（畠山はこの時、平家方として駆けつける途中だった）。

進退窮まった三浦勢の中には、「もはや自害を」と言い出す者もいたが、三浦義澄《よしずみ》がそれを止めた。「こういう時の情報には間違いも多い。頼朝殿がほんとうに討たれてしまったのかどうか、まだわからないではないか。船に乗って房総へ逃げたかもしれないし、山に籠もっておられるかもしれない。畠山勢が相手なら互角の勝負ができるはずだから、戦うなら戦って、三浦の本拠地に戻ろう。三浦の城に日本中の軍勢が攻めてきたならば、思う存分戦って、その上で自害をすればいいではないか」。

義澄は三浦大介《おおすけ》義明《よしあきら》の次男で、嫡流の和田義盛の叔父にあたる。義明の長男義宗《よしむね》は早世し、跡を継いでいた和田義盛はいまだ若かった。その義盛を助ける、一族の実質的なリーダー格が義澄であった。

義澄の発言により、三浦一族三百余騎は急遽、もと来た道を引き返すことに決まった。移動距離も軍兵の数も、本能寺の変の際の秀吉の「中国大返し」のような大規模なものではないが、三浦半島から相模国を横断してやって来た三浦一族が、再び全速力で三浦の地に退却したのは、一族の命運を賭けた行動であった。この退却の途中で起きた畠山勢との衝突が小坪坂《こつぼさか》合戦であり、その後、三浦一族の本拠である衣笠城に押し寄せた畠山勢と戦ったのが衣笠城合戦である。以下、基本的に延慶本によりながら、その合戦の跡をたどってみよう（ただし、延慶本は先の「丸子川」を「相模川」と誤っており、この点は長門本により訂正している）。

小坪坂合戦

三浦の人々は必死で東へ戻り、小坪坂を登った頃に夜が明けた。小坪坂（小壺坂）は、現逗子市小坪。三浦半島の付け根で、もう三浦氏の勢力範囲である。「やれやれ、ここまで来れば大丈夫だ。弁当でも食べよう」と思ったのも束の間、後ろを振り返ると、稲村ヶ崎に数十騎の武者がいるのを見つけた。どうやら敵の畠山勢らしい。そこで、三浦勢は、和田義盛と三浦義澄の二手に分かれた。義澄が率いる一隊は三浦氏の本拠に近い鐙摺《あぶずり》（現三浦郡葉山町堀内）まで行って後方の陣を確保し、一方、義盛が率いる部隊は小坪で畠山と戦うが、防ぎ切れなければ後退して、鐙摺に合流するという手はずである。

畠山重忠は、案の定、三浦の跡を追って来て、鎌倉の由比ヶ浜《ゆいがはま》に赤旗を並べて陣を構えた。そして三浦に対して、「私の父重能《しげよし》や叔父有重《ありしげ》は、今、大番役《おおばんやく》で六波羅《ろくはら》におりますので、平家の味方をしないわけには参りません」と、合戦を申し込む軍使を送ってきた。しかし、三浦としては畠山は手強い相手で、できれば戦いは避けたい。和田義盛は、「重忠殿の父上は、我が祖父三浦義明の孫聟ではありませんか。我等と戦うならば、曽祖父に向かって弓を引くことになりますよ」と返答した。関東の武士団はしばしば互いに縁戚関係を結んでおり、重忠の母は三浦義明の孫娘（娘ともいわれる）であったらしい。そこで、畠山も了承し、一旦は和議が成立した。

ところが、この和議はすぐに破れた。問題は、義盛の弟、三浦二郎義茂《よしもち》であった。三浦勢は、畠山勢とぶつからないように波打ち際をこっそり進んだのだが、血気盛んな義茂はその方針に反発し、「俺は堂々と大道を行くぞ。畠山にぶつかったら、駆け破って、強い馬の二、三頭も奪い取ってやるんだ」と、わずかな兵を連れて別行動を取っていた。そのため、和議の成立を知らずに鎌倉の北側を歩んでいたのだが、由比ヶ浜で戦が始まったという誤報を聞いた。義茂は直ちに南方（海側）へ向かい、犬懸坂《いぬかけざか》を馳せ超えて、名越《なごえ》に出て見下ろすと、完全武装の武者たちが四百騎ほども立っている。義茂はたった八騎で、大《だい》音声《おんじょう》をあげて四百騎の敵陣に突進した。これを見た畠山重忠は、「三浦が和議を唱えたのは策略だったのか。油断させておいて、背後から襲いかかろうとしたんだな」と怒り、義茂を討とうとする。そして、小坪坂からこの様子を見ていた和田義盛は、「こうなってはしかたがない、義茂を討たせるな」と、小坪坂から打って出たのである。

一方、鐙摺まで引き上げていた三浦義澄の勢も、合戦が始まったと見て引き返し、義盛の後ろから小坪坂を越えて鎌倉へ向かった。道が狭いために縦に長々と伸びた隊列でやって来る義澄の勢を、由比ヶ浜から遠目に見た畠山勢は、大軍と勘違いし、「三浦の者たちだけではなく、上総・下総の軍勢も来ているのだろう。取り囲まれては勝ち目がない」と恐れ、腰が引けた状態で戦って退いたので、戦いは三浦側の優勢のうちに終わった。とりわけ、合戦の原因を作った三浦義茂は、敵の首を三つも取って功名を挙げたのである。

戦場の地理感覚

さて、このような延慶本の記述は、現地の地理感覚、特に小坪と鎌倉の微妙な距離感覚を反映している点、興味深い。まず、小坪坂を登ってほっとした和田義盛が、後ろを振り返って、稲村ヶ崎に現れた畠山勢を発見したという点。七里ヶ浜を西から進んで来た畠山勢を、小坪にいる三浦勢が発見することができるのは、畠山勢が稲村ヶ崎を通って東側に回った、その瞬間であっただろう。実際、小坪のあ

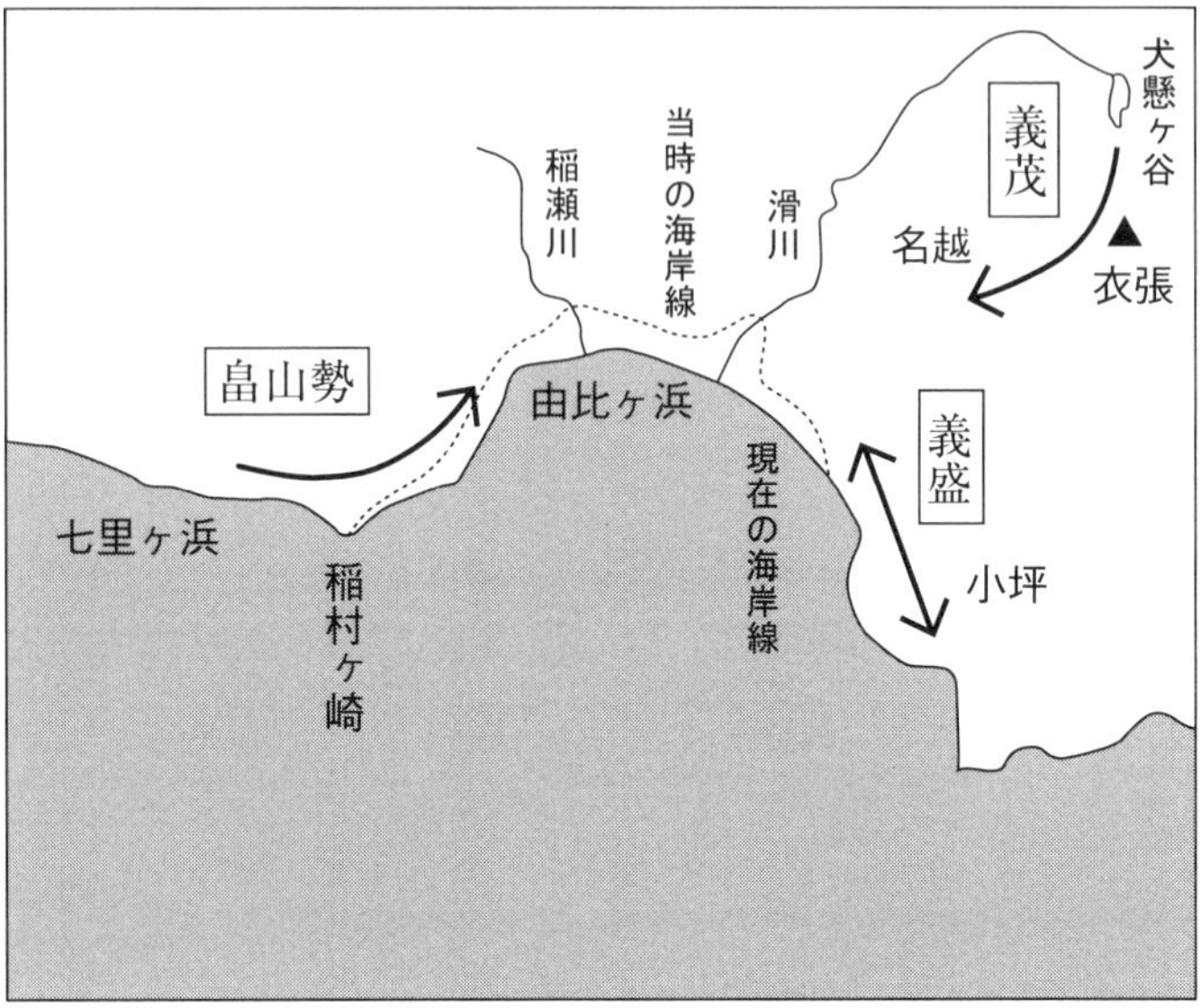

図10　小坪坂合戦・略図

たりに立って見ると、海に突き出た稲村ヶ崎が邪魔をして、それより西側は見えないのである。

そして、義盛は、武者の姿を見つけることはできたが、それが敵か味方かはわからず、郎等の三浦真光《さねみつ》と問答した結果、敵だろうと判断する。武者らしい姿は小さく見えているが、よく見えるわけではない。そのような距離なのである。小坪から稲村ヶ崎は、由比ヶ浜を右手に見て海を挟み、直線距離で二キロ余りの対岸にあたる。当時の武士たちは、おそらく、こうした遠望に関わる視力は現代の私たちよりもずっと優れていただろうが、もちろん、一人一人の顔を見

図11　小坪方面から稲村ヶ崎を望む　著者撮影

分けられるような距離ではない。また、海を挟むので直線距離にすれば近いが、海岸線は大きく湾曲していて、騎馬武者が進んで相まみえるには時間がかかる。このあたりの記述は、そうした地理感覚を反映しているのである。

次に、和田二郎義茂が犬懸坂を抜けて名越に出たところで、由比ヶ浜にいた畠山勢を発見するという記述も、鎌倉の地理を知るものといえよう。義茂は、前述のように波打際を通るという方針に反発し、別行動をとっていた。そのコースは詳しくは描かれないが、鎌倉に入ってからは滑川《なめりがわ》沿いに北東へ迂回していたものであろう。義茂は、犬懸ヶ谷（現鎌倉市浄明寺。杉本寺の南

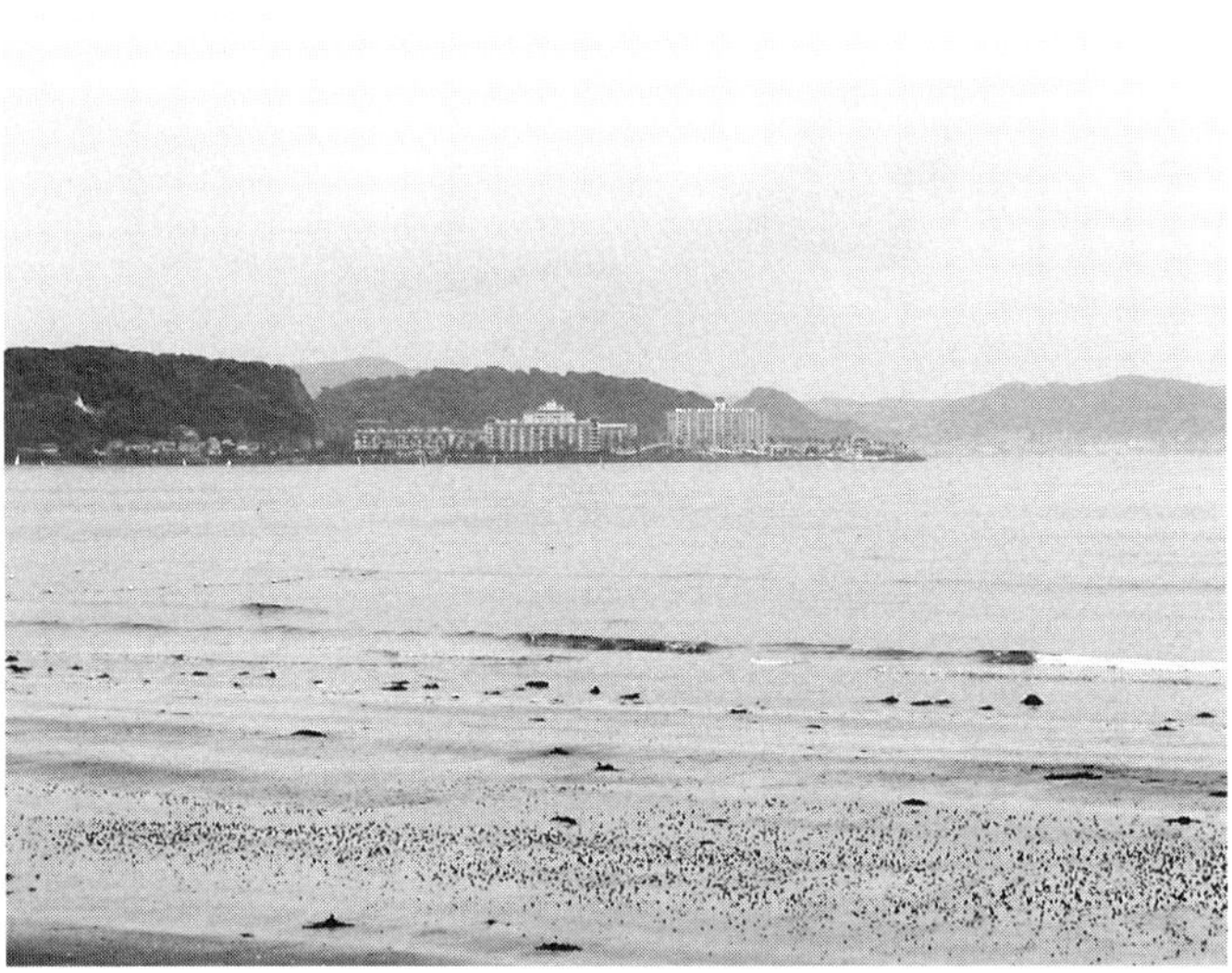

図12　由比ヶ浜から小坪坂方面を望む　著者撮影

方、釈迦堂ヶ谷《しやかどうがやつ》の東隣にある谷）あたりから、衣張山《きぬばりやま》の西側あたりを通って「名越」（現鎌倉市大町一帯）に出たという。名越あたりからは平地が広がり、由比ヶ浜は目前である。義茂は、たった八騎で喊声《かんせい》を上げながら、現在の材木座あたりを駆けたのであろうか。

　そして、その義茂の突進を小坪坂から見た兄の義盛が、戦闘を決意する場面。義盛は、「遠ければ、呼ぶとも聞ゆまじ」、つまり義茂に戦闘をやめるよう声をかけても届きそうもないので、これはもう戦うしかないと決意したという。小坪坂の上からは名越や由比ヶ浜を遠望することができるが、声は届かない——そうした距離感覚が前提となっている。

さらに今一つ、合戦の勝敗を決めたのは、鐙摺から戻って来た三浦義澄の勢を大軍と見た畠山勢の誤認であった。三浦義澄の勢は、道が狭く、横に並んで進むことができないために、前後に長々と続き、「をすがい」に進んでいたという。「をすがい」は「おひすがひ」（追次ひ）の縮約で、「引き続く、追いすがる」の意であろう。二、三騎が走ってゆくと、少し離れてまた次の二、三騎が続く。前進を命じた義澄としてはじれったい行軍だが、何が幸いするかわからないもので、遠くから見ていた畠山勢には、長蛇の列をなす大軍のように見えたわけである。ここもまた、敵勢の姿が遠目には見えるが正確には確認できないという距離感が、前提となっているのである。

小坪坂合戦は、このように、現地の地理感覚、あるいは視覚・聴覚を含む現場の実感を前提としないと、合戦が始まってしまういきさつも、その後の展開も理解できないわけであり、延慶本（および長門本）によって読む限り、現地から生まれた合戦譚としての素姓をはっきり見せていると考えられよう。正確な地図などない時代、現地を知らない文筆家では、とてもこうした描写はできまい。いや、現地を知らない文筆家が空想で話をふくらませると、現地の地理とは全く合わない合戦記事ができてしまうという見本を示しているのが、実は源平盛衰記の小坪坂合戦なのだが、その例証はここでは省略する（佐伯〔二〇型を示しているのがこの小坪坂合戦である。

では、それは誰の合戦体験だったのか。この合戦を、延慶本・源平盛衰記は「小坪坂合戦」、長門本は「三浦人々小坪軍《いくさ》」と呼んでいるが、こうした名称自体が三浦一族の視点に立っていることを示しているだろう。合戦があった場所は小坪坂ではなく由比ヶ浜なのであり、小坪坂はただ三浦一族がしばらくとどまっていただけの場所である。『吾妻鏡』は「由比浦」の戦いと書き（治承四年八月二十四日条および同二十六日条）、続群書類従本『三浦系図』には「由井浜合戦」の呼称が見える（多々良《たたら》三郎重春《しげはる》への注記）。また、この合戦は、三浦と畠山が決定的な対立に至った事情を語るものではあるが、大きな合戦ではなく、三浦一族が拠点の城に引き退く途中の局地戦に過ぎない。三浦一族にとっても、後退戦の間の小さな勝利に過ぎなかったはずだが、それを三浦の勝利として詳しく描くこと自体、三浦側の立場でものを見ていることの表れといえよう。石橋山・小坪坂・衣笠城合戦の叙述には三浦一族の視点が強く、特に小坪・衣笠の両合戦は、基本的には三浦一族の合戦体験に基づいて書かれているのではないだろうか。それがどのようにして『平家物語』に取り入れられたのかは、いまだ不明といわざるを得ないのだが。

真光故実

なお、小坪坂合戦については、もう一つだけふれておきたいことがある。和田義盛が義茂の行動を見て合戦を決意し、小坪坂を駆け下りて行く途中で、郎等の三浦真光《さねみつ》に戦の故実を尋ねる。これに対して真光が答えた内容が有名で、近藤好和〔一九九七〕が「真光故実」と命名したものである。この時代の合戦を考える上で欠かせないものとなっているので、本書でも簡単にふれておこう。

若武者和田義盛は、「楯突軍《たてつきのいくさ》は度々したれども、馳組軍《はせくみのいくさ》はこれこそ初なれ。何様《いかやう》にあふべきぞ」と尋ねた。「楯を突いて遠くから弓矢を射合う合戦は何度も経験があるが、接近戦から組み打ちに至るような合戦は初めてだ。どう戦えばよいのだ」というのである。一方、これに答えた真光は、今年五十八歳で十九度の合戦を経験しているという老練な武士である。真光の答えは、いわゆる騎射戦（馬上で弓を射る戦い）の心得から始まる。それは、鎧づき（鎧の隙間をなくすこと）をし、顔面を露出しないように心がけるなどの防御の心得と、無駄な矢を射ないようにする一方、次々と矢をつがえて敵を狙うという、攻撃の心得である。そして、有名な次の言葉に続く。

昔様《むかしよう》には馬を射事《いる》はせざりけれども、中比《なかごろ》よりは、先《まず》しや馬の太腹を射つれば、はね落とされて、徒歩立《かちだち》になり候。近代は、やうもなく押並べて組みて、中に落ぬれば大刀腰刀にて勝負は候也《そうろうなり》。

「昔は馬を射ることはしなかった。しかし、その後、馬の腹を射て、乗手を馬から落とすようになった。さらに最近では、いきなり馬を並べて組み合い、馬から落ちて刀で勝負するようになった」というのである。

この記述から、「かつては堂々たる戦いをしていたのに、近頃は、まず相手を馬から射落として、自分の安全を確保してから戦おうとするようになった」というような、「昔は良かった」という感慨を読み取ろうとするのは誤りである。その解釈では、その後の「近頃は、いきなり馬を並べて組み打ちを挑むようになった」という言葉の説明がつかない。真光は、昔は弓矢で勝負をつけようとしたが、最近は組み打ちに持ち込む傾向が強くなったと言うのだが、組み打ちはどちらかが必ず命を落とす、最も危険な戦いである。

合戦に組み打ちが多くなったのはなぜだろうか。川合康〔一九九六〕や髙橋昌明〔一九九九〕は、源平合戦期（治承・寿永期）の戦闘を騎射戦の衰退期と見て、「弓馬のわざ」に慣れない者たちが大量に合戦に参加するようになったための変化と考える。しかし、一方、源平合戦期も依然として騎射戦はさかんであったとする近藤好和〔一九九七〕や鈴木眞哉の意見もあり、近藤は、源平盛衰記の本文では、時代的変化を言うわけではなく、甲冑の防御力の向上を言う文脈であることなどに注意している。

筆者は、組み打ちが増えたのは、首を取り合う戦いの増加によることと考えている。義盛が、「楯突戦」なら何度も経験していたと言っているように、在地の戦いでは、首を取り合うには至らず、遠くから矢を射かけて敵を追い払えばよしとするような合戦が多かっただろう。合戦とは必ずしも敵を殺すことではない。在地の武士団同士の争いで敵を殺せば、状況は深刻化し、勝った側も相応の犠牲を覚悟せねばならない。しかし、武士団が組織化され、大きな権力に動員される合戦になってくると、敵の中心人物を討ち取ることが必要となり、武士たちは敵の首を取る功名を目的として合戦に参加するようになる。義盛がこれから繰り広げようとしていたのは、まさにそうした全国的な規模の戦い、天下の謀反人である源頼朝に荷担する戦いであった。もし義盛が討ち取られれば、その首は謀反人の一味としてさらされ、あるいは京都に送られていたかもしれない。真光の答えは、そうした性格の合戦における戦い方を問うた質問への答えだったのである。

この時代の合戦については、「堂々たる一騎打ち」「武士道精神」などといった言説もあるが、根拠のない幻想である。詳しくは、佐伯『戦場の精神史』（二〇〇四）を参照されたい。

衣笠城合戦

さて、話を三浦一族の戦いに戻そう。小坪坂合戦に勝利したとはいえ、畠山と武蔵国の武士たちを撃退できたわけではなく、敵が体勢を立て直して襲ってくることは目に見えていた。急いで城に籠もらねばならない。和田義盛は地形的に守りやすい奴田城《ぬたじょう》（怒田城。現横須賀市吉井）に籠もろうと主張したが、一族の総師である三浦義明は、一喝してそれを退けた。「こざかしいことを言うな。日本国全体を相手に戦って討死しようというのだ。どうせなら、先祖伝来の名所の城である衣笠城で死のうではないか」。衣笠城は現横須賀市衣笠町。前九年の役の戦功で源頼義から三浦の地を与えられた三浦為通《ためみち》が、康平年間（一〇五八～六五）に築いて以来、二百年以上にわたり三浦一族が根拠地としていた、由緒ある城だった。中澤克昭は、衣笠城が三浦一族の信仰の山でもあったと指摘している。義明は、その山城を死に場所に選びたいと言ったわけである。

三浦大介義明は一族の大長老であった。延慶本・長門本・源平盛衰記はこの時七十九歳とするが、延慶本には「八十四歳」という傍記（書き込み）もある。『吾妻鏡』治承四年八月二十七日条や続群書類従本『三浦系図』に見える「八十九歳」説が一般に採用されるが、『千葉大系図』や幸若舞曲「高館《たかだち》」「馬揃《うまそろえ》」には「百六歳」という説も見え、長寿のためしともされる。老いてなお戦った武士として、源頼政《よりまさ》や斎藤実盛《さねもり》も著名だが、義明は、おそらくそれらを上回る高齢だっただろう。しかし、延慶本・長門本・源平盛衰記の衣笠城合戦は、この義明を中心として描かれる。以下、延慶本によって見てゆこう。

衣笠城に籠もった三浦勢には、金田頼経が上総から七十余騎で駆けつけ、援軍に加わり、合計四百余騎となった。金田頼経は上総介広常《かずさのすけひろつね》の弟で、三浦義明の聟であったという。房総半島と三浦半島が海運でつながっていることがよくわかる例である。和田義盛の父の義宗も、房総の合戦で亡くなったとされる。

一方、畠山に武蔵七党の武士たちを加えた武蔵勢は、二千余騎で、八月二十六日の朝に衣笠城へ押し寄せてきた。小坪坂合戦の二日後のことである。寄せ手の中でも奮戦したのは、金子十郎家忠《いえただ》であったという（金子は村山党、武蔵国入間の武士）。城中から金子に酒肴を贈り、その奮戦ぶりを讃えたという逸話もある。一方、劣勢で充分な反撃ができない三浦勢に業をにやした三浦義明は、高齢を顧みず、自ら打って出ようとしたという。震える両膝を雑色《ざつしき》二人に押さえつけさせて馬に乗り、太刀だけを持って敵の中に突撃しようとしたので、いとこの佐野平太が「義明殿、気でも狂ったのですか」と止めようとすると、義明は、「何を言う、お前たちこそ頭がおかしいのではないか。戦というのは、突進して敵を追い散らしたり、敵に追いかけられたりするのが面白いのだ。城内から出もしないで、的当ての練習のように弓を射るばかりの戦いなど、見たこともない」と、佐野平太を鞭で打ったという。

三浦義明の最期

しかし、義明の闘志も空しく、数で劣る三浦勢は敵の攻撃を防ぎきれなかった。日暮れ頃には敗勢がはっきりし、城を落ちて房総へ逃れようということになったが、義明は「「あとどれだけ生きようと思って逃げたのだ」と言われたくないので、私は城中に残る。お前たちは私を捨てて逃げよ」と言った。しかし、さすがに一族の長老を置いて逃げるわけにもいかない。抵抗するのを無理に手輿《たごし》に乗せて雑色（下男）にかつがせ、城を脱出したのだが、敵が押し寄せてくると、輿をかついでいた雑色は逃げてしまった。すると、敵の雑兵は義明の衣装を剥ぎ取った。「私は三浦の大介という者だ。無礼な真似をするな」と叫んでも、おかまいなしである。直垂《ひたたれ》も剥がれてみじめな姿になった義明は、「だから城中で死ぬと言ったのに、若い者たちの言葉に従って犬死にすることになってしまった。それならせめて、畠山の手にかかって死にたいものだ」と言ったが、畠山重忠よりは格下の江戸太郎重長がやって来て、その首を打ち落とした。人々は、「やはり、年寄りのいうことは聞くものだ。義明殿がおっしゃっていたとおり、城中に置き去りにして逃げていれば、自害などもできたはずで、これほどみじめな死に方をしなくてもすんだだろうに」と噂したという。

こうして、三浦一族の長老義明は討死を遂げた。しかし、その死は、石橋山における若武者佐奈田与一の死と共に、三浦一族の忠義の証として、長く語り伝えられることとなったのである。次の逸話で、その点を確認しておこう。

義明を置いて衣笠城を脱出した三浦の人々は、延慶本によれば安房国の「龍ガ磯」に着いた。長門本では「りう嶋」。『吾妻鏡』治承四年八月二十九日条の「安房国平北郡猟嶋」

と同じであろう。「猟嶋」は、現千葉県安房郡鋸南町《きよなんまち》勝山の龍島とされ、海岸に「源頼朝上陸地」の石碑が建っている。延慶本や長門本では、三浦の人々がまずここに着き、沖の方を見ていると、船がやって来た。味方の船だと確認して乗り移ったが、頼朝はなお用心して船底に隠れていた。衣笠から逃げてきた和田義盛らが義明の討たれたことを語って泣くと、石橋山から逃げてきた岡崎義実らは佐奈田与一の討たれたことを語って泣く。それを船底で聞いていた頼朝は、「哀《あはれ》、世にありて、是等に恩をせばや」（ああ、権力を握ってこの者たちに報いてやりたい）と思ったという。そして、船底から這い出してきて、和田義盛に侍別当のポストを約束するという、先に紹介した逸話に展開するのである。

頼朝の安房到着を、このように三浦一族側の視点から語るのは延慶本・長門本および四部合戦状本であり、源平盛衰記や『吾妻鏡』には見られないことだが、おそらく、『平家物語』としてはこの形が古いのだろう。それは、『平家物語』の頼朝挙兵譚の多くの部分が、三浦一族側の資料によって書かれていることを示すといえよう。

富士川合戦

さて、安房に着いた頼朝は、房総の武士たちの支持を得て、急速に息を吹き返した。この過程について、『平家物語』と『吾妻鏡』では描き方がやや異なる。

頼朝の復活

『吾妻鏡』の記述では、八月二十九日に頼朝が安房に到着、九月一日以降、広常との対面をしきりに希望するが、広常は一向にやって来ない。頼朝は九月十三日に上総に向かい、同十七日には下総国府（現千葉県市川市内）で常胤と対面、その後、隅田川の辺まで進出した同十九日に、ようやく参上した広常を「遅すぎる！」と叱りつけた。広常は、実はいまだ頼朝に従うかどうかを決めておらず、頼朝の人品骨柄《じんぴんこつがら》を見て、大将と頼むべき相手でなければ討ち取ってやろうと思って来たのだが、頼朝の威厳ある様子を見て従うことに決めたのだと描く。これによれば、頼朝は広常の支持なしに隅田川辺まで進出したことになるのだが、延慶本などの『平家物語』では、少々異なる。

延慶本・長門本・源平盛衰記では、頼朝が広常・常胤《つねたね》に使者を送ると、まず常胤が結城《ゆうき》の浦《うら》（現千葉市内）に参向、下総国府に案内したとし、その様子を見て広常が下総国府に参上したと読める（地名については異同がある）。頼朝が広常の遅参を叱ったとする点は『吾妻鏡』と同様だが、広常の帰順は、『吾妻鏡』よりは早いと解される。だが、そもそも、『吾妻鏡』や『平家物語』の語る広常の遅参そのものを疑う余地があろう。

当時、房総においては上総介広常の勢力が最も強く、広常の支持なしに房総半島を通過することは困難だっただろう。野口実は、『高山寺《こうざんじ》明恵《みょうえ》上人行状《しょうにんぎょうじょう》』に、平家側の平重《しげ》国《くに》が治承四年九月に上総で誅されたとあることからも、広常は早くから頼朝側の立場で積極的に戦い、頼朝の下総進入以前に上総国府を制圧していたと見る。広常の弟の金田頼経が衣笠城の援軍に来ていたとされることも、先に延慶本によって見たとおりで、このことは『吾妻鏡』八月二十四日条にも見える（「金田小大夫頼次」とする）。おそらく、頼朝が房総に着いたとたんに息を吹き返したのは、広常が最初から頼朝を支持していたことが大きかったのではないか。

ただ、広常は、寿永二年（一一八三）十二月二十二日に、頼朝に誅殺された（『鎌倉年代記裏書』)。それはおそらく、広常の勢力が大きすぎたために頼朝から邪魔者扱いされたせいだったのだろうが、早く誅殺されたために、広常を悪く言う所伝が早くから形成されたのであろう。『平家物語』もそうした広常観の影響を受けていると思われるが、『吾妻鏡』は広常に対してより冷淡であり、功績を小さく描こうとしていると考えられよう。本章の最初に述べたように、そもそも『吾妻鏡』は『平家物語』の古本あるいは『平家物語』と共通する資料も用いており、さらにそれを鎌倉幕府にとって都合のいいように編集したと見られる。もちろん、『平家物語』にも虚構があるが、時には『吾妻鏡』よりも信頼できる場合もあるというのは、たとえばこうした箇所なのである。

ともあれ、頼朝は房総を席捲して隅田川を越え、武蔵国に入った。衣笠城で三浦一族と戦った畠山重忠も、十月四日に頼朝のもとに参向し、三浦一族の反発はあったものの、帰順を許された。いまだ帰順しない、あるいは態度のはっきりしない武士たちもあったが、頼朝は、関東に安定した地位を築き、十月七日には、先祖の頼義以来のゆかりの地である鎌倉に入ったのである（日付はいずれも『吾妻鏡』による）。

平家軍の下向

一方、平家の動きは遅かった。当初、石橋山合戦圧勝の報もあり、頼朝の反乱など大したことはあるまいと高をくくっていたのであろう。その後、東国からの続報を得て、九月に入ってからは追討の準備に入ったが、実際に平維盛《これもり》を大将とする追討軍が新都福原を出発したのは九月二十一日のことであった（『玉葉』同月二十三日条）。その後も動きは鈍く、京都には二十三日に到着しながら、京都を出発したのは二十九日であった（『玉葉』『山槐記』同日条）。挙兵を予期できておらず、また、反乱の規模もつかめていなかったために初動が遅れたのだろうが、結果的にはこの遅れが命取りになった。

追討軍出発というと、現代の私たちは、完全武装の軍隊が全員集合し、隊伍を整えて一斉に行進してゆくようなイメージを描きやすいが、この当時の朝廷の軍が発向するというのはそうしたものではない。延慶本は、平家軍の進軍を次のように描いている。

平家の討手の使、三万余騎の官軍を率して、国々宿々に日を経て宣旨を読み懸けれども、兵衛佐の威勢に怖れて、従《したがい》付者《つくもの》なかりけり。駿河国清見関《きよみがせき》まで下りたりけれども、国々輩一人も従はず。

三万余騎の軍兵を率いて出発したとするが、これだけで戦おうと思っていたわけではない。「国々宿々に日を経て宣旨を読み懸け」たというのは、頼朝を追討せよという宣旨（天皇の命令）を諸国に伝え、道々軍勢を増やして行こうとしていたわけである。天皇の命令を各地に伝えれば、その地の武士たちが官軍に加わるはずだ（加わるべきだ）という律令国家の論理に基づいて、徴兵しつつ進軍していたわけだが、本来ならば進めば進むほど雪だるま式にふくれあがるはずの軍勢が、全く増えなかったという。それは、すでに頼朝勢の優勢を聞いて、勝ち目がないと判断した諸国の武士が、官軍に加わらなかったためだというわけである（ただし、五万余騎まで増えたとする源平盛衰記や、七万余騎まで増えたとする覚一本など、勢の増加を記す諸本も少なくないが、虚構であろう）。

清見関は、駿河国庵原《いはら》郡（現静岡市清水区）の清見寺《せいけんじ》付近。古代に著名な関があったあたりで、ここを越えれば富士川までは十数キロの道のりである。富士川の向こうには頼朝勢が待ち構えている。ここまで来て軍勢が増えないのでは絶望的である。なぜこのようなことになってしまったのだろうか。

『吾妻鏡』によれば、維盛率いる平家軍が富士川西岸に陣取ったのは十月二十日のことであった。福原を出発してから、約一ヶ月後のことである。しかし、『吾妻鏡』によれば、平家軍が福原を出発する前から、いや、おそらくは関東の正確な状況が京都に伝わる前から、動乱は甲斐国や駿河国、あるいは信濃国に及んでいた。富士川合戦について理解するには、その点を見ておかねばならない。この問題については、杉橋隆夫に要を得た論があるので、それを参考にしつつ、『吾妻鏡』によって記述してみよう。

現地の平家勢力の壊滅

実は、先に見てきた小坪坂・衣笠城合戦などと並行して、甲斐国や駿河国でも合戦が起きていたようである。

石橋山合戦の二日後（小坪坂合戦の翌日）の八月二十五日、俣野五郎景久は、駿河国の目代　橘　遠茂《たちばなのとおしげ》の軍勢を連れて、甲斐国へ赴いていた（俣野景久は、延慶本などによれば佐奈田与一との戦いで痛手を負ったことになっているが、やや齟齬する）。甲斐源氏の武田氏は頼朝に呼応する可能性が強かったためである。ところが、富士の北麓に宿した俣野の軍勢の持っていた弓弦《ゆづる》が、鼠に食い切られてしまった。あわてていたところに、安田三郎義定《よしさだ》をはじめとする甲斐源氏勢がやって来た。両軍は波志太山《はしだやま》（未詳だが河口湖と西湖の間の足和田山か）で遭遇し、合戦となったが、弓が使えなかった俣野勢は敗北した。

また、九月十日、甲斐源氏の嫡流である武田信義《のぶよし》・一条忠頼《ただより》の親子は、駿河国に侵攻しようと思ったが、その前に信濃国の平家勢力を討とうと、伊那郡大田切郷《おおたぎりごう》（現長野県駒ヶ根市赤穂）の菅冠者（未詳）を攻め、自害させている（ただし所領に関わる諏訪の霊験譚を主体とした話で、史実性は検討の余地があろう）。武田父子は十五日に甲斐国に帰り、訪れた北条時政と対面したという。

そして、維盛率いる中央の平家軍が京都を出発した直後の十月一日、駿河国の平家勢力である目代橘遠茂は、甲斐源氏来襲の報を聞いて、駿河・遠江の軍勢を興津《おきつ》（現静岡県清水市）に集めた。維盛の軍勢はまだ現地に到着していなかったが、遠茂はその到着を待たずに甲斐国に先制攻撃をかけることとした。それは長田《おさだ》入道の案であったという。長田入道とは、もともと源氏の家人で、平治の乱後に頼朝の父義朝を尾張国野間《のま》（現愛知県知多郡美浜町）の宿所に迎え入れながら、主君を裏切って討ち取り、その首を平家に差し出したとされる長田庄司忠宗《ただむね》であろう（『平治物語』）。長田にしてみれば、頼朝が天下を取ることだけは避けたかったに違いない。

十月十三日、橘遠茂が富士の裾野を回って甲斐に攻め込んでくるとの報が入り、武田一族は迎撃体制をとった。翌十四日、攻め込んできた駿河勢は、鉢田《はちた》で不意に武田勢に出会った。「鉢田」を愛鷹山《あしたかやま》とする説もあるが、杉橋隆夫の考証によれば、駿河勢が富士東麓を進んだ可能性はなく、「鉢田」の正確な位置は不明ながら、合戦は現富士宮市北部、朝霧高原一帯で行われたものと見られる。ともあれ、この合戦で平家方は敗れ、長田入道の子息二人は梟首《きようしゆ》され、橘遠茂は生け捕りにされた。駿河現地の平家勢力はほぼ壊滅したのである。維盛の軍勢は十三日に駿河国手越《てごし》（現静岡市駿河区手越）あたりまで来ていたとも（『吾妻鏡』十六日条）、十六日に高橋宿（現静岡県清水市）に着いたともいう（『玉葉』十一月五日条）。わずかの差で、橘遠茂との合流を果たせなかったものだろうか。

その後、十月十七日には、相模の波多野義常《はたのよしつね》が討手《うつて》の襲来を知って自害した。十八日には、大庭景親が平家軍に加わろうと一千騎で出発しようとしたところ、すでに頼朝が二十万騎の軍勢を率いて足柄を越えたというので、進軍をあきらめて逃亡した。十九日には、伊豆の伊東祐親が平家軍に加わるために船で出発しようとしたところを天野遠景に捕らえられた。こうして、維盛に呼応するはずだった平家方勢力の多くは、維盛の軍勢が到着する直前にすでに壊滅していたのであり、平家軍に合流したくともできなかったのである。

水鳥の羽音

こうした状況のもとで、富士川合戦になる。富士川合戦は、『平家物語』諸本がいずれも掲載し、基本的な骨格は同様である。覚一本によって述べれば、平家軍は富士川西岸に着いて後陣の到着を待ったが、源氏勢の多さに驚く。維盛は斎藤実盛を呼んで東国武士とはどのようなものか尋ねるが、実盛はその強さや勇猛さを説いて平家勢を震え上がらせてしまう。その晩、富士の沼にいた水鳥が、何に驚いたのか、一斉に飛び立った。平家の軍兵はその羽音を敵勢の襲来と間違え、我先にと逃げてしまった。戦わずに逃げたため、平家軍は人々にあざ笑われ、落首も多く作られた。たとえば、

ひらやなるむねもりいかに騒ぐらん柱と頼むすけをおとして

「ひらや」は「平屋」と「平家」、「むねもり」は「棟守」(家を守る者)と「宗盛」、「すけ」は「助《す》け」(家の支柱)と「権亮《ごんのすけ》」(維盛)に掛けている。「平屋の棟守はどんなにあわてているだろう、柱として頼りにしていた『すけ』を落としてしまって」と、宗盛や維

盛をからかったものである。

「水鳥の羽音に驚いて逃げた」という話は有名だが、ほんとうにそんなことがあり得たのだろうか。一見して疑わしく思えるような話だが、これは『平家物語』の作り話ではない。中山忠親の日記『山槐記』十一月六日条には、事情を知る「或者」の談話として、次のように書かれている。富士川に着いた官軍はわずか千余騎ほどで、とうてい戦える状態ではなかった。しかも、内心ひそかに頼朝に心を寄せている兵も多く、互いに疑心暗鬼の状態であった。侍大将の忠景（上総介忠清）も戦意を失いつつあったところに、次のようなことが起きた。

宿の傍らの池の鳥数万、俄《にわか》に飛び去りぬ。その羽音、雷を成す。官兵皆、軍兵の寄せ来るかと疑ひ、夜中に引き退く。

『山槐記』に、このように記しとどめられている以上、平家軍が水鳥の羽音に驚いて逃げたというのは、少なくとも当時の風聞として存在したのである。もちろん、水鳥の羽音だとわかっていたら逃げはしないだろうから、これは、後から考えての反省か、伝聞などであろうか。松島周一は、維盛率いる本隊の撤退を知って、後からあわてて退却しなければならなかった副将忠度《ただのり》の部隊から出た情報かと推測している。『平家物語』の記述を創作と決めつけることの難しさを示す一例ではあろう。

ともあれ、現地に着いた時にはすでに遅く、圧倒的に不利な状況に陥っていた平家軍が、戦意を失って逃走したことは疑いない。そして、そうした状況を作り出したのは、頼朝というよりも甲斐国の武田氏の功績が大きかったようである。駿河の平家勢力を壊滅させたのが武田源氏だったと考えられることはすでに述べたとおりだが、『玉葉』十一月五日条によれば、十月十七日には武田から使者が来て、浮島が原あたりで戦おうとの提案があったという。十月十八日には、維盛率いる平家軍は富士川近くに仮屋を構え、翌朝にでも攻め寄せようとしたが、軍勢を数えると四千余騎ほどであったのに、軍議をしている間に味方が数百騎逃げ出し、敵側に加わってしまった。そうこうしているうちに軍勢はたちまち一、二千騎に減ってしまい、武田の四万余騎には対抗すべくもなかったので、忠清は撤退を決意し、なおも退く気のない維盛を説得して引き上げたのだという。このように、「軍陣に供奉せる輩の説」によったという『玉葉』の情報では、平家軍を撤退に追いやったのはもっぱら武田一族であったと読める。『吾妻鏡』十月二十日条は、頼朝が富士川河口の駿河国賀島（現静岡県富士市）に着陣したと描くが、それさえ疑わしいともいわれる（髙橋昌明〔二〇二一〕）。

その後の頼朝

いずれにせよ、平家軍を戦わずして追い返したことで、西からの脅威はとりあえず防ぐことができた。しかし、頼朝が関東に安定した権力を築いたのかといえば、そういうわけではない。甲斐国の武田氏や常陸国の佐竹氏は、同じ清和源氏とはいえ、頼朝からは独立した存在であり、むしろ、覇を競うライバルであったといってもよい。とりわけ佐竹氏は頼朝に敵対的であった。頼朝は、平家軍が西に帰って行った後、直ちに東に転じて、常陸の佐竹氏を討った。それは、木村茂光によれば、「富士川の合戦で甲斐源氏に遅れをとった頼朝が、源氏の棟梁としての地位を確定すべく」行った合戦であったという。ともあれ、頼朝は、維盛の後を追って東海道を攻め上るようなことはせず、関東の反頼朝勢力の掃討と、後に鎌倉幕府と呼ばれることになる武家政権の構築に専念するのである。

義仲の戦い

木曽冠者の進撃と朝日将軍の最期

義仲の挙兵と横田河原合戦

源義仲《よしなか》（木曽義仲）が平家政権打倒の兵を挙げたのは、頼朝挙兵よりも遅いが、平家を追い落として都に入ったのは頼朝よりも先であった。義仲は頼朝とは行動を共にせず、別途に平家と戦い、その後には頼朝と戦ったのだが、そうした彼の軌跡をたどるためには、まず、その生い立ちを簡単に振り返っておく必要がある。

義仲の生い立ち

義仲の父は、帯刀先生《たてわきせんじょう》義賢《よしかた》。為義《ためよし》の男、義朝《よしとも》の弟である。だが、義賢を討ったのは、義朝の長男、義賢にとっては甥にあたる悪源太《あくげんた》義平《よしひら》であった。延慶本《えんぎょうぼん》・盛衰記《じょうすいき》などが伝えるところでは、義賢は仁平三年（一一五三）頃から上野国《こうずけのくに》（現群馬県）に居住し、秩父《ちちぶ》重隆《しげたか》の養君となって武蔵国へも勢力を伸ばしたが、おそらくその権益の衝突によるのであろう、久寿二年（一一五五）八月十六日、大蔵館《おおくらやかた》（現埼玉県比企郡嵐山町《らんざんまち》）で悪源太義平と戦い、殺害された。義仲の母は、たった二歳の我が子を抱いて信濃国の木曽へ逃げ、中原兼遠《なかはらかねとお》に義仲を預け、養育を頼んだのだという。つまり、義仲にとって義平は親の敵であり、頼朝や義経はその弟たちであった。大蔵館での合戦は『台記《たいき》』久寿二年八月二十七日条や『百練抄《ひゃくれんしょう》』同年同月二十九日条に見え、史実と確認できる。

義仲は、賢く容顔《ようがん》もよく、武芸の能力もある、すぐれた少年に育った。中原兼遠は、当初は出家させようかと思って義仲を育てたが、天性の武将と見て元服させたという。そして義仲は、平家の様子を見にひそかに京都へ上り、あわよくば平家を討とうと思ったが、隙が無いのであきらめて木曽に帰ったという。これは事実とも思えないが、延慶本や長門本《ながとぼん》・四部合戦状本《しぶかっせんじょうぼん》などが語るところでは、これが平家に露顕して、兼遠は義仲の身柄を要求され、起請文《きしょうもん》を書いて逃れたのだという。そして、兼遠はそれによって義仲の養育をあきらめ、信濃の大名であった根井小矢太滋野幸親《ねのいのこやたしげののゆきちか》に義仲を預けた。

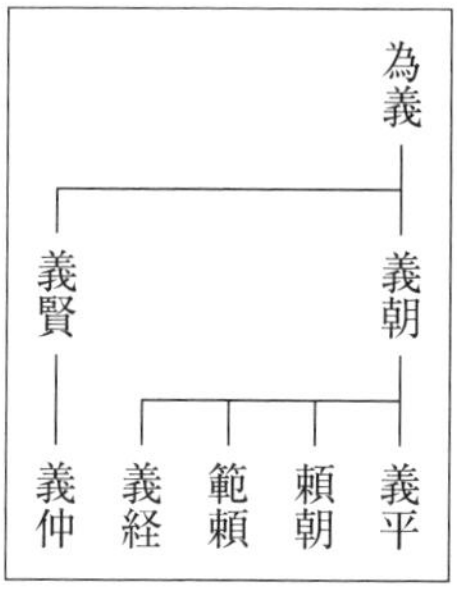

図13　源氏略系図

「根井小矢太滋野幸親」は、これで一人の人名で、東信濃の豪族、滋野氏の武士である。滋野氏は海野《うんの》・禰津《ねづ》・望月《もちづき》の三家に分かれて北佐久・小県《ちいさがた》の両郡に割拠し、同族として行動していた。滋野氏に推戴されることにより、義仲はいよいよ源氏の貴種として頭角を現し、信濃国や、父義賢の根拠地であった上野国に勢力を張ることとなった。「木曽義仲」のあだ名から、義仲は木曽を根拠地としていたように思われがちであり、『平家物語』にも時折そうした記述が見られるが、育ったのは木曽でも、重要な勢力基盤は父から継いだ東信濃および上野あたりであったことには注意しておきたい。

義仲の挙兵

さて、義仲も頼朝と同様に以仁王《もちひとおう》の令旨を根拠として挙兵したものと見られるが、挙兵の時期は明確ではない。『吾妻鏡《あずまかがみ》』で義仲の記事が最初に見えるのは、治承四年（一一八〇）九月七日条、安房に逃れた頼朝が再起を図りつつある時期である。『吾妻鏡』によれば、この時、頼朝挙兵を聞いてこの挙に参加したいと思っていた義仲を、平家方の笠原《かさはら》平五頼直《よりなお》が襲おうとしたので、義仲の味方の村山義直《よしなお》などがこれを聞いて市原で合戦し、義仲が駆けつけて笠原頼直を撃退、越後に追い払ったのだという。

一方、『玉葉《ぎょくよう》』や『山槐記《さんかいき》』では、同年十二月に入ってから甲斐・信濃の源氏に関わる情報が見られるが、都の人々にとって、この段階で甲斐・信濃の源氏として意識されていたのは、武田信義《のぶよし》など武田氏を中心とした勢力であろう。富士川合戦に武田氏が大きな役割を果たしたのは前章で見たとおりであり、その勢力は中央の貴族にも意識されていた。

それに比べて、義仲が中央の貴族から注目されるようになるのは後のことだった。

義仲の名の初出は、『玉葉』では寿永二年（一一八三）五月十六日条、『吉記《きっき》』では同年六月二十九日条であり、平家を都落ちに追いやる直前になって初めて、その存在がはっきり意識されたのだといってよかろう。したがって、義仲の挙兵から勢力伸長の実態については不明の点が多い。だが、『吾妻鏡』や『平家物語』の記事などから見て、遅くとも治承四年の末頃には反平氏の立場で活動していたと見てよいだろう。

『平家物語』のほとんどの諸本は、巻六前半、清盛が熱病で亡くなる記事の直前あたりに義仲の挙兵を描く。治承五年（一一八一）一月から二月頃とするのだろう。ただ、四部合戦状本のみ、巻五の富士川合戦後の位置に義仲の挙兵を記す。年月日は記さないが、治承四年十一月後半頃のこととするようであり、史実に近い時期といってもよかろう。ただし、これは単に兵を挙げたという記事であり、合戦を具体的に描くわけではない。

城氏との戦い

清盛死去の後、諸本が記すのは、平家は越後国の城助長《じょうすけなが》（「資長」などとも）に命じて義仲を討たせようとしたが、助長が出陣しようとすると、空から「奈良の大仏を焼いた平家の味方がいるぞ。召し捕れ」と不気味なしわがれ声がして、黒雲が覆ったかとみると、助長が倒れ、落馬して死んでしまったという話である（諸本により時期の設定はやや異なる）。城助長が治承五年春頃に亡くなったのは事実のようだが、単なる病死が、前年十二月の平家による南都焼打の仏罰として説話化されたものであろうか。

城氏は「余五将軍《よごしょうぐん》」として名高い平維茂《たいらのこれもち》の子孫で、越後国に勢力を張っていた。後には女武者板額《はんがく》を生んだことでも知られる有力な豪族であった。平家はこの城氏の力をもってすれば、関東の源氏に対抗できると期待していたのだろう。延慶本は、治承五年（一一八一）正月に、頼朝や武田信義らを追討するよう、城助長に命じた宣旨を収載しており、この前後の記録類から見て、こうした宣旨が実際に下された可能性は高い（『玉葉』治承五年閏二月十七日条その他）。しかし、城助長は病死してしまった。そこで、弟の城四郎助茂《すけもち》（「長茂」「助職」「資職」などとも）が跡を継いで態勢を立て直し、大軍で信濃に攻め込み、義仲と戦った横田河原《よこたがわら》合戦が、『平家物語』の描く義仲の最初の合戦である。

横田河原合戦は、延慶本などによれば治承五年（一一八一）六月頃、覚一本《かくいちぼん》などによれば寿永元年（一一八二）九月頃のことであったとされる。『吾妻鏡』も寿永元年十月九日条に合戦記事を記すのだが、これは、延慶本などの方が事実に近いと見られる。『玉葉』治承五年七月一日条に、城助永の弟「助職」が「六月十三四両日」に信濃に入り、勝利を続けたが、信濃源氏の奇襲に遭って敗れたとの記事があり、『吉記』も、同六月二十七日条に、城資永の弟「資職」が信濃に寄せて敗れたとの風聞を記すからである。

なお、覚一本などは、横田河原合戦の前に城四郎助茂の越後守任官を記すが、これは、実際には城助茂が横田河原合戦に敗れた後、養和元年（一一八一。治承五年を改元）八月のことだったようである（『玉葉』・『吉記』同年八月十五日条）。奥州の藤原秀衡も同時に陸奥守に任じられており、明らかに東国の反乱への対策だが、在地の豪族が国司に任じられるのは異例のことであり、『玉葉』はこれを「天下の恥」と嘆いている。だが、逆にいえば、城氏への期待の大きさを示すものともいえるだろう。藤原秀衡《ひでひら》は動かないかもしれないが、城氏は北から攻め込んで、反乱勢力を撃滅してくれるのではないか——平家のそんな期待を打ち砕いたのが横田河原合戦なのである。

横田河原合戦

この合戦については、時期だけでなく、記事内容についても諸本に相違が大きい。一言でいえば、延慶本などが詳細であるのに対して、語り本などは簡略である。ここでは、延慶本によって見てゆくこととしよう。

延慶本によれば、城四郎助茂（延慶本では「長茂」）は、越後全体と出羽国の武士まで動員した総勢六万余騎を三手に分けて信濃国に攻め込んだ。そして、このうち大手四万余騎を自ら率いて横田河原に陣を取った。横田河原とは、現在の長野市篠ノ井《しののい》横田、千曲川《ちくまがわ》の左岸である。千曲川は北へ向かって越後国に流れ、信濃川となる。信濃国と越後国を結ぶ経路でもあり、後代、上杉謙信と武田信玄が戦った川中島古戦場もこの近くである。甲信

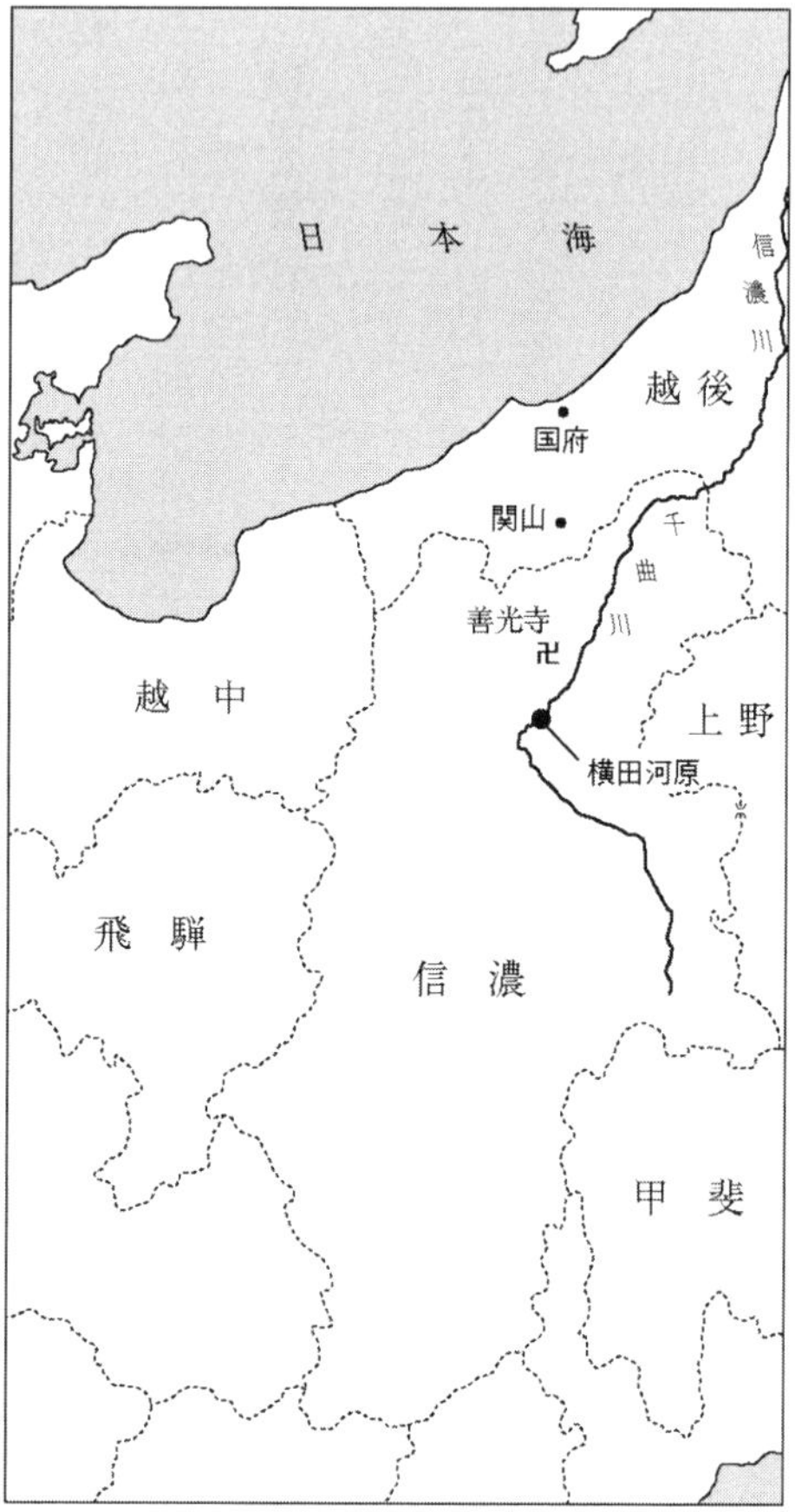

図14　横田河原の位置　市古（1978）より

地方の勢力と越後の勢力がぶつかる土地なのである。

　義仲はこれを聞いて、信濃・上野両国から兵を集めて向かったが、その勢はわずか二千騎に過ぎなかったという。小勢の義仲が、いかにして城氏の大軍を打ち破ったか。覚一本などの語り本では、後述する井上光盛《いのうえみつもり》の計略による奇襲を簡単に描くのみだが、延慶本では両軍を構成する武士の名を列挙した後、信濃や上野の武士たちの戦いを詳しく描いている。武士たちの名の多くは地名によるものなので、そこから、どの地域の武士が参戦していたかを推察することはできる。そうした考証を積み重ねれば、延慶本などの横田河原合戦記事には、現地の情報が豊富に盛り込まれていることがわかる。この合戦記事の基調は、橋合戦のような空想的な想像力によるものではなく、むしろ小坪坂合戦のように現実の合戦をふまえた、在地の武士たちの談話などに基づく面が強いのではないかと思われる（なお、延慶本などに登場する両軍の多くの武士たちの素姓については、金沢正大・畠山次郎・武久堅・菱沼一憲〔二〇〇四〕などによって考察が積み重ねられている）。

在地の合戦

戦いは千曲川をはさんで行われた。まず義仲側から百騎ほどが渡河し、城氏の陣を駆け破ると、城氏勢からは笠原平五頼真（頼直とも。現長野県中野市笠原の住人か）が百騎ばかりで渡河し、応戦した義仲側の高山党（上野国の住人か）の三百余騎を駆け散らした。笠原頼真は、五十七騎が討たれて残り四十三騎で生還し、大将の城四郎助茂に「いつもに変わらぬ功名である」と称賛されたという。笠原の兵数は城氏全体の多勢の記述とはアンバランスだが、実情には近いのではないか。いわゆる源平合戦は全国を二分する戦いであったとはいえ、その多くは、こうした小規模な合戦の積み重ねなのである。

義仲側からは、続いて佐井《さい》七郎弘資《ひろすけ》（西《さい》七郎とも。上野国佐井郡、現群馬県伊勢崎市の住人か）が、五十余騎で渡河した。城氏側で応戦したのが、地元の富部《とべ》三郎家俊《いえとし》（現長野市川中島町）の十三騎であった。佐井七郎が、富部三郎に対して、「お前のような奴では俺には不釣り合いだ。俺は将門を討った俵藤《たわらとう》太《た》秀郷《ひでさと》の八代の末葉、佐井七郎弘資だぞ」と名乗ると、富部三郎は、「お前は何かというと氏文《うじぶみ》（一族の系譜などの文書）を読もうとする奴だな。俺のどこが不足だ。俺は鳥羽院《とばのいん》の御時に北面《ほくめん》に候した下野右衛門大夫正弘《まさひろ》の嫡子家弘《いえひろ》の孫で、どこへ出ても恥ずかしくない。お前の方が敵として不足だ」と言い返す。石橋山合戦でも見た詞戦《ことばだたかい》である。石橋山合戦では、主に戦いの正当性を争うものだったが、ここでは武士としての家格の高さを競っている。いずれにせよ、戦わずして相手を圧倒しようとするのが詞戦であり、家系を誇ることは多かったと見られる。

富部三郎は十三騎で佐井七郎の五十騎の中に突入した。佐井が十三騎、富部が四騎になるまで戦う混戦の末、佐井は富部の首を取って自陣に帰った。そこにやって来たのが、富部三郎の郎等の杵淵《きねぶち》小源太重光《しげみつ》（現長野県篠ノ井杵淵の住人か）であった。杵淵重光は、この合戦の前に主人の富部三郎から勘当され、戦いで手柄を挙げて許されようと思って来たのだが、来てみると富部は討たれてしまっていた。そこで杵淵重光は、佐井七郎を追いかけて首を取り、主の富部の首と並べて、かき口説いた。「重光が参りました。讒言《ざんげん》によって勘当され、誤解が解けるのを待っておりましたが、こんなことになってしまって悲しいことです。私がおそばにいれば、富部殿の前で討死して見せましたのに、死に遅れてしまったのが残念です。敵《かたき》は取りました。安心して三途の川をお渡りください」。その後、杵淵重光は、敵陣に駆け込んで戦い、最後には太刀を口にくわえて馬から逆さまに飛び降り、自害した。この死に方は後に見る粟津《あわづ》合戦の今井兼平《かねひら》と同じである。

横田河原合戦は、全体としては義仲寄りの視点から描かれているのだが、杵淵重光は城氏側に属した富部家俊の郎等である。その活躍と死の様子を詳細に描くのは、鎮魂の語りを思わせる。石橋山合戦について、佐奈田与一の鎮魂の語りを考えたが、それは、権力を握った頼朝に三浦氏が忠節を尽くした証という意味もあって語り継がれたものであったと見られる。それに対して、城氏・富部・杵淵は敗者の側であった。これについて、砂川博は富部の地に伊勢神明社があったことから、そこに仕える巫覡《ふげき》が富部や杵淵の霊魂を慰めるために最期のさまを語ったと想定する。確証できることではないが、あり得る想定であるといえよう。戦場から発生するそうした慰霊の物語も、『平家物語』の合戦物語の一角を占めたと考えられる。

赤旗の詭計

さて、義仲と城氏の戦いはなかなか決着がつかなかったが、そこに現れたのが、井上九郎光盛《みつもり》（現長野県須坂市井上町の住人か）であった。井上光盛は、城氏勢に近づくまで赤旗を掲げて、城氏の味方を偽装した。ところが、間近まで寄せたところで、突然赤旗をかなぐり捨てて、白旗を掲げ、城氏勢に襲いかかったというのである。この記述は覚一本などにもある。延慶本などの読み本系は地理的記述が詳細だが、どれも細部に不審な点を残し、現地の地理を正確にふまえているかどうかは疑問がある（『四部合戦状本平家物語全釈・巻六』『延慶本平家物語全注釈第三本（巻六）』参照）。しかし、問題点はあるにせよ、現地の地理をある程度ふまえた記述であることは確かで、諸本の原型が、現地の情報をふまえない空想的な記述であったとは考えられない。ともあれ、城氏の大軍は、これによって大混乱に陥り、敗れ去ったという。

『玉葉』七月一日条によれば、城助職《すけもと》（『平家物語』のいう助茂《すけもち》）が、六月十三・四両日、信濃国に侵攻し、当初は抵抗する者もなく勝に乗って進軍した。しかし、源氏が「木曽党一手、サコ党一手、甲斐国武田党一手」の三手に分かれて突然襲いかかった。険しい山路の進軍に疲れた城氏の軍勢は「一矢を射るに及ばず、散々に敗れ」たのだという。大将の助職も数ヵ所の傷を受け、甲冑を脱ぎ、弓箭《きゅうせん》を棄てて、わずか三百余人を連れて本国へ逃げ帰った。残る九千余人は、討ち取られ、あるいは逃亡して、再び戦う力は無いという。源氏の「三手」のうち「サコ党」（「佐久党」か）の実態や、「武田党」すなわち武田源氏が実際にどの程度合戦に関与していたのかなどについては、議論が分かれるところである。だが、義仲が描かれない点を除いては、『平家物語』が述べるところとそれほど大きな相違はないともいえよう。越後国から攻め込んだ城氏の大軍を、奇襲攻撃によって打ち破った信濃国周辺の武士たち、実はその中に義仲がいたわけだろうが、『玉葉』を書いた九条兼実《かねざね》はいまだ義仲を認識していなかったのだろう。実際には、この勝利によって、義仲は信濃国に安定的な勢力を確立したものと見てよかろう。

なお、『平家物語』諸本が描く井上光盛の奇襲はどう見てもだまし討ちである。この時代の武士たちは、もっと正々堂々と戦っていたと信じていた読者もいるかもしれないが、『平家物語』などの軍記物語では、だまし討ちは珍しくない。それはこの時代の武士たちの実態を反映したものであり、「正々堂々と戦う武士道」といった観念は近代に生み出されたものである（佐伯『戦場の精神史』〔二〇〇四〕参照）。

倶梨迦羅合戦と義仲の進撃

清水冠者

さて、城氏を打ち破って信濃国に勢力を張った義仲だが、その後しばらく大きな合戦はしていない。理由は二つあって、一つは、横田河原合戦のあった治承五年（改元して養和元年。一一八一）から翌年にかけて、ひどい干魃《かんばつ》により、日本全体が飢饉《ききん》に陥っていたことである。『方丈記』の描く「養和の飢饉」である。「腹が減ってはいくさができぬ」という通りで、養和元年から翌二年にかけて、横田河原合戦などの局地的な合戦はあったものの、源平両勢力の正面衝突のような合戦はなかった。

また、義仲にとってはもう一つの問題があった。頼朝との関係である。前章で述べたように、武田氏などの東国の源氏勢力は必ずしも頼朝の指揮下にあったわけではない。中でも義仲は、本章の最初に述べたように、父義賢を悪源太義平に殺されており、義平の弟の頼朝や義経は、親の敵の片割れであった。武士にとって親の敵ほど憎悪すべきものはない。義仲は頼朝に従うことなど決してできなかったわけである。『平家物語』諸本は、寿永二年（一一八三）三月頃、義仲と頼朝の間が緊張し、軍事的衝突の寸前まで至ったとする。もともと関係がよくないところへ、頼朝と仲違いした源行家《ゆきいえ》が義仲に保護されたことがさらに関係を悪化させたのだという（行家は為義の子で、頼朝や義仲には叔父にあたる）。

頼朝は大軍を率いて信濃へ向かったが、義仲は、嫡子清水冠者義重《よししげ》（「義基」「義高」などとも）を頼朝のもとに差し出して和平したと描く。形式的には頼朝の娘大姫《おおひめ》の婚約者となった形だが、実質的には人質である。幼い大姫が自分の婿とされた清水冠者に恋し、義仲の死後、清水冠者を逃がしたものの、清水冠者は結局殺され、大姫がひどく悲嘆したことは著名であり、後代、『清水冠者物語』が作られる。ともあれ、頼朝と和平した義仲は、敵を平家にしぼることとなった。

火打城合戦

飢饉の影響で、養和二年（寿永元年。一一八二）まで、東国の頼朝や義仲を追討することができなかった平家は、寿永二年の雪解け頃になって、ようやく北陸に義仲追討軍を派遣した。頼朝よりも義仲をくみしやすしと見たものであろう。実際、北陸へ向かった平家軍は、しばらく順調に進撃した。

平家軍が最初に攻めたのは、越前国の火打《ひうち》（燧）城であった（現福井県南条郡南越前町今《いま》庄《じょう》）。義仲側は、平泉寺長吏斎明威儀師《さいめいいぎし》や富樫・稲津・斎藤・林などといった在地の武士たちが、付近を流れる能美川《のみがわ》と新道川《しんどうがわ》の合流点にしがらみを作って川をせきとめ、人造湖を出現させて平家の進撃路をふさいだ。ところが、義仲側の大将格であった平泉寺長吏斎明威儀師が平家に内通し、矢文を使って、「この湖は川をせき止めて作ったものだから、しがらみを切り落としてしまえば簡単に水は引く」と人造湖のからくりを教えてしまったのである。延慶本では、人造湖のからくりだけではなく、城に通じる山道も詳しく教え、斎明は平家の攻撃に呼応して城に火をかけたとも描いている。兵力には大差があったので、こうなってはひとたまりもない。平家の攻撃の前に、火打城は落ちてしまった。

勢いに乗った平家軍は、越前国（現福井県）から加賀国（現石川県）へ進み、さらに越中国（富山県）に入ろうとした。寿永二年（一一八三）四月末から五月にかけてのことである。一方、義仲は信濃国にいたが、それを聞いて北陸に向かった。そして、両勢力は、加賀国と越中国の国境、倶利伽羅峠《くりからとうげ》でぶつかることになる。義仲の奇襲で名高い倶梨迦《くりか》羅《ら》合戦である。

礪波山と倶梨迦羅峠

加賀国と越中国の国境、現在の富山県小矢部《おやべ》市と石川県河北郡津幡町《つばたまち》の境には、礪波山《となみやま》（「砥浪山」「礪並山」などとも）がある。礪波山の一つの峰が倶梨迦羅山《くりからやま》、倶梨迦羅峠である。「倶梨迦羅」は「倶利迦羅」「倶梨伽羅」

などとも表記し、もとは倶梨迦羅不動（龍王に化身した不動明王）をいう。「倶梨伽羅峠」は、倶梨伽羅不動を祀る長楽寺が峠付近にあったことによる名で、古代から北陸道の要衝であった。ここで起こった戦いを、倶利伽羅合戦とも、礪波山合戦ともいう。

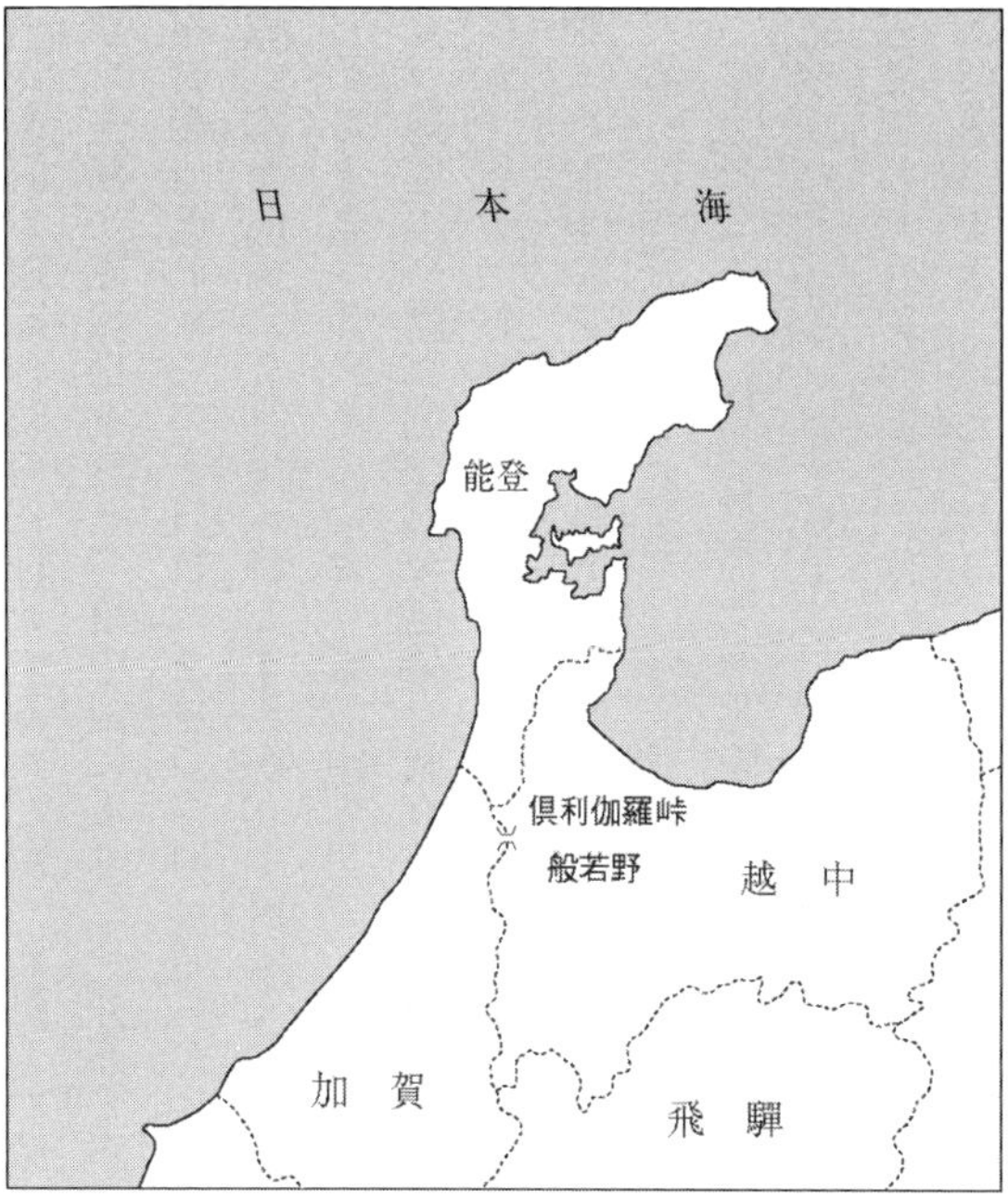

図15　倶利伽羅峠の位置　市古（1978）より

倶梨迦羅合戦は、寿永二年五月のことだったようである。『玉葉』同年五月十二日条には、「五月三日、平家軍が加賀国に攻め込んで戦い、両軍に死傷者があった」、同十六日条に、「五月十一日、平家軍先鋒が勝に乗って越中国に攻め込んだものの大敗した」と記す。この五月十一日が倶梨迦羅合戦にあたる可能性が高い。ただ、『平家物語』諸本では、覚一本などは五月十一日を倶梨迦羅合戦の日付とするのだが、延慶本では、五月十一日は越中前司盛俊《もりとし》らの平家軍先鋒が砺浪山を越えて越中国に入り、今井兼平《いまいかねひら》率いる義仲勢に敗れた日とし、倶梨迦羅合戦はそれから二十日ほどを経た六月一日のこととする。盛衰記では、倶梨迦羅合戦は覚一本と同様に五月十一日とするが、平家軍先鋒の合戦を「般若野《はんにゃの》合戦」と呼んで五月九日のこととする。あるいは、礪波山周辺で、倶梨迦羅合戦に先立って前哨戦的な合戦があり、延慶本や盛衰記が倶梨迦羅合戦直前の合戦を記すのは、それを伝えているのかもしれない。だが、前哨戦の日付はともかく、戦局を大きく左右した倶梨迦羅合戦自体は、『玉葉』の記事や前後の合戦との関係を考えれば、五月十一日のことだったと考えるのが妥当だろう（浅香年木など参照）。

『玉葉』では六月四日条に、「北陸の官軍、悉《ことごと》く以て敗績」との情報が飛脚によって伝えられたとある。おそらくこれが篠原《しのはら》合戦のことと見るべきだろう。五月十一日頃と五月末ないし六月初め頃の二回、大きな合戦があったとすれば、それは倶梨迦羅合戦と篠原合戦に該当すると考えられる。詳細は省略するが、諸本の様態から見て、古い段階の『平家物語』において、倶梨迦羅合戦の前哨戦を含む合戦の日付に混乱があり、覚一本や盛衰記などはそれを訂正したものと考えておきたい。

大夫房覚明

信濃国から駆けつけた義仲は、礪波山の東の麓の埴生《はにゅう》で、八幡宮を見つけたと、『平家物語』は語る。現在も富山県小矢部市埴生にある埴生護国八幡宮である。八幡は、八幡太郎義家以来、源氏の武士たちが信仰する神社であった。義仲は、命運を賭けた合戦の前に八幡宮を見つけたことに喜んで、戦勝祈願の願書を捧げた。この願書と伝えられるものは、現在も同八幡宮に残っている。

『平家物語』は、この願書を書いた義仲の手書《てがき》（書記）として、大夫房覚明《たゆうぼうかくめい》を紹介する。覚明は儒者出身で、出家して「最乗房信救《しんぐ》」と名乗り、南都に通っていたが、以仁王挙兵の時、興福寺が園城寺から反平家の挙兵を誘われた際、返牒《へんじょう》（返事の手紙）を書いた。その中に、「清盛は平氏の糟糠《そうこう》（ぬかかす）、武家の塵芥《ちんがい》（ちりあくた）」、つまり、清盛は屑のようなものだという文言があったので、清盛から憎まれ、以仁王の乱の収束後、南都にいられなくなって北陸に下り、義仲の手書となったという、いわくつきの人物である。

この覚明が注目されるのは、義仲の合戦物語の一部が、この覚明によってまとめられたのではないかという推測がなされているからである。プロローグで述べたように、『平家物語』は、さまざまな資料を継ぎ合わせてできた作品なので、さまざまな矛盾や分裂を抱えている。それがよく表れているのが義仲の人物造型である。義仲は、巻七では北陸進撃の姿が勇ましく描かれるが、巻八の「猫間《ねこま》」では田舎者として馬鹿にされる。しかし、巻九の「木曽最期」では共感をこめて描かれる。この分裂について、水原一〔一九七一・一九七九〕は、「猫間」における嘲笑は都の下人たちから、進撃や最期の共感を込めた記述は義仲の従者たちから、それぞれ伝わった話がもとになっているのではないかと考えた。これは現在、通説となっている。そして、義仲の従者の側で作られた物語の作者として、有力視されるのが覚明なのである。実は、覚明は義仲の滅亡後には箱根にこもり、漢学者として著作を残している。物語作者ではないかといわれるのも一理ある。

もっとも、八幡の願書や延暦寺に遣わした牒状《ちょうじょう》など、義仲関係の文書に覚明が関わった可能性は高いが、合戦物語を覚明が書いたかどうかはさだかではない。覚明は漢文の学問に非常に堪能で、書状などを書いた文筆家ではあろうが、だからといって合戦物語のようなものを書いたかどうかはわからない。だが、変革期の知識人の生き方として一つのモデルを残した覚明を『平家物語』そのものの作者とする想定は、花田清輝『小説平家』など興味深いフィクションを生んでいる。

倶梨迦羅合戦

さて、『平家物語』によれば、義仲には策があった。数にまさる平家と正面からぶつかっては勝てない。昼のうちは、勝負をしようとはやる平家勢を適当にあしらい、夜の闇に乗じて平家陣に思いもよらない方向から奇襲をかけ、混乱させて険しい谷の底に追い落とそうというのである。平家が野営したとされる、倶利伽

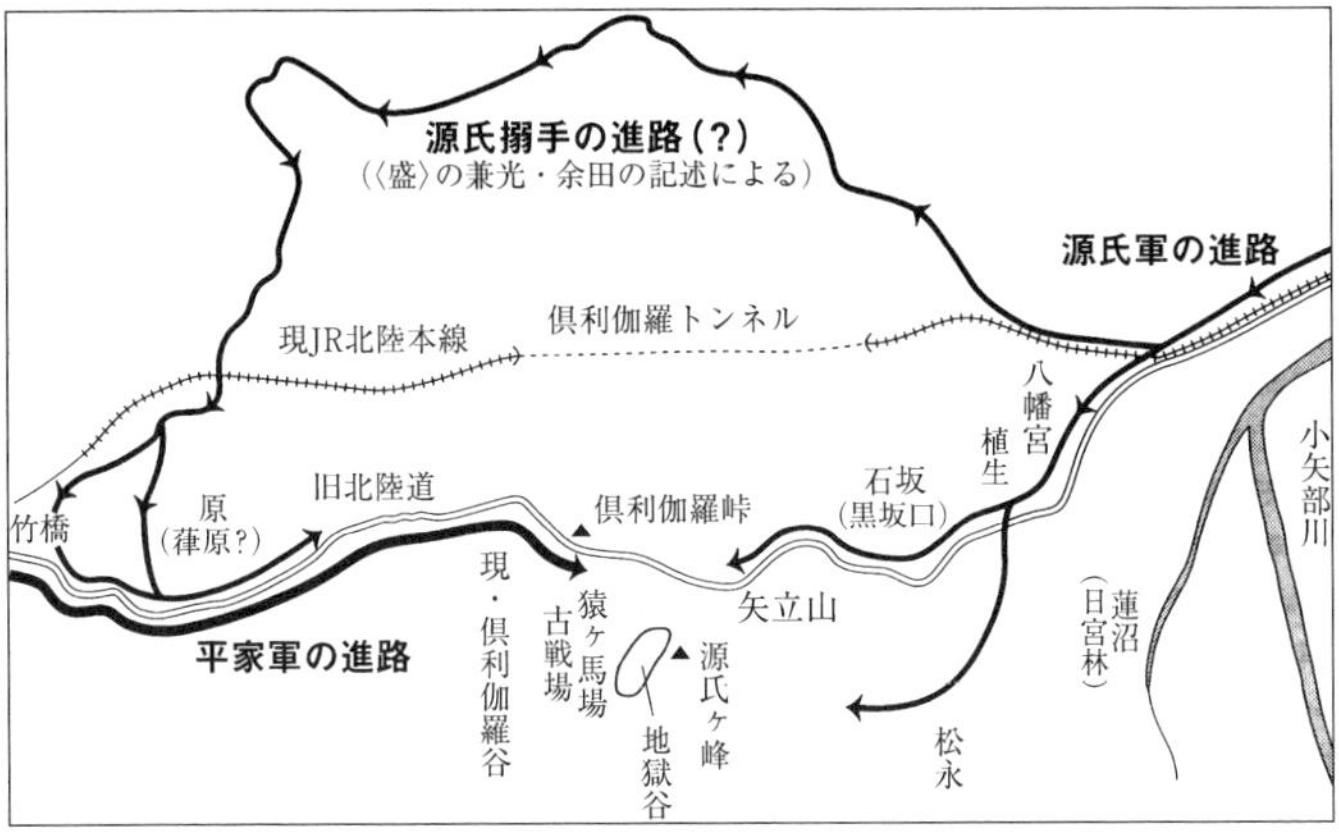

図16　源平両軍の進路（源平盛衰記による）　早川ほか（2003）より

羅峠に近い猿《さる》ヶ《が》馬《ば》場《ば》の南側には、現在「地獄谷」と呼ばれている深い谷がある。現地の地理に詳しくない平家勢を、その谷に追い落とそうというわけである。覚一本は、義仲が礪波山に向かう前に軍勢を七手に分けたとする。そのうち一手は叔父の源行家が率いて、礪波山からは離れた志雄《しお》（能登半島の付け根、現石川県羽咋郡《はくいぐん》宝達志水町《ほうだつしみずちょう》）に向かい、残りの六手は六つの方向から礪波山に向かったとする。だが、この記述からは、平家軍をどのように地獄谷に追い落としたのか、あまり明確にはわからない。この点、盛衰記も同様に勢を七手に分けたとするが、そのうち一手は樋口兼光《ひぐちかねみつ》が率いて笹野・富田を廻り、「倶利伽羅の峠の西のはづれの葎《むぐら》原《はら》」に押し寄せたとする。これなら、北側を大きく迂回して西側から平家軍の背後を突いたことになり、平家勢を谷に追い落としたという地理的な事情はわかりやすい。しかし、兼光の経路は非常に大きな迂回となるので、地元勢の案内があったとしても、これほどの回り道をする時間的余裕があったかどうか、疑問である。

一方、勢を七手に分けたとは記さない異本も、延慶本など多い。延慶本では、今井兼平らが「平家の陣の後、西の山の上」に廻ったと記すので、一見、右に見た盛衰記の記述と同じことを描いているようにも見える。しかし、延慶本の記述は、基本的な方位感覚が九〇度ずれていることを考慮する必要がある。延慶本は、平家は「北向きに陣を取る」、義仲は「南向きに黒坂口に陣を取る」と記している。実際には東西に対峙した源平両軍を、南北に対峙したものと描いているのである。当時の都人の方位感覚としては、北陸へ進むことは京都から北に向かって進むことなので、礪波山においても平家軍は北へ向かったと理解されていたと見られる。だとすれば、今井兼平が「西の山の上」に廻ったという記述も方位が九〇度ずれている可能性が強く、盛衰記のように平家陣を背後から襲ったのではなく、横から襲ったと想定しているのだろう。

前章で小坪坂合戦について述べたように、『平家物語』作者・編者は正確な地図を持っていたわけではない。小坪坂合戦の場合、延慶本などは現地でできた合戦物語を取り込むことによって地理的に正確な記述ができたようだが、北陸合戦については現地の情報が十分ではなく、都人の方位感覚を持ち込んだ不正確な記述となっているのだろう。そのため、この合戦を地理的に正確に説明することは困難である。ただ、ごく大まかに、義仲が奇襲で平家勢を谷底に追い落とし、大打撃を与えたというのはおそらく史実なのだろう。

なお、盛衰記は倶梨迦羅合戦で義仲が火牛《かぎゅう》の計を用いたとする。四、五百頭の牛の角には松明《たいまつ》を結びつけて平家の陣に追い入れ、混乱させたとするのである。著名な話で、現地には松明をつけた牛の像が建っている。火牛の計は、長門本では、倶梨迦羅合戦に先立つ安《あ》宅湊《たかみなと》（現石川県小松市安宅町）での城攻めにおいて、平家側の斎明威儀師が用いた策とされている。しかし、いずれにしても、これは『史記』田単《でんたん》列伝に見える中国故事の翻案であり、事実とは考えられない。『史記』では、斉《せい》の田単が籠城していた即墨《そくぼく》の都城から打って出る際、牛の角に刃を結びつけ、尾に火を付けて城を囲む敵勢の中に追いやったというもので、それなりに合理的だが、牛の角に松明を結びつけて火をつけるのでは、牛は前に走らないだろうし、さらに盛衰記のように礪波山の山中で多数の牛を敵陣に追いやるというのは現実性に乏しい。田単の話は『蒙求《もうぎゅう》』などにも見えて著名だったため、興味本位で翻案がなされたものと見られる。

篠原合戦

平家は倶梨迦羅合戦で大きな打撃を受けたようだが、これは山中の奇襲攻撃によって蒙った被害であり、正面から全力でぶつかったわけではなかっ

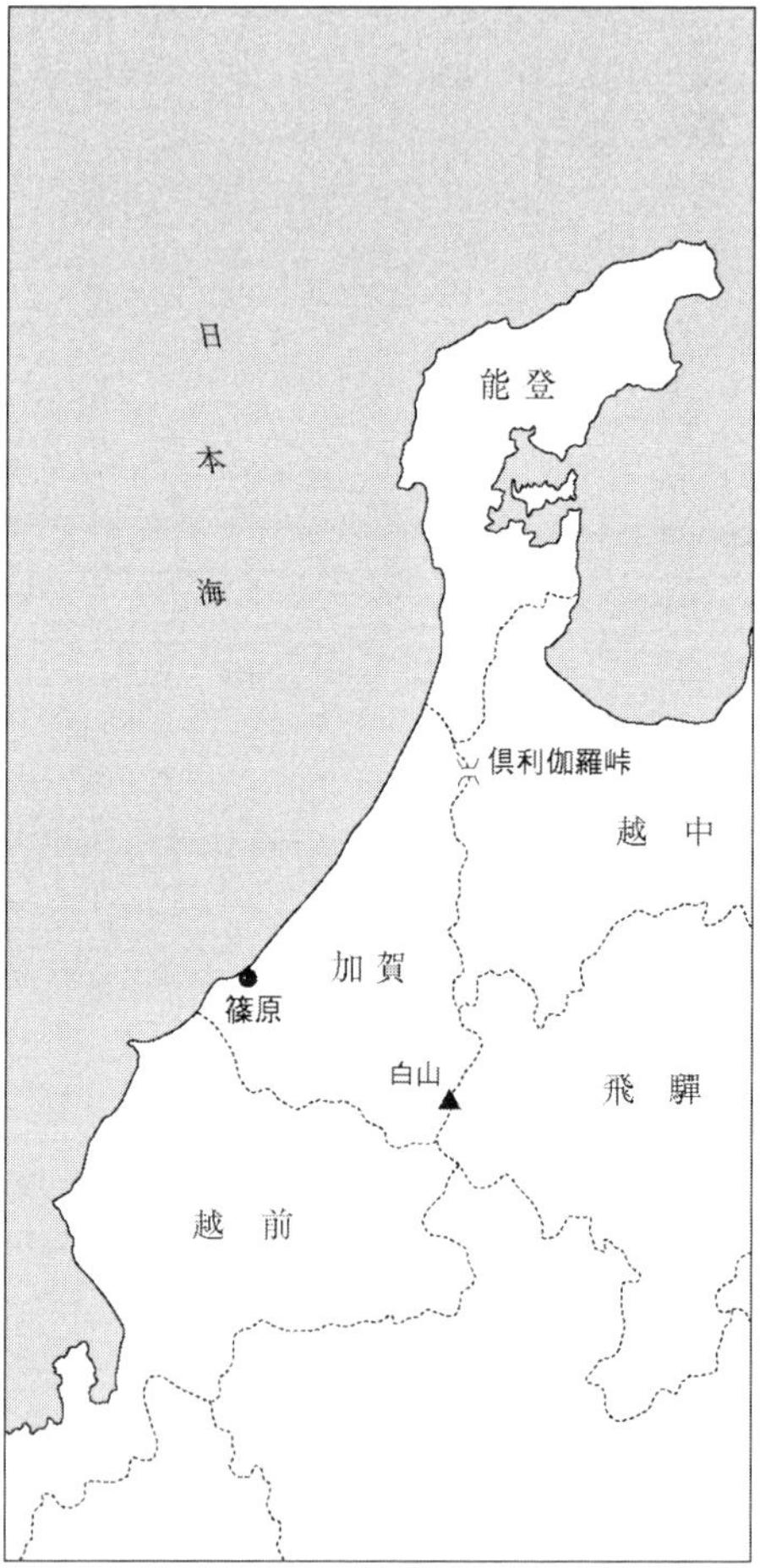

図17　倶利伽羅から篠原へ　市古（1978）より

た。平家としては、おそらく、もう一度正面から戦いたいという気持ち、あるいは白昼、平野での戦いなら今度こそ勝てるのではないかという思いがあったのではないだろうか。本来の兵力は平家の方が多かったはずである。このまま逃げ帰るわけにはいかない。平家は加賀国篠原（現石川県加賀市篠原町）まで引き退き、もう一度義仲勢と戦ったとみられる。しかし、倶梨伽羅合戦の打撃が大きかったのか、あるいは勢いというものだろうか、平家はまたも敗れ、壊滅的な打撃を受けたようである。

先に見た『玉葉』六月四日条「北陸の官軍、悉《ことごと》く以て敗績」は、この戦いの情報と考えられる。『一代要記《いちだいようき》』や『皇代暦《こうだいれき》』裏書は編纂史書だが、六月一日のこととして篠原合戦を伝えている。『平家物語』諸本は、覚一本が五月二十一日、盛衰記が五月二十五日とする他、篠原合戦を五月下旬とするものが多い。ただし延慶本は日付を記さないし、長門本は六月十三日頃のことと読める。『平家物語』諸本の篠原合戦の扱いには相違が目立ち、必ずしも大きな合戦として描かないものもある。盛衰記は「平家落上所々軍」の中で、平家が引き退く途中の合戦の一つとして扱うし、四部合戦状本も平家が退く途中、「平家の官兵少々返し合はせて」戦ったものとしていて、あまり大きな合戦という印象を受けない。

だが、覚一本は、「五月廿一日午の剋、草もゆるがず照す日に、我おとらじとたゝかへば、遍身《へんしん》より汗出て水をながすに異ならず」と、真夏の激戦ぶりを描き、敵に情けをかけて討たれた髙橋長綱や、武蔵三郎左衛門有国の立往生などを語っている。

実盛最期　中でも有名なのが、斎藤実盛《さねもり》の最期である。実盛は、「長井斎藤別当実盛」と称する。藤原利仁《としひと》の子孫で、もとは越前国（現福井県）の生まれだったが、武蔵国長井（現埼玉県熊谷市）に移って長く住んだ。『平家物語』では七十三歳（盛衰記）、七十歳余り（覚一本）とされるのが有名だが、多くの異本は六十歳を越えた程度と読める。流布本『保元物語《ほうげん》』には、保元の乱（一一五六年）当時三十一歳とあり、実際にはまだ五十歳代だったかもしれない。

ともあれ、『平家物語』諸本によれば、実盛は、富士川から逃げ帰ったことを恥じて、自分の出身地である北陸で討死するつもりであったという。そして、「故郷には錦を着て帰れ」という言葉があるので、大将軍が着るべき錦の直垂を着て出陣したいと宗盛に願い出た。「故郷には錦を着て帰れ」は中国故事で、本来は、貧窮を克服して出世した朱買臣《しゅばいしん》を故郷である会稽《かいけい》の太守に任じた武帝が、「富貴にして故郷に帰らざるは繡《しゅう》を衣《き》て夜行くが如し」（せっかく出世しても故郷に帰らないのでは、美しい服を着て夜歩いているようなもので、人に見てもらえない）と言ったというものだが、日本では原典とはいささか異なる形で知られ、「故郷に錦を飾る」といった形で今でも使われる。実盛は討死を覚悟して、生まれ故郷に錦を飾ろうとしたというわけである。だが、事実としては、これはいささか疑わしい。まず、実盛が富士川合戦で逃げ帰ったということが疑わしいし、平家勢は北陸遠征を勝てる戦いと認識していたはずで、出陣前から討死するつもりでいたというのも直ちには信じられない。

また、実盛で有名なのは、鬢《びん》（もみあげ）と髭《ひげ》を黒く染めて戦ったという話である。実盛はすでに高齢で白髪だったが、それでは老武者と敵に侮られる。武士は敵に侮られることを極度に嫌い、少しでも自分を強く見せようとするわけだが、そうした配慮をこの年齢まで徹底的にやっていたという執念が印象に残るわけである。なお、鬢と髭を染めたのは、兜をかぶった時に敵から見える部分だからである（髪も染めたのだろうが、兜の中になるので敵からは見えない）。

名乗らないまま手塚太郎に討ち取られた実盛は、首実検《くびじっけん》の場で不審がられたが、旧知の関係にあった樋口兼光が、その顔を一目見て「むざんやな」と涙を流し、実盛は鬢・髭を染めて戦うと日頃から言っていたと語って、義仲らと共にその死を惜しんだという。後代、世阿弥の能「実盛」や、芭蕉『おくのほそ道』に見える「むざんやな甲《かぶと》の下のきりぎりす」など、数々の文芸で知られた話題である。さらに、イナゴなど稲に付く虫を追い払う虫送りの習俗にも、「サネモリ」様の名が用いられ、実盛の最期はそんなところでも語られた（柳田國男〔一九一四〕は「サナブリ」との語形の類似によることと考えた）。

法住寺合戦と冥なる戦い

義仲の入京

篠原合戦でも大敗した平家は、もはや義仲の進撃を食い止めることができなかった。平家が最後に頼ったのは、比叡山延暦寺であった。北陸からの道筋にそびえる比叡山、親平家派の明雲《めいうん》が天台座主を務める延暦寺しか、頼るものはなかったわけである。平家は一門の公卿殿上人の連署《れんしょ》を送ったが、延暦寺はすでに義仲からの牒状に同意していた。延暦寺にもともと存在した反平家派が、義仲の攻勢を後押しとして力を握ったわけである。平家はついに都落ちを決意せざるを得ないところに追い込まれた。

平家としては一旦都を落ちて、政権全体として西の都というべき九州の大宰府に避難するつもりであった。だが、「今は首都から避難しているけれども、こちらが本物の政府である」と主張するためには、政権の要人と政府の正統性を保証する宝物などをすべて帯同しなければならない。ところが、平家が都を落ちようという前夜、後白河《ごしらかわ》法皇がひそかに逃げてしまった。延慶本『平家物語』によれば、ごくわずかな側近と北面に伺候していた武士だけを連れて、夜陰に乗じて北へ逃げ、鞍馬を経て比叡山に入ってしまったのである。

王者のふるまいとしては何とも身軽で大胆な、後白河法皇ならではの逃亡劇というべきだろうが、政権の最重要人物である法皇を逃がしてしまったのは、平家政権とりわけ宗盛の大失策と評するべきだろう。当時の国家権力の最高位にいるのは形式的には天皇だが、院政が続いていたこの時代、実質的な最高権力者は上皇だった。後白河院抜きに「正統の政権」を称することは不可能であり、法皇を失った時点で、平家政権の正統性は過半が失われたも同然であった。こうなっては、平家のおかげで出世してきた摂政藤原基通《もとみち》も、さらには平家一門の一人である平頼盛さえも、都落ちの途中から引き返し、逃亡してしまう。平家はやむなく安徳天皇を擁し、三種の神器などの宝物を持って、寿永二年（一一八三）七月二十五日に都を落ちたのである。

都は無政府・無警察状態に陥ったが、間もなく七月二十七日に、近江源氏や延暦寺の悪僧らに警護されて、後白河法皇が比叡山を下り、もとの御所に戻った。続いて、二十八日には義仲や行家が入京、二十九日には院御所に参って、都の警護を命じられた。後白河法皇のもとに新政府が作られ始めるわけである。

義仲の挫折

しかし、その最初で義仲はつまづいた。新政府には何よりもまず、頂点となる天皇がいなければならない。平家は、安徳天皇を擁して都を落ち、その弟の二宮《にのみや》（守貞《もりさだ》親王。後の後《ご》高倉院《たかくらいん》）も皇太子として同行していた。安徳天皇を呼び戻すことが困難であれば、代わりに誰かを天皇に据える必要がある。義仲がそこで新天皇の候補としていたのが、以仁王遺児の木《き》曽宮《そのみや》（北陸宮、還俗宮、野依宮などとも）である。

以仁王は、本書で最初に述べた橋合戦の直後に亡くなっていたが、その生存説は語られ続けていた（水原一〔一九七九〕）。義仲はそれを利用して、自分の陣営に以仁王がいるかのように匂わせていたようである。義仲が覚明に書かせたという延暦寺宛ての牒状が『平家物語』に収載され、諸本で本文が違うが、延慶本が載せるものでは、自軍を「親王の御使」と呼び、「貴山、親王の善政に同心し奉るや否や」（延暦寺は以仁王の善政に賛同するのか?）と問いかける句がある。素直に読めば、義仲が自陣に以仁王を帯同しているように読めるが、そう明言しているわけではないところが巧妙である。実際に連れているのは以仁王の遺児なのだが、それが露顕しても、「以仁王の遺した皇子を擁して、その遺志を継ぐ善政をめざしている」と言い抜けることができるわけである。

こうして以仁王を大義名分として戦ってきた義仲としては、その遺児を天皇に擁立したかったわけだが、後白河法皇をはじめとする朝廷の人々は、その可能性を全く考えていなかった。延慶本によれば、後白河法皇が還俗して重祚《ちょうそ》する案や、鳥羽院の皇女である八条院が女帝となる案もあったが、後白河法皇自身は、高倉院の三宮《さんのみや》（惟明《これあきら》親王）と四宮《しのみや》（後鳥羽天皇）に候補を絞っていたという。そもそも、身分など無いに等しい義仲が皇位継承問題に口を出したこと自体、後白河法皇から見れば論外であり、不快だっただろう。結局、木曽宮案は却下され、四宮が即位することとなった。義仲は平家との戦には勝ったものの、都に入ったとたんにつまづいたわけである。

その後も義仲には思わしくないことが続いた。もともと平家に勝った勢いで都に突入したとはいえ、共に入京した源氏勢は必ずしも義仲のもとに組織化されていたわけではない。たとえば近江源氏などは、長い間独自の反平家活動を続けてきた。そこへ義仲が入京してきたので行動を共にしただけで、義仲の配下ではない。義仲はそうした武士たちを統制できず、軍兵による兵糧の強奪を止めることもできない。その上、義仲の下風に立つことをよしとしない行家との関係もぎくしゃくして、トラブルの種になった。しかも、木曽育ちの義仲には、都の貴族たちとの関係を上手に作ることができず、参謀役もいない。合戦に勝っただけでは、義仲の望むような政権は作れないわけである。

『平家物語』は、巻八「猫間」で、義仲が牛車に乗り慣れないとか、訪ねて来た猫間中納言光隆《みつたか》に汚い器で大盛りの飯を出して辟易されたとか、といった田舎者らしい逸話を並べて嘲笑している。先にもふれたように、義仲に対する共感を込めた記述との食い違いが問題にされてきたところで、現在では、「猫間」は都の下人たちによって、田舎から来た権力者への反発を込めて語られた噂話がもとになっているだろうという水原一〔一九七一・一九七九〕の見解が通説となっている。明治維新の際、江戸っ子が薩長の武士に反発したように、都の住人は身分の上下に関わらず独特のプライドを持っており、地方から来た権力者に反発する。そうした反発を反映しているのが「猫間」の逸話だろう。それは、偏った視点からの戯画化ではあるが、都でうまく立ち回れなかった義仲の一つの側面を描き得ているのではないか。

後白河法皇との離反

一方、後白河法皇は、早くから頼朝と連絡を取っており、最初から良好な関係を築けなかった義仲を、本格的に見切りにかかっていたようである。頼朝は十四歳まで京都で育った上に、大江広元《おおえのひろもと》をはじめとする文官を召し抱えていた。後白河法皇にとって、義仲とは違って話の通じる相手だったのである。後白河法皇は、この十月に、頼朝に対していわゆる「寿永二年十月宣旨」を出す。「寿永二年十月宣旨」は、原文がそのまま貴族日記などに採録されてはいないが、『百練抄』十月十四日条、『玉葉』閏十月十三日条、同二十二日条や、延慶本が十一月九日付けで収載する文書本文などによって内容が推察される。簡単に言えば頼朝の東国支配を認めたものである。これによって、後白河法皇は義仲よりも頼朝を頼る方向へと明確に舵を切ったわけである。ただ、頼朝は遠い鎌倉におり、目の前にいるのは義仲である。直ちに表立って義仲を切り捨てることはできない。しばらくは頼朝の上洛に期待しながら、義仲を頼るふりをするしかなかった。

『平家物語』諸本には、この頃、頼朝を「征夷将軍」に任ずる院宣を出したとある。この記事は、建久三年（一一九二）に頼朝を征夷大将軍に任じた事実を、年代を大きく繰り上げて書いているようにも見えるが、むしろ、頼朝の東国支配を認めた寿永二年十月宣旨を、「征夷将軍」任命にすり替えて語っているというべきだろう。

後白河法皇から見捨てられつつあった義仲は、しかし、平家との戦いも続けなければならなかった。平家は都を落ち、九州からも追い出されたとはいえ、瀬戸内海ではまだまだ強固な勢力を保っていた。義仲は、九月二十日には山陽道へ出発し、水島（現岡山県倉敷市）や室山《むろやま》（現兵庫県たつの市）などで平家勢と戦ったが、成果を上げることはできず、閏十月十五日に京都に戻っている。『平家物語』諸本は、覚一本巻八の章段名でいえば「水嶋合戦」「妹尾最期」「室山」などで、この前後の状況を語っている。このうち「妹尾最期」は、在地の武士である妹尾太郎兼康《かねやす》が、地元（現岡山市）で義仲に反旗を翻した戦いを、現地に発する情報に基づいて語ったものと見られ、延慶本などでは地理的にも正確な記述を残している。また、在地の武士の生態や父子の愛情、名誉意識などを描いて興味深い。水原一〔一九七九〕に詳しい考察がある。さらに、源平盛衰記の水島合戦記事は、合戦のさなかに日食があったと語る点、珍しいものである（斎藤国治に天文学の視点からの解説がある）。しかし、ここでは詳しく述べる余裕がない。

重要なのは、義仲がこのように都を離れて平家との戦いに苦労している間に、後白河法皇は鎌倉との交渉を進め、義仲を見捨てて頼朝に頼る方針に傾いていたことであろう。『玉葉』閏十月十七日から二十日条によれば、山陽路から帰った義仲は、「頼朝の弟が数万の軍兵を率いて上洛を企てている」という情報を得て帰洛したのだと言い、法皇の頼朝への接近に不満を漏らしているが、この時にはすでに、義経率いる東国勢が都に向けて進撃を始めていた。

後白河法皇の祈禱

後白河法皇は頼朝を頼ることに決めたが、目の前にいるのは義仲である。頼朝勢が義仲を討つことができるとしても、それが都に入ってくるまで、どうやって身の安全を確保するか。義仲が法皇を北陸に拉致するという噂もあった（『玉葉』閏十月二十三日条）。平家都落ちの時には単身脱出して比叡山に逃げ込むという軽業のような方法で難を逃れた後白河法皇だが、同じ手は何度も使えまい。そこで、後白河法皇は、今度は逃げるのではなく、自らの御所である法住寺殿《ほうじゅうじどの》（現在の京都市東山区、三十三間堂付近）に立て籠もって、義仲と戦おうと考えたようである。法住寺合戦である。

先に述べたように、義仲と共に京都に入った源氏の武士は、勝ち馬に乗って義仲についただけで、義仲の配下にあるわけではない者も多かった。そのため、後白河法皇やその周辺の貴族に呼びかけられれば、少なからぬ武士たちが義仲を背いた。たとえば、摂津の多田行綱《ただゆきつな》や尾張の葦敷重隆《あじきしげたか》、美濃の源光長《みなもとのみつなが》等々である（長村祥知に考察あり）。こうした武士たちに、延暦寺や園城寺の悪僧たちが加わった。『平家物語』によれば、さらに、都の下層民である向礫《むかえつぶて》や印地《いんじ》、つまり石投げを得意とする者たちも動員されていたという。後白河法皇方の軍勢は、人数としては多かったと見られる。

だが、後白河法皇が期待していたのは、そうした現実的戦力ばかりではなかった。近年、歴史学ないし宗教史学が明らかにしていることだが、後白河法皇は、密教の修法、つまり祈禱の力で義仲を倒そうとしていたようなのである。鎌倉初期に真言密教の儀礼に関する記録や図像などを集成して編集された『覚禅抄《かくぜんしょう》』や、醍醐寺文書四〇九号によれば、同年の十一月十日から十六日まで、法住寺殿に隣接する蓮華王院において、大威徳法《だいいとくほう》が修された。東寺・仁和寺・醍醐寺・延暦寺・園城寺から集められた当代きっての高僧が、百十一壇もの壇を立てて、きわめて大きな修法《しゅほう》が行われたわけである。これは、義仲の調伏を目指したものと見るべきだろう（横内裕人などの論を参照）。後白河法皇は、おそらく、この修法の力によって義仲を倒せると信じていたのではないか。

現代では、そんな祈禱に効力があるわけがないと一笑に付す人が多いだろうが、この時代には、大きな合戦があるたびにこうした祈禱が繰り返されていた。たとえば、源平合戦の約百年ほど後の蒙古襲来に際しては、寺社でおびただしい数の祈禱が行われ、結果的に蒙古軍が台風で壊滅したことにより、その効験《こうげん》が喧伝されたことは周知のとおりだろう。そして、神仏への祈禱の効験とみるかどうかは別として、その「神風」の威力を信じる日本人は、今からほんの百年足らず前、二十世紀前半にはいくらでもいたのである。

この時代の人々は、目に見える顕《けん》の世界の他に冥《みょう》なる世界の神仏や霊魂の力があり、その冥なる力の働きかけによって現世が動いてゆくと考えていた。私たちは、この時代の合戦が目に見えない戦い、冥なる戦いとしても戦われていたことを理解しておかねばならない（佐伯真一〔二〇二四〕）。

後白河法皇の敗北

後白河法皇はこの超大型の修法を秘密裏に行わせつつ、義仲を挑発して戦いに持ち込んだわけだが、もちろん修法は実際には何の効果もなかった。後白河側の悪僧や武士は、法住寺殿の御所を堀や柵などで要塞化して「かかって来い」と言わんばかりに挑発したわけだが、義仲はそれに乗って、十一月十九日に攻めかかった。

兵数では後白河法皇側が圧倒的に多く、義仲は劣勢だったようである。覚一本『平家物語』は、義仲勢を六、七千騎と記すが、延慶本では千五百騎足らず、盛衰記では千余騎と読める。『愚管抄』や『六代勝事記《ろくだいしょうじき》』を参照しても、千余騎程度だったと見られる。一方、後白河側の軍兵は、覚一本・延慶本など『平家物語』では二万余人とするものが多い。実際、『吉記』十一月十八日条では、義仲に従っていた武士の多くが離反し、法住寺殿に籠もる武士が多いと記しており、『愚管抄』も武士たちが法住寺殿に「ひしとあふれ」ていたとする。ただ、『玉葉』同十九日条では御所に籠もる武士が予想外に少ないとも記すので、あるいは直前になって日和見《ひよりみ》を決め込んだ武士たちもあったかもしれない。

ともあれ、義仲勢は東・西・南の三方から法住寺殿を攻撃し、攻め破ったようである。兵数においては後白河側がまさったのだろうが、数だけでは戦に勝てない。この状況でもなお離反せずに義仲に従っていた軍兵の多くは、信濃から北陸で戦いを積み重ね、義仲の指令下に一丸となって動く、闘志あふれる兵たちだったと想像されるのに対して、後白河側の軍兵は寄せ集めで、指揮系統もきちんとしていない上に、実戦経験も義仲勢に比べれば足りなかったのではないか。烏合の衆では戦に勝てないという典型的な例だろう。

『平家物語』諸本は、後白河法皇側の大将が鼓判官《つづみのほうがん》と呼ばれる平知康《ともやす》であったとする

（ただし覚一本では知康の役を「大将」ではなく「軍《いくさ》の行事《ぎょうじ》」と日常的な行事の責任者のような名称とする）。知康は院の北面に仕える検非違使《けびいし》ではあったが、後白河法皇に取り立てられたのは今様《いまよう》や鼓の才によるものであったといわれる。『平家物語』では、そもそもこの合戦に至ったこと自体、知康が義仲と対面して「あんたを鼓判官というのは、たくさんの人に叩かれたからか」と言われ、腹を立てて法皇に義仲追討を進言したためなのだという。これは明らかに戯画化で、知康に責任をかぶせすぎだが、『愚管抄』も「院に候《そうろう》北《ほく》面《めん》下《げ》臈《ろう》友康・公友など云者《いうもの》」、つまり知康や大江公朝が合戦を主導したように書いているので、『平家物語』も根も葉もないことを書いているわけではない。

『平家物語』諸本では、知康は法住寺殿の築垣《ついがき》（土塀）の上に登って、鎧は着ず、四天王の絵を貼った兜を着け、片手には鉾《ほこ》を持ち、片手には金剛鈴《こんごうれい》という密教の法具を持って、時折は舞ったという。鎧は着ても兜を着けないというのは、橋合戦における頼政などに例があるが、その逆は異様な姿である。それは合戦の指揮というより、むしろ修正会《しゅじょうえ》や修《しゅ》二会《にえ》で演じられる呪師猿楽《しゅしさるがく》の芸能に類似するものであり、そうした芸能は知康の検非違使という職掌に関わる（佐々木巧一・阿部泰郎）。『平家物語』は、知康の行動をそうした芸能に類する行為として描き、こんな人物に指揮された後白河側の軍勢が勝てるわけがないと語っているといえよう。

天狗と崇徳院怨霊

だが、後白河側の敗北は、『平家物語』が語るように知康一人の責任に帰せられるものなのだろうか。右に見たような知康の姿は、あまりに異様だったため、人々は「知康には天狗が憑いたのではないか」と評したという。「天狗が憑く」とは、悪霊が憑依することによって気が狂った状態になることをいう。知康がそのように評された可能性はあるが、しかし、この時、天狗が憑いたといわれていたのは、実際には知康一人ではなかった。法住寺周辺に堀などを構えた後白河側の悪僧らの行動は、「此の事天狗の所為か」(『玉葉』寿永二年十一月十六日条)、「偏《ひとえ》に是天魔の結構なり」(『吉記』同年十一月十八日条)などと、悪僧たちに憑依した「天狗」「天魔」のしわざであると認識されていた(「天魔」はこうした場合「天狗」と似た悪霊の意味で用いられる)。そして『愚管抄』巻五は、「いかにもいかにも、この院の木曽と御たたかいは、天狗のしわざ、うたがいなき事也」と述べている。つまり、当時の世評としては、後白河側の軍兵全体に天狗が憑いているかのように見られていたのである。

さらに、『吉記』寿永二年十一月十九日条は、法住寺合戦を含む一連の合戦の根源は、「偏《ひとえ》に是、讃岐院怨霊の所為か」と述べている。そもそも合戦を起こしているのは讃岐院すなわち崇徳《すとく》院の怨霊なのであった。そうした認識により、崇徳院の霊は、翌寿永三年四月に祀られるが、『愚管抄』は、それを次のように語る。

この事は、この木曽が法住寺いくさのこと、偏に天狗の所為なりと人おもへり。いかにもこの新院の怨霊ぞなど云ふ事にて、たちまちにこの事出きたり。

つまり、後白河法皇側の人々を狂わせたのは天狗だが、天狗の正体ないし根本は崇徳院の怨霊だというので、あわてて崇徳院を祀ったというのである。崇徳院怨霊は安元の大火（安元三年〈一一七七〉）の頃から本格的に恐れられるようになったが、その祭祀は法住寺合戦を契機とする面が強い。法住寺合戦によって、崇徳院怨霊の恐ろしさが強烈に認識されたともいえ、これ以後、崇徳院怨霊は、合戦という災害をもたらす怨霊として、中世の人々を恐れさせてゆく（佐伯真一〔二〇二一〕）。

後白河法皇は、修法の力によって「冥なる戦い」において義仲を倒すことを期待した。しかし、多くの人々は、むしろ、後白河法皇側で戦った者たちが、崇徳院怨霊に意識を狂わされていたのではないかと見たわけである。そのように見れば、法住寺合戦とは、後白河法皇が「冥なる戦い」において崇徳院怨霊に敗れた戦いであったということもできるだろう。法住寺合戦は、二重の意味で「冥なる戦い」であった。

法住寺合戦の結果

ともあれ、後白河法皇側は、手ひどい被害を受けた。法住寺殿には火が放たれ、後白河法皇自身は別の御所に避難したが、幼い後鳥羽天皇は、法住寺殿の庭園の池に船を浮かべて難を避けたという。死者は多く、義仲は取った敵の首をさらした。その数を、覚一本は「六百三十余人」、延慶本は「三百四十余人」とする。実際には百余りかと見られるが（『吉記』十一月二十一日条に「百余」、『百練抄』二十日条に「百十二」、『醍醐雑事記《だいごぞうじき》』巻十に「百三十人」）、それでも都人にとっては大きな衝撃である。とりわけ寺院勢力は、天台座主明雲《めいうん》や園城寺長吏《ちょうり》円慶法親王《えんけいほっしんのう》といった寺院の頂点にいた高僧が討死して首をさらされるという、あり得ないような事態となった。

　義仲勢は、都の貴顕が相手であったにもかかわらず、在地の合戦の流儀を持ち込んで略奪なども行ったようで、冬のさなかに身ぐるみ剥がれた話や、性暴力に関わる話もある（義仲滅亡後、樋口兼光は一旦助命されたが、女房たちがこの時の恨みを訴えたため、やはり死罪となったという）。今までは地方の合戦をよそごととして聞いていたのに、初めて被害に遭ったり、自分の目で惨状を見たという都人も多かったことだろう。

　このように、後白河法皇の周辺の人々や寺院勢力、さらには京都周辺の源氏の武士たちもひどい目に遭ったわけだが、義仲も、軍事的には勝利したとはいえ、政治的には敗北したも同然であった。後白河法皇に戦をしかけたという決定的な汚名を着ることになったからである。義仲はこの後、藤原基房《もとふさ》との提携を図り、基房の子の師家《もろいえ》を摂政に立てて政権の一新を図るが、それも一時のことだった。関東から頼朝の軍勢が迫ってきていたのである。法住寺合戦の結果をほんとうに喜ぶことができたのは、義仲を討つ絶好の大義名分を得た頼朝だけだったといってもよいだろう。

粟津合戦と義仲の最期

頼朝の思惑

頼朝にしてみれば、義仲が自分よりも先に平家を追い落として都に入ったのは予想外だっただろうが、公式には、源氏の総司令官は自分であって、義仲はその代官にすぎないという立場を取っていた。朝廷もそのように認識していて、義仲入京直後の議定では、平家を追い落とした勲功は、第一が頼朝、第二が義仲、第三が行家とされていた（『玉葉』寿永二年七月三十日条）。頼朝は、そうした認識を利用して、自分が義仲よりも上の立場であると主張しつつ、後白河法皇との良好な関係を築き、いずれは義仲を除こうと狙っていた。寿永二年（一一八三）十月には、朝廷から東国支配を認めさせたことは、先に寿永二年十月宣旨について述べたとおりである。

この宣旨を得て、反乱軍から朝廷公認の勢力へと立場の転換に成功した頼朝は、義仲を

軍事的に排除しようと、軍勢を派遣した。『玉葉』寿永二年閏十月十七日条には、

頼朝の弟九郎〈実名を知らず〉、大将軍となり、数万の軍兵を卒し、上洛を企つる由、承り及ぶところなり。

という記述がある。「頼朝の弟九郎」とはもちろん義経のことだが、この時、『玉葉』を書いた兼実は、まだ義経の名を知らなかったわけである。

その後、十一月に入ると東国勢の動静が続々と報じられるが、十一月四日条では、「頼朝の代官」が不破関《ふわのせき》（現岐阜県不破郡関ケ原町）に着いたという。同七日条によれば、この「代官」は「九郎」（義経）であり、すでに少数で近江国（現滋賀県）に入り、後白河法皇への供物を持っていたという。表向き、法皇に供物を届けるだけだというわけだが、朝廷の命令次第では京都に入るし、その際、義仲や行家が防戦するなら戦うつもりだというのである。頼朝の軍勢は、法住寺合戦直前には、すでに都に迫り、直ちに攻め込もうというわけではないにせよ、義仲に圧力をかけていたのである。

そのような状況下で、義仲が後白河法皇と戦う法住寺合戦が勃発した。頼朝にとって、こんな都合の良いことはない。源氏の武士の多くが義仲から離反し、大義名分も十分に整ったわけである。頼朝は、義仲との戦いに踏み切り、もう一人の弟の範頼が率いる、本格的な規模の軍勢を上洛させた。年が明けて、『玉葉』寿永三年（元暦元年〈一一八四〉）正

月六日条には、「坂東武士」が墨俣《すのまた》（現岐阜県大垣市）を越えて美濃国（現岐阜県）に入ったと記されるのだが、その十日後、同十六日条には、義仲が近江国に派遣した郎従が逃げ帰ってきたと記される。東国勢が数万におよび、とても戦えないというのである。東国勢は、義仲の予想以上の大軍で、また予想以上の速度で攻め上ってきたのであろう。

宇治川先陣

『平家物語』によれば、東国勢は、大手の範頼が都の東側の近江国勢多から三万五千余騎で、搦手《からめて》の義経が南側の宇治から二万五千余騎で攻めたという。一方、義仲勢は勢多《せた》へ今井兼平率いる八百余騎、宇治橋へは信濃国の武士である仁科・高梨・山田らが五百余騎で向かったと語られる。兵力差には誇張があろうが、義仲勢が少数だったことは事実だろう。寿永三年正月二十一日、両軍は勢多と宇治で衝突した。

このうち、『平家物語』は宇治の義経勢の戦いに焦点を合わせる。名馬イケズキ・スルスミの先陣争いで知られる宇治川合戦である。宇治は、橋合戦の章でも見たように交通の要衝で、古来戦いが繰り返された地である。この時も、義仲勢は宇治橋を引いた。義経勢は馬を泳がせて渡河せねばならないわけだが、それは当然予想されたことだった。そういうこともあろうかと、鎌倉を出発する前から名馬を手に入れようと努めていたと語られるのが、佐々木高綱《たかつな》と梶原景季《かげすえ》である。以下、まずは覚一本によって紹介しよう。

頼朝の手元に、イケズキ（表記は生数奇・生食・生済など）という名馬があった。梶原景季がこれを欲しがったが、頼朝は、「イケズキは、いざという時に私が乗る馬だから」と断り、代わりにスルスミ（磨墨。薄墨《うすずみ》とする本もあり）という馬を与えた。ところが、その後、佐々木高綱が所望すると、頼朝はなぜか高綱にイケズキを与えてしまった。

東国の大軍勢が鎌倉を出発して、各自思い思いに西を目指して行く途中、駿河国浮嶋《うきしまが》原《はら》（現静岡県沼津市から富士市あたり）で、梶原景季が高所から軍勢を見渡していると、その中に非常に勢いの良い馬がいた。よく見ると、なんとイケズキである。景季は、自分が所望してももらえなかったイケズキを、高綱がもらったのはどういうことだと激怒した。そこで高綱を問い詰めたのだが、高綱は、景季の怒りを察知して、「いや、梶原殿が所望されても与えられなかったイケズキを、私などが望んでもいただけるわけはないので、後でおとがめを受けるのを覚悟して、こっそり盗んできたんですよ」と答えた。景季は「やられた。そういうことならしかたないな」と笑って退いたという。

宇治川合戦の当日、二人はやはり先陣を競った。最初は景季が先行したが、後ろから高綱が「馬の腹帯が延びていますよ」と声をかけ、真に受けた景季が馬をとめて腹帯を締め直している間に、高綱は追い抜いて川に飛び込み、そのまままっすぐ川を渡りきって、みごとに先陣を遂げたのだった。

佐々木高綱の人物像

このあたりの記事を、『平家物語』を代表する美しい文章と称賛したのが小林秀雄である。佐々木高綱には「傍若無人な無邪気さ」「気持ちの良い無頓着さ」があり、高綱に詰め寄られた景季が、弁明を聞いて笑って行ってしまうあたりは、「まるで心理が写されてゐるといふより、隆々たる筋肉の動きが写されてゐる様な感じがする」として、「この辺りの文章からは、太陽の光と人間と馬の汗が感じられる」と評したのは、小林秀雄ならではの鑑賞として有名であろう。『平家物語』から無邪気で健康的な武士たちの世界を切り取ったのは、まぎれもなく小林の功績である。

しかし、それは『平家物語』の一面にすぎない。『平家物語』の宇治川先陣話は、右のようなものだけではないからである。水原一（一九七一・一九七九）が指摘したように、延慶本の高綱は、およそ異質な人物である。まず、頼朝がイケズキを高綱に与えた理由について、覚一本などは何も語らないが、延慶本では次のような事情である。まず、梶原景季は頼朝に、「イケズキより良い馬もたくさん持っていますが、川を泳いで渡るにはイケズキにまさる馬はないので」と言上する。しかし、頼朝は景季を「憎たらしい奴だな」と思い、イケズキを与えなかった。一方、佐々木高綱は遅参したのだが、「出陣前に父の墓参をしておりました。十三年分の追善供養をしていたために遅れてしまいました」と言って涙ぐんだ。頼朝もつられて涙ぐみ、「合戦で命を捨てる覚悟なのだな」と、イケズキを与えてしまう。高綱が嘘をついたと記されるわけではないが、頼朝の同情を誘う策であったと読むべきだろう。

　そして、浮島原で景季と出会う場面では、景季の憎々しげな態度を描いた後、それを射殺してやろうかと思った高綱が思いとどまり、馬丁《ばてい》に酒を飲ませて盗み出したという作り話を長々と語った末に、「そういうわけなので、私は今度の合戦で手柄を立てたとしても、馬盗人として勘当されてしまう身です。そうなったら誰が弁護してくれるでしょうか」と、嘆いて見せる。景季は、それにころりとだまされてしまうのである。

　つまり、延慶本の描く高綱は、哀れな様子を演じて同情を買うことが上手な、演技派の策謀家なのである。そうであってこそ、先陣場面で「腹帯が延びている」とだまして景季を追い抜くという人物像とも一貫する。「太陽の光」や「隆々たる筋肉」など全く感じさせない、智恵と舌先と演技力で生きている人物である。

　そんな高綱は、現代人から見ればいやな奴としか言いようがないが、延慶本ではこれを中立的に語るのではなく、明らかに景季をおとしめ、高綱を美化する視点から描いている。つまりこれは、智恵ある者が愚かな者をだまして勝利したことを讃える話なのである。はるか後代、戦国時代の奥羽地方を描いて江戸時代に成立した『奥羽永慶軍記《おううえいけいぐんき》』に掲載される「最上《もがみ》家の掟」には、「朋友を欺《あざむ》いて功名《こうみょう》をとげるような者は当家では用いない」

と、高綱を否定する箇条がある。組織戦が発達した戦国時代の考え方だろう。しかし、『平家物語』特に延慶本にはそうした発想はない。戦場は個々の武士が手柄を立てる場であり、そこでは智恵ある者が敵をだますのはもちろん、味方をだまし、主君をだましてでも、勲功を目指すのが当たり前だというのが、現場の武士たちの発想だったのだろう。

粟津合戦へ

さて、宇治川合戦は、義経勢がわずかな義仲勢を粉砕する結果に終わった。宇治を突破した義経は、そのまま都に突入した。東国勢の有利は予想されたことだっただろうが、義経の進撃は予想以上に迅速だったと見られる。義仲は、以前から選択肢の一つとして、後白河法皇を擁して北陸へ落ちるという計画を持っていたようであり、こうなった以上はそれを実現したかったはずだが、実行できなかった。『平家物語』では、義仲が女性との別れを惜しんで出発が遅れている間に、義経が法皇の御所に駆けつけて警護したのだと描く。それがどこまで事実を伝えているのかはわからないが、義仲が法皇を連れ去ることに失敗したのは確かである。こうなっては、義仲に残された道は、勢力基盤の北陸や信濃に帰ってやり直すか、戦って死ぬかの二つしかなかった。

『平家物語』によれば、義仲の進路についてはいろいろな噂があった。敵は東側と南側から攻めてくるのだから、長坂を経て丹波国へ向かう北西の道が、まず候補に挙がる。また、北陸へ向かうなら、大原を経てまっすぐ北に向かう龍《りゅう》花《げ》越《ごえ》の道も有力であった。し

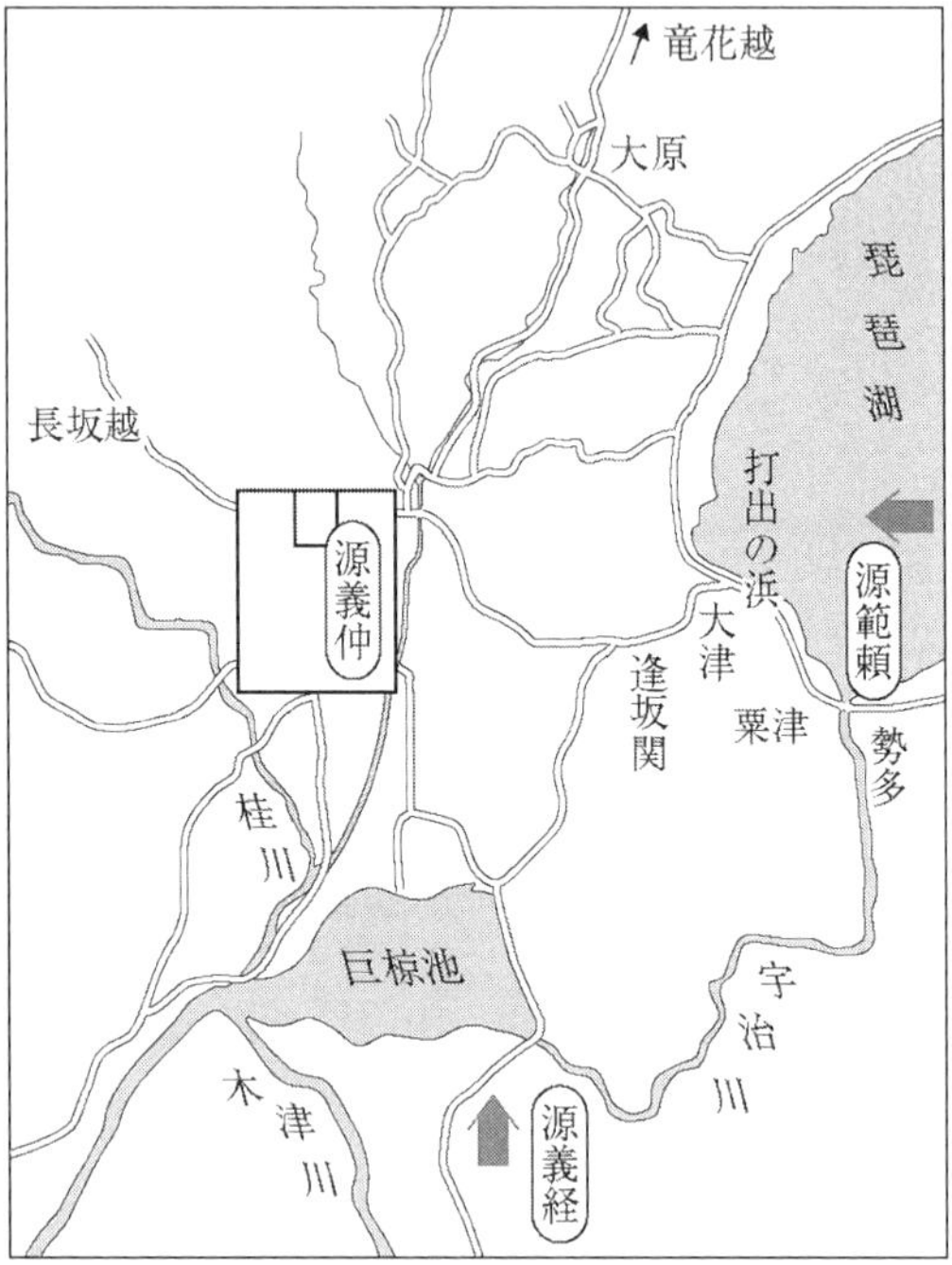

図18　東国勢と義仲

かし、義仲は、最も多くの敵が待ち受ける東側、勢多へと向かった。勢多では、乳母子《めのとご》の今井兼平が戦っていたからである。義仲は、兼平と共に死にたいと東へ向かった。

　義仲が東へ向かったことは、『愚管抄』巻五にも、「勢多の手にくははらんと大津の方へおちけるに」とあるなど、事実であった可能性が強い。ただ、佐々木紀一が推測するように、琵琶湖を船で渡って北へ逃げようとした可能性もあろうか。大将としては再起を期すべきだろうし、源平盛衰記では、兼平が、「北国へ逃れれば、まだ天下三分の状況が期待できる」と進言したとも描く。しかし、義仲はもはやそのような道を捨てており、それよりも乳母子と最期を共にすることを選んだのだというのが、『平家物語』の語る義仲の最期である。

「乳母子」は、『平家物語』では重要な言葉である。この時代、多少とも身分のある母親は、子供を産むと自分では育てず、養育を乳母に任せた。母の役割よりも、妻の役割に戻ることが大事だったのである。乳母は授乳できる女性なので、実子がいる（乳母の役割が形式化してからは自分で授乳しない乳母もあったが）。乳母は、主君から預かった子と自分の実子を一緒に育てるので、子供たちは、主従のような、同時に兄弟のような関係で成長する。そのため、一般の主従にはない緊密な関係が生まれるわけである。そういうわけで、『平家物語』には、乳母子たちが何組も描かれるが、その中でも最も感動的で有名なのが、「木曽最期」の義仲と兼平であろう。義仲は、武将としての責任をなげうってでも、乳母子との愛情を全うしたかったのだと、『平家物語』は語るわけである。

巴御前の物語

だが、義仲の愛情の物語は、兼平との間だけにあるわけではない。巴《ともえ》、通称巴御前についてふれておかねばならない。巴は義仲の連れていた便《びん》女《じょ》（美女・非上などとも表記）、つまり召使の女性である（源平盛衰記は義仲の乳母子とする。源平闘諍録は義仲の乳母子の樋口兼光の娘とするが世代が合わない）。しかし、巴は便女ながら美しいと同時に大変強力な武者でもあり、大力で弓矢や刀剣を持っても強く、騎馬にもたけていたので、いつも大将として一つの部隊を任されていたという。巴が実在したのかどうかはよくわからない。現在の研究は、巴を物語の語り手として考える水原一〔一九七一・一九七九〕のような方向と、実在の可能性を重視する細川涼一のような方向の二つがあることだけ述べておく。

以下はしばらく、覚一本『平家物語』によって話を進める。義仲は琵琶湖のほとりで兼平と出会い、散り散りになった軍勢を集めて三百余騎の集団を作ると、最期の合戦を挑む。「昔は聞きけんものを、木曽の冠者、今は見るらん、左馬頭兼伊予守、朝日の将軍源義仲ぞや」（昔噂で聞いた俺の名前は、ただの「木曽の若僧」だっただろう。しかし、今はその目で見ろ、我こそは左馬頭兼伊予守、朝日の将軍源義仲だ）。「朝日将軍」は官職名としては存在せず、由来の知れない称号だが、死を覚悟して最期の合戦を挑む義仲の誇りは伝わってくる。

こう名乗った義仲は、圧倒的多数の敵勢の間を次々に駆け抜けて行く。六千余騎の中を三百余騎で駆け破って行くと、義仲勢は五十余騎に減ってしまった。続いて二千余騎の中を駆け破り、四五百騎、百四五十騎、百騎ばかりの中を駆け破って行くうちに、義仲勢は五騎にまで減ってしまった。数詞を駆使したリアルな描写と評価されることが多い場面だが、これも現実的な描写とはいえまい。実際にはそうそう都合良く少しずつ少ない敵勢が現れてくれるはずもなく、こんなことをしたら囲まれて討ち取られてしまうだけだろう。

ない。このあたり、物語が描こうとしているのは義仲・兼平そして巴の心情であって、現実ではない。すでに心象風景の世界に入っているのである。

五騎になった義仲勢の中にも巴は残っていた。この段階で、義仲は巴に言った。「お前は女だから、どこへでも行け。俺はこれから討死するのだ。木曽殿ともあろう者が、最期まで女を連れていたと言われるのは恥になる」。いろいろな読み方のあるところだが、まず、戦場で最期まで女を伴うことが忌避されたのは事実と思われる。この時代にはまだ徹底されてはいなかったかもしれないが、戦場は基本的に男性社会であり、女性を忌避する。日本の男尊女卑は武士から起こり、戦国時代には徹底的に女性差別的な言説を形成する（その後、儒教道徳との結合によって男尊女卑が完成する）。義仲はここで、そうした戦場の常識に基づいて、巴を突き放したわけである。

だが、それが義仲の本心かと言えば、それは違うかもしれない。義仲は将として、また男として巴をかばい、無事に戦場を去らせようとしていると読んでよいのではないか。この時まで、義仲は責任ある上位者として振る舞い、戦場なりの常識的な言説によって離脱を命じているのである（なお、源平盛衰記では、故郷の妻子に義仲の最期を伝えるように命じたとする。これはこれで、当時の常識的な判断だろう）。

しかし、最期まで義仲と生を共にしたい巴としては、憤懣やるかたない。巴は、「最後のいくさをしてみせよう」と、たまたまそこに現れた御田《おんだの》八郎師重《もろしげ》にその憤懣をぶつけ、首をねじ切って捨て、去って行く。この「首をねじ切る」という動作についてもいくつかの読み方があるが、筆者は大力の誇張表現と読みたい。

巴については、後世、さまざまの伝説が語られる。源平盛衰記では、和田義盛と再婚し、大力で名高い朝比奈《あさひな》三郎義秀《よしひで》を生むが、和田合戦で夫も子も討たれて後は、出家して義仲や義盛・義秀の後を弔い、九十歳まで生きたという。義秀を生んだという説は源平闘諍録にも見えるが、年代が合わず、史実ではない。また、九十歳まで生きたというのは、八百《やお》比丘尼《びくに》に類する、「長生きして合戦のさまを語る語り手」の面影を伝えるものだろう（水原一［一九七一］）。おそらく、「私が巴のなれの果てです」と自称しつつ、義仲の最期を語る老婆が、義仲の死後、何百年にもわたって存在したのである。たとえば、大津の義仲《ぎちゅう》寺《じ》は、そうした「巴」によって創られたという開基伝承を持っている。源平盛衰記の巴の記事は、史実を探る材料ではなく、そうした語り手巴の面影を探る材料である。兼平の存在を消去して、巴が義仲の最期を見届けたとする能「巴」などもあって、巴伝承の展開は興味の尽きない問題だが、ここでは立ち入る余裕がない。

木曽最期

巴を去らせ、手塚兄弟もいなくなって、今井兼平と二人だけになった義仲は、責任から解放されたのだろう、「日来《ひごろ》は何ともおぼえぬ鎧が、けふは重うなつたるぞや」と、弱音を吐く。『平家物語』の中でも屈指の印象的な言葉だろう。ここからは、弟のように甘える義仲を、兼平が、武士としての常識に立っていさめることになる。兼平は言う。「あなたはまだ疲れてはいません。馬も弱ってはいません。味方の軍勢がいないから、そんな気弱なことをおっしゃるのでしょう。私一人だけで、武者千騎分の働きができるとお思いください。しばらく私が防ぎ矢（援護射撃）を射ますから、あそこに見える粟津《あわづ》の松原の中で御自害なさってください」。

兼平は、武士としての常識により、名誉を第一として義仲を諭すわけだが、先ほどの巴と同じように、今度は義仲が「都で死なずにここまで逃げてきたのは、お前と一緒に死にたいからだ。最期まで一緒にいたい」とだだをこね、走り出そうとする。兼平は馬から飛び降りて、「武士は日頃どんなに功名を立てても、死ぬ時に不覚を取ると永遠に恥を残すことになります。あなたは疲れているし、味方の軍勢もいません。名も無い武士の郎等に討ち取られて、『日本中で有名な木曽殿を、私の郎等が討ち取ったぞ』などと言われたらどうするのですか」と、必死で説得した。つい先ほど、「あなたはまだ疲れてはいませせん」と言ったことと矛盾しているが、親が子供をなだめすかすような場面ではありがちなことであろう。兼平の説得によって、義仲はやむを得ず、一人で松原に向かって馬を走らせた。兼平は五十騎ほどの敵勢の中に駆け込み、名乗りを上げて奮戦した。敵は兼平を恐れて近寄らず、遠巻きにして射たが、討ち取ることができない。

しかし、松原に向かった義仲は、その寸前で深田に落ちてしまう。田の表面に薄氷が張っていたのが、夕暮れでそれとわからなかったのである。一瞬で馬の頭が見えなくなるほど深くはまってしまい、身動きができない。絶体絶命の義仲は、「兼平はどうしたか」と振り返った。顔面を守る頬宛《ほおあ》てなどがまだないこの時代、武士たちは兜を目深《まぶか》にかぶることで顔面を守っていたが、深田に落ちた馬の上で後ろを振り向けば、必然的に上を向き、顔面をさらすことになる。そこを狙って、三浦氏の石田次郎為久《ためひさ》という武士が射当てた。石田次郎為久は、『平家物語』ではこの箇所にしか出てこない無名の武士だが、義仲を討ち取ったのが為久であったことは、『愚味記《ぐまいき》』の元暦元年正月二十日条に「九郎義経郎従石田二郎、之《これ》を征す」と見え、事実だったようである（佐々木紀一指摘）。為久の郎等が田に降りて義仲の首を取り、為久はその首を太刀の先に貫いて高く差し上げ、「日本中で有名な木曽殿を、三浦の石田次郎為久が討ち取ったぞ」と、高らかに名乗りを上げた。まさに兼平の恐れたとおりになってしまったわけである。その名乗りを聞いた兼平は、「今は誰をかばはんとてか、いくさをばすべき」と、太刀を口にくわえ、馬から逆さまに飛び降りて自害をとげた。『平家物語』は、「さてこそ粟津のいくさはなかりけれ」と、これ以上ないほど簡潔に、粟津合戦を終えている。

覚一本の「木曽最期」は、このような物語であり、諸本にさほど大きな違いはない。それは、義仲を田舎者として馬鹿にする「猫間」とは対照的に、義仲の心情に深く寄り添った記事だが、義仲を英雄として美化しているわけではない。義仲は、武士としての常識に基づく兼平の進言にもかかわらず、自分の感情のままに行動した末、泥田に落ちて不名誉な最期を遂げた。文字通り泥まみれの最期なのである。しかし、物語は、愛情ゆえに愚かで不名誉な最期に至る義仲の言動に、そして巴や兼平の行動に、限りない共感を寄せながら語っている。この物語は、語り手の登場人物への共感によってこそ、読者の共感を呼ぶ物語となっているといえるだろう。

一ノ谷合戦

源平最大の決戦

三草山合戦

一ノ谷合戦へ

寿永三年（一一八四）正月、源義仲《よしなか》を討ち取って都に入った東国勢、源範頼《のりより》と源義経《よしつね》は、休む間もなく平家との合戦に向かうこととなった。平家は都落ちの後、一旦は西の都大宰府《だざいふ》に居を構えたが、九州の武士に追い出され、しばらく西海を流浪した。しかし、その後、阿波国《あわ》（現徳島県）の豪族である阿波民部重能《しげよし》の支援を得て、四国の屋島《やしま》（現香川県高松市の北東）に落ち着くことができた。平家はもともと瀬戸内海の水運を基盤としており、拠点を定めれば勢力を盛り返すことも可能だったのに対して、義仲は後白河《ごしらかわ》法皇や都の貴族たちとの折衝に苦労していたし、海上の合戦は苦手で平家を攻略することもできなかった。義仲が後白河法皇相手に法住寺合戦を戦った寿永二年十一月頃には、平家は態勢を整えて瀬戸内海を勢力下に収め、同年の年末から翌寿永三年正月頃には、旧都福原（現神戸市）を、再び占拠して城郭を構えたのである。平家は意気盛んで、東国勢が義仲を滅ぼした頃の都では、平家が間もなく戻ってくるだろうと噂されていた。そうした下馬評を覆し、範頼・義経率いる東国勢が、福原に立て籠もった平家を打ち破ったのが、源平最大の合戦として有名な一ノ谷合戦である。

有名ではあるが、「一ノ谷合戦」という呼び名については、少し説明が必要だろう。「一ノ谷」とは、おそらく本来は、ごく狭小な一地点を指す地名である。現神戸市須磨区と垂水区の境にある鉄拐山《てつかいさん》・鉢伏山《はちぶせやま》の斜面にある三つの谷を、東から一ノ谷・二ノ谷・三ノ谷という。「一ノ谷」は、もともとその一つの小さな谷の名に過ぎない。だが、実際の戦場ははるかに広く、ほとんど現在の神戸市全域に及ぶと言ってもよいものだった。

まず、平家陣の中心は、旧都福原の周辺にあった。現在の神戸市兵庫区である。福原には、清盛が早くから山荘を構え、その南の海岸、大輪田泊《おおわだのとまり》の港を改修して、日宋貿易の船が来航できる貿易港に育てていた。治承四年（一一八〇）には、以仁王の乱を受けて、福原に都を置いた（福原遷都）。福原京は半年ですぐ撤退する結果に終わったし、その建物は、寿永二年（一一八三）七月の都落ちの際にすべて焼き払ったとされるが、依然として平家の一大拠点であった。安徳《あんとく》天皇や二位尼《にいのあま》、建礼門院《けんれいもんいん》、宗盛《むねもり》などをはじめとする平家の要人は、合戦の時には危険を避けて上陸せず、船に乗ったまま、和田岬の沖に浮かんでいたかもしれない。

その福原を中心に、平家は東西に広く陣を構えた。東の大手正面は生田《いくた》の森、現在の神戸市中央区の生田神社の周辺であり、三宮の駅にも近い神戸の中心地である。一方の西側、搦手《からめて》の防衛線を張った地が、前述した狭い意味での一ノ谷のあたりである。現在の須磨区の西端あたりまでが、平家の陣営であった。生田の森辺りの城郭を東の木戸口、一ノ谷に近いあたりの城郭を西の木戸口とも呼んでいる。神戸市は、北側に六甲山系《ろっこうさんけい》が迫り、東西に長い。その過半に及ぶ地域を占拠して、東西に城郭を構えたわけである。ただし、この当時の「城郭」とは、単なる交通遮断施設、バリケードのことである（川合康〔一九九六〕）。天守閣を構えたような、後代の大規模な城を想像してはいけない。堀を掘り、逆茂木《さかもぎ》を引き、塀を作り楯を並べ、櫓《やぐら》を構えれば、もう立派な城郭なのである。

ともあれ、これだけ広い地域の東西で合戦があったわけだから、「一ノ谷合戦」という呼び名はおかしい、正確には「生田森・一の谷合戦」と呼ぶべきだという意見もある（川合康〔二〇一九〕）。まことにもっともな意見だが、ここでは単に「一ノ谷合戦」と呼んでおく。長い名称を避けた便宜的な呼び名だが、ただし、この合戦全体を「一ノ谷合戦」と呼ぶ例は、『平家物語』では少なくないし、『吾妻鏡』や中世の史書『一代要記』『皇代《こうだい》暦《れき》』などにも見られるので、「一ノ谷」を広く用いる用法は古くからあったという見方も

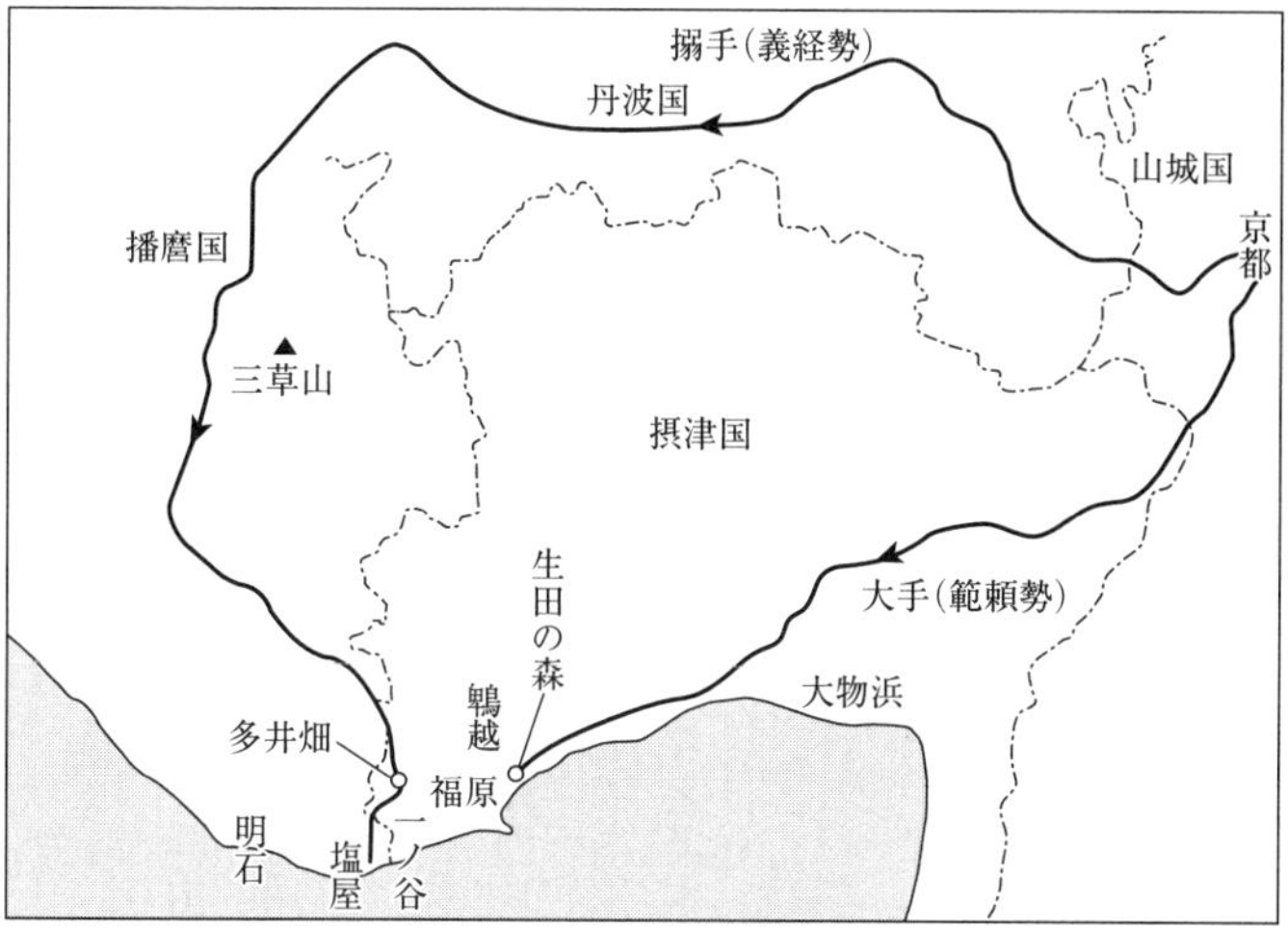

図19　源氏勢の進撃

ある（喜田貞吉・村上美登志）。そうした用法は、『平家物語』を中心に広まった可能性が高いが、少なくとも『平家物語』は当初からこの合戦を「一ノ谷合戦」として語っていた可能性が強い（鈴木彰）。

義経、三草山へ

さて、この平家陣を攻めるのに、東国勢は二手に分かれた。義仲追討の時と同様、大手の将範頼は五万余騎を率いて東の木戸口へ、搦手の将義経は一万余騎を率いて福原の北側を大きく迂回して西の木戸口に向かったと『平家物語』は語る（兵数は諸本により小異あり）。ただ、義経自身は西の木戸口を攻めたわけではなく、山の上から坂落《さかおとし》をしたと語られるのだが、これについては後述しよう。

『平家物語』は概して範頼については詳しく語らず、義経について語ることが多いのだが、一ノ谷合戦についても、搦手に向かって迂回する義経の動向について多く語っており、義経は、福原の北方にある三草山《みくさやま》を経由して行ったとする点では諸本が一致している。搦手が迂回してくることは平家も予想して、ここに守備兵を置いていたが、義経はそれを撃破していったというのである。

ただ、「三草山」とはどのあたりの山を指すのか、諸本は少なからず混乱している。『平家物語』の合戦記述が必ずしも現地の地理をふまえていないことは、倶梨迦羅《くりから》合戦などについても見てきたが、一ノ谷合戦の記述は詳細であるだけに、諸本にわたって矛盾が多く、とりわけ「三草山」についてはひどく混乱している。『平家物語』諸本は、「三草山」を福原や一ノ谷のすぐ北にある山のように記すこともあれば、「播磨と丹波の境」と、もっと北東のように記すこともある。そうした諸本の混乱もあって、「三草山」については、現在も、兵庫県加東市社《やしろ》の三草山をあてる説と、大阪府豊能郡能勢町《とよのぐんのせちょう》と兵庫県川辺郡猪名川町《いなかわちょう》の間にある三草山をあてる説の二つがあるが、前者が穏当か。

ともあれ、義経は三草山をめざして進んだ。覚一本《かくいちぼん》によれば、三草山に布陣する平家に夜討ちをかけようとしたが、暗くて進軍が難しかった。そこで義経が、「例の大松明《おおだいまつ》はいかに」（いつもの大たいまつはどうだ）と言うと、土肥実平《とひさねひら》が「さる事候《さふら》ふ」（その手があり

ますな）と答えて、小野原《おのばら》（現兵庫県丹波篠山市今田町《こんだちょう》）の在家に火をかけ、それを照明にして進んだのだという。覚一本は、

是をはじめて、野にも山にも、草にも木にも、火をつけたれば、昼にはちつとも劣らずして、三里の山を越行《こえゆき》けり。（巻九「三草合戦」）

と、義経側の視点から放火を描いている（延慶本《えんぎょうぼん》・長門本《ながとぼん》・四部合戦状本《しぶかつせんじょうぼん》などはこれを欠く）。義経と実平の問答は、これが常套手段だったという口ぶりだが、夜中に突然、住居に火を付けられた者たちの苦難や悲嘆を描く視点はない。放火は、ただ義経たちの智恵として描かれるわけである。義経は『平家物語』では好意的に描かれることが多いが、義経の放火は他にも描かれており、それをとがめるような記述は語り本にはない。語り本が民衆の視点を反映しているなどといえないことは明らかだろう。

三草山から坂落へ

さて、三草山に陣取った平家に夜討ちをかけた義経は、平家をあっさり蹴散らしたと『平家物語』は語る。三草山を守っていたのは維《これ》盛《もり》をはじめとする小松家の兄弟たちだったが、多くは逃げて、そのまま屋島へ渡ってしまったという。

義経はその後、搦手の一万余騎の勢を二手に分けた。七千余騎は土肥実平が率いて西の木戸口へ向かい、残る三千余騎は義経自身が率いて坂落をする部隊としたのである。西側

の正面である西の木戸口を攻める実平の部隊は、いわば搦手の中の大手であり、敵の背後から奇襲をかけようとする義経の部隊は搦手の中の搦手である。『平家物語』が描く義経の戦いは、このような少数での奇襲攻撃を特色とする。おそらく、それは現実に近いものと思われる。

義経の部隊はその後、山中をさまよった末、平家陣の背後の山に到達して、坂落を決行したと語られる。坂落の史実についてはさまざまな見方があるが、それは後述しよう。『平家物語』は、義経の坂落の前に、生田の森と西の木戸口、大手・搦手のそれぞれの正面戦について語っている。まずは、それらについて見ておくこととしよう。

大手・搦手の正面戦

熊谷直実の脱走

搦手がさらに二つの部隊に分けられた中で、武蔵国の武士である熊谷《くまがい》直実《なおざね》や平山季重《すえしげ》は、義経の部隊に属していた。ところが、熊谷直実は義経の命令に背いた。開戦前夜、二月六日の夜半に、熊谷直実は息子の小次郎直家《なおいえ》を呼び寄せて、こう言った。「この部隊は、断崖絶壁のような所を皆で一斉に駆け下りることになる。そういう集団的な戦いでは、誰が先陣だかわからないので、一人の手柄が目立つような戦いはできそうもない。それではつまらない。さあ、播磨路方面に向かい、西の木戸口で先陣を果たそう」。熊谷は息子の直家と旗指し一人を連れて自陣を抜け出した。

熊谷は自分が配属された部隊が、集団で坂落をすることを予期し、それでは個人の手柄が目立たないからと義経の部隊を脱走して、搦手の中の大手正面とでもいうべき西の木戸口で先陣を果たそうとしたのである。近代の軍隊でこのようなことをすれば、軍法会議にかけられてしまうことは間違いない。『平家物語』でも延慶本では、義経の陣営を熊谷直実がこっそり抜け出ようとした時、闇の中で義経に出くわしてしまい、何とかごまかしたものの、後日、「御曹司義経の御声を聞いたのは、百千の鉾先を身に当てられたぐらい怖ろしかった」と回想したとしている。やはり、命じられた部隊と異なる方向へ勝手に向かうような行動は、その場で見つかったら罰を受けるのだろう。だが、結果的に手柄を立てれば、勝手な行動の罪は不問に付されたのだろうか。

日本のこの時代の合戦は、いまだ組織的な戦術が発達していなかった。個々人の勇敢な行動が、戦局を左右するものとして最も尊重されたのである。単身、敵中に突っ込んで行くような行動は、無駄死ににに終わるようなことも多く、次第に戒められるようになってゆくが、『平家物語』の合戦は、いまだそうした勇敢な行動が第一に讃えられた時代のものであった。そうした時代の下級武士たちは、とにかく手柄を立てることを目的として戦場に臨んでいた。極端にいえば、味方の勝利よりも自分の功名の方が大事なのである（もちろん、合戦に負けて主君が倒されては、誰も褒賞をくれなくなるので、それでは困るわけだが）。

そうした判断は、熊谷直実一人のものではなかった。熊谷直実は、同僚の平山季重《すえしげ》も自分と同じように脱走して西の木戸口を目指すだろうと予想していたが、案の定、平山も熊谷と同様に西の木戸口へ向かった。熊谷や平山は党の武士である。武蔵国には、武蔵七党《むさししちとう》と呼ばれる武士の小集団が数多く存在した。その中で、熊谷直実は私市党《きさいちとう》（佐伯真一〔二〇一三〕参照）、平山季重は西党に属していた。党の武士とは、在地の血縁などによってつながった土着の小集団の連合体である。高貴な血筋の「高家《こうけ》」の武士は、たくさんの家人を抱える「大名《だいみよう》」、つまり今でいう大企業であることが多いのに対して、党の武士の多くは「小名《しようみよう》」、つまり中小ないし零細企業であった。熊谷は自分と息子、旗指《はたさ》し一人の三人で、平山は旗指しと二人だけで戦場に向かったのである。彼らは自分で手柄を立てて所領をもらい、生活を安定させる以外には生きる道がない。一攫千金を夢見て、命がけで戦っていたのであり、こうしたハングリーな武士たちのエネルギーを引き出したことが、東国勢の勝利の要因でもあっただろう。

このような、功名を目指して戦う下級武士の姿が活写されていることが、『平家物語』の一ノ谷合戦の特色である。後述するように、一ノ谷合戦の後半には、平家公達の最期の物語であると同時に武蔵国を中心とした東国の武士たちが功名を目指して戦う物語が並んでいる。だが、ここではまず熊谷直実と平山季重の物語を読んでいこう。

熊谷と平山

熊谷直実が一ノ谷近くの塩屋《しおや》（現神戸市垂水区）に出ると、そこにはすでに土肥実平の大軍が到着していた。熊谷直実は夜の闇にまぎれてその前を通り過ぎると、まだ夜中だというのに、一ノ谷の西の木戸口に押し寄せて、直ちに「武蔵国住人、熊谷次郎直実、子息小次郎直家、一ノ谷の先陣だ」と名乗った。実際に戦おうというわけではない。敵軍に少しでも打撃を与えようとか、自軍が何とか有利になるように工夫しようというようなことではなく、とにかく名乗りを上げて、自分が先陣を遂げたという形を作りたかったのである。平家の側もそれがわかっているので、相手にしない。「ほっとけ。相手にするな。疲れきるまで走り回らせ、矢種《やだね》がなくなるまで射させればいい」と言い合っていた。

とりあえず、所期の目的を達した熊谷の後から、武者が一騎やって来た。「誰だ」と聞くと、「季重」と答える。「そう聞くのは誰だ」「直実だ」「なんだ熊谷殿か。いつからここに来たのだ」「俺は宵《よい》のうちから来ていたぞ」という問答が展開される。もちろん、熊谷直実も実はここに着いたばかりなのだが、ライバルに少しでも差をつけようとハッタリをかましたわけである。手柄を自分のものにしたい、ライバルに負けたくないという武士の意識は強烈である。

熊谷の言葉を信じて、自分がずいぶん遅れてしまったのだと思った平山は、自分が遅れたいきさつを、いまいましそうに語る。それによれば、平山は、成田五郎という武士が「待ってくれ、一緒に行こう」というのにだまされて待っていたところ、成田五郎が追い抜いて、自分を出し抜こうとした。そこで腹を立てた平山は、自分の方が良い馬に乗っていたので、「よくもだましたな」と一声かけて成田を抜き返して来たのだという。味方をだましてでも先陣を遂げようとするのは、先に見た宇治川先陣の佐々木高綱と同じである。この時代の武士たちは、味方同士でもこのように互いにだまし合い、駆け引きを繰り返して手柄を立てようと必死だったのである。

平家陣の前には、熊谷直実・直家親子と平山季重、それに熊谷と平山の旗指しが一人ずつで、合計五騎が待機したまま、次第に夜が明けてきた。そこで熊谷直実はもう一度名乗った。夜半のうちに名乗りは上げていたのだが、平山の前で自分の先陣を確認するために、もう一度名乗ったわけである。

二之懸

これを聞いて、平家陣からは、「さて、一晩中うるさくわめいていた熊谷親子を捕まえてやろうじゃないか」と、越中次郎兵衛盛嗣《もりつぐ》、上総五郎兵衛忠光《ただみつ》、悪七兵衛景清《かげきよ》、後藤内定経《さだつね》といった錚々たる侍大将たちを筆頭に、二十余騎が門を開いて駆け出てきた。しかし、熊谷直実と平山季重は一歩も引かず、互いに入れ替わりながら激しく戦った。平家の武士たちは、熊谷と平山に駆け立てられて、木戸口の中に逃げ込んでしまった。

そこで熊谷直実は平家を挑発し、それに乗せられた越中次郎兵衛盛嗣が寄って来る。しかし、熊谷親子の気迫に押されて引き返し、景清に批判されるという一幕がある。景清は、盛嗣に代わって前に出て戦おうとするが、盛嗣に止められる。盛嗣に言わせれば、熊谷直実のような身分の低い武士を討ち取るために危険を冒す必要はないというわけである。その後、平家は熊谷・平山に近寄らず、遠くから弓矢で射るばかりで、わずかな敵を討ち取ることができない。平家の馬は船に乗せていることが多く、運動不足で食事も十分ではなかったのに対して、熊谷と平山の馬は栄養満点の大きな馬で、馬同士がぶつかったら勝ち目がないので、平家としては接近戦に持ち込むことができなかったのだという。平山季重はたった一人の郎従である旗指しを射られて、敵陣に突撃し、旗指しのかたきを取って出てきた。熊谷直実も敵の首をたくさん取った。

熊谷直実は、敵陣の前に到着したのは先だったが、木戸口が開かなかったので、駆け入ることはなかった。一方、平山季重は、敵陣の前に到着したのは熊谷よりは後だったが、敵陣の中に駆け込んだのは熊谷よりも先だった。そのようにして、どちらが先陣か、一二を争った——というのが、覚一本「一二之懸《いちにのかけ》」の結びである。ただ、覚一本では、平山が先に敵陣の中に駆け入ったという点をはっきり記していない。強いて言えば、平山季重が旗指しのかたきを取ったあたりの記述がそれにあたるのだろうが、熊谷直実が敵陣に駆け込んだのかどうかは全く不明瞭であるため、両者の前後もわからない。

　この点、延慶本では、次のようである。熊谷直実は夜通し名乗りの声を上げ、平家は遠矢で盛んに射たが、熊谷父子を討ち取ることはできなかった。夜が明けて、熊谷父子の悪口にいら立っていた平家の二十三騎が門を開き、打って出た。しかし、平家は熊谷父子ばかりを意識して、平山季重は警戒していなかった。熊谷直実の郎等かと思っていたのである。そこで、敵に目をつけられていなかった平山季重は、隙を突いて木戸口の中に駆け込んだ。驚いた平家の二十三騎は、平山季重を追い、あわてて自陣内に戻ったため、熊谷直実もその後について敵陣内に駆け込んだ。そうして、平山季重と熊谷直実は、しばらくの間、敵陣内で暴れ回ったと描くわけである。これなら、平山・熊谷の敵陣への突入と、その順序が明瞭である。また、熊谷が早くから名乗ったため平家に警戒され、遅れて来た平山は警戒されなかった分、先に敵陣に駆け込むことができたという事情もよくわかる。諸本の形はさまざまだが、むしろ延慶本に近い構成の本が多いというべきだろう。覚一本は、概してこうした筋立てがしっかりしているのだが、ここは例外というべきか。『平家物語』諸本は、一つの異本を読んでいるだけでは理解できないという好例である。

　ともあれ、先陣という大きな功名を狙って、熊谷直実と平山季重が息詰まるような争いを展開する姿が見て取れるだろう。武士たちは、命をかけて功名を狙い、敵の隙を突き、味方の隙をも突いて、死闘を繰り広げたわけである。『平家物語』は、土肥実平率いる大部隊についてはほとんど描くことなく、熊谷・平山という貧しい武士たちの先陣争いによって西の木戸口の戦いを代表させている。

河原兄弟の戦い

西の木戸口ではこのような先陣争いが展開されていたが、大手の生田の森の戦場でも、夜明け前から先陣を目指す貧しい武士の姿が描かれる。武蔵国の住人であり、熊谷直実と同じ私市党の武士であった河原《かわら》兄弟、河原太郎高直《たかなお》と次郎盛直《もりなお》である。覚一本によれば、高直は、弟の盛直にこう言った。

大名はわれと手をおろさねども、家人《けにん》の高名をもッて名誉す。われらはみづから手をおろさずはかなひがたし。

「大名は自分で戦わなくとも、家人の手柄を以て名誉とする。しかし、私たち小身の武士は、自分で戦わなければ手柄を立てることができない」というのである。貧しい武士たちの意識を語る、印象的な言葉である。

兄の高直は、「だから私は自分一人で先陣をとげる。おまえはその功名の証人になれ」と弟に言うが、弟の盛直は涙をはらはらと流し、「兄弟二人きりの我々が、兄を討たせて私だけ生き残ったからといって何になりましょう」と言って、証人と故郷の妻子への伝言の役を下人に託し、兄と共に敵陣に突撃した。突撃といっても、河原兄弟の場合、熊谷や平山とは違って、馬にも乗らず草履を履いて逆茂木《さかもぎ》を乗り越えていったのである。西の木戸口における熊谷と同様に、夜明け前の闇の中で生田の森の先陣を名乗った二人を、平家ははじめはいい加減にあしらっていたが、二人があまりにも激しく射たため放置できなくなり、備中国の住人、真名辺《まなべ》四郎・五郎という西国で評判の強弓の武士が二人を狙って射殺した。河原兄弟が先陣をとげて討ち取られたことは、兄弟の下人が自陣にふれ回った。証人になれという命令に従い、二人の功績を認めさせるためである。

二度之懸

これを聞いた梶原景時は、五百余騎で敵陣に突撃した。今度は逆茂木を足軽たちに取りのけさせた上で、騎馬で敵陣に突入したのである。次男の平次景高があまりにも先走るので、父の景時は心配したが、景高は「もののふの取り伝へたる梓弓《あずさゆみ》ひいては人のかへるものかは」（武士が代々伝えた梓弓を一度引けば、矢は戻ってきません。同じように、私ももはや引き返すことはできないのです）と歌を詠んで、突進していった。

梶原景時は五百余騎で突撃したが、激しく戦って五十余騎ほどになり、自陣に戻ってきた。ところが戻ってみると長男の源太《げんた》景季《かげすえ》がいないことに気づいた。佐々木高綱と宇治川先陣を争った、あの景季である。郎等たちに尋ねると、敵陣に深入りして討たれたのではないかという。

そこで梶原景時は、「世にあらんとおもふも子共がため、源太うたせて命いきても何かはせん、かへせや」（世で栄達を望むのも子どものためだ、景季を討たれては、自分の命が助かっても何にもならない。引き返せ）と言って、敵陣に再び突撃した。こうした敵陣への突撃は、通常、一度で十分な功績になるので、繰り返すことはないのだろうが、景時は二度目の突撃を敢行したので「二度之懸《にどのかけ》」と呼ばれるわけである。

景時は、大音声を上げて名乗った。

昔、八幡殿、後三年の御たたかひに、出羽国千福金沢《でわのくにせんぷくかなざわ》の城《じょう》を攻めさせ給ひける時、生年《しょうねん》十六歳でまつさきかけ、弓手《ゆんで》の眼《まなこ》を甲《かぶと》の鉢付《はちつけ》の板にいつけられながら、当《とう》の矢をいて其《そ》の敵《かたき》をいおとし、後代《こうたい》に名をあげたりし鎌倉権五郎景正《かまくらのごんごろうかげまさ》が末葉《ばつよう》、梶原平《かじわらへい》三景時《ぞうかげとき》、一人当千《いちにんとうぜん》の兵《つわもの》ぞや。我とおもはん人々は、景時うつて見参《げんざん》にいれよや。

梶原氏は、後三年の戦いで片目を射られたがひるまず、直ちに矢を射返して敵を討ち取ったことで名高い鎌倉権五郎景正の子孫であることを誇っていた。景時は最初の突撃でも同じように名乗っていたはずだが、諸本がこの場面で記すのは、二度目の突撃が本話の見せ場であるからだろうが、こうした名乗りが、詞戦《ことばだたかい》と同様、敵に対する威嚇の効果を持っていた一面を示すものとも見られよう。

ともあれ、梶原景時は、身の危険を顧みず、敵陣を縦横無尽に駆け回り、ついに景高を発見した。景高は、敵五人の中に取り囲まれ、郎等二人と共に崖を後ろにあてて必死で防戦しているところだった。景時は急いで馬から飛び降り、敵を倒すと、景季を抱きかかえて救出し、自陣に帰ったのだった。

武士の父子

この「二度之懸」の話については、注意しておきたい点が二つある。一つは、息子たちに対する父梶原景時の愛情の深さであり、もう一つは梶原父子を好意的に描いていることである。

まず、息子に対する愛情の深さについて考えておこう。これは、『平家物語』に登場する武士たちに多く共通することである。前章では詳しく説明できなかったが、巻八「妹尾《せのお》最期」で義仲と戦って討死した妹尾太郎兼康《かねやす》の物語はその典型だろう。兼康は、北陸で義仲に捕らわれ、義仲に従ったように見せていたが、心から従ったわけではなかった。義仲が平家追討のために山陽道に進撃した時、妹尾は地元の備中国（現岡山県）を案内するふりをして背き、義仲と戦った。しかし、敗れて屋島に逃げようとした時、息子の小太郎宗《むね》康《やす》が落伍しているのに気づく。宗康は若いのに太りすぎで、ついて来られなかったのである。それと知った兼康は、「兼康は千万の敵にむかつて軍《いくさ》するは、四方《よも》はれておぼゆるが、今度は小太郎をすててゆけばにや、一向前《さき》がくらうて見えぬぞ」（いつもはどんな大軍相手でも平気で戦ってきたが、今度は小太郎を捨てて行くからだろうか、目の前が真っ暗になって、何も見えないぞ）と言って引き返し、宗康と共に討死する。

また、熊谷直実が敦盛《あつもり》を討って発心する有名な物語も、この後に見るように、息子への愛情が前提にあり、息子と同年齢の敦盛を討てなくなる物語である。武士たちはこのように息子を強く愛していた。

もちろん、親が子を愛するのは人間として当然だが、武士には武士特有の事情もあった。武士たちが戦うのは、すでに見たように、功名を立てて褒賞に所領を得るためだが、所領は自分の死後、息子に継がせるものである。その意味では、息子がいなければ所領を持っていてもしかたがない、あるいは、命をかけて戦うのは息子のためであるとさえいえるわけである。そういうわけで、武士たちは特に息子を大事にしたのであり、そうした姿が『平家物語』のあちこちに残されているわけである。

梶原父子の物語

「二度之懸」についてはもう一つ、梶原父子の形象にふれておかねばならない。右に見てきたように、「もののふの取り伝へたる梓弓引いては人のかへるものかは」の歌を残し、真っ先駆けて敵陣に突入する景高の姿や、息子のために決死の覚悟で敵陣に再突入し、高らかに名乗る景時の姿が目立つ。景時は、勇敢で強く親子の情愛にも富む、武士の父親として理想的な姿に描かれ、その子供たちも立派な姿を見せている。

それは諸本共通のことだが、さらにその後、読み本系諸本（延慶本・長門本・源平盛衰記・四部合戦状本・源平闘諍録）では、梶原景季または景時が、箙《えびら》に梅または桜を差して戦ったとする逸話を載せている。謡曲「箙」の原話であり、神戸の生田《いくた》神社では「箙の梅」の伝説を今も伝えている。ただし、延慶本・四部合戦状本・源平闘諍録では梅ではなく桜であり、「もののふの桜狩りこそよしなけれ」（源平闘諍録）といった句を含む連歌《れんが》も詠まれている。一方、源平盛衰記・長門本や謡曲では梅だが、長門本は「桜狩り」の句をも含んでいて、梅と桜が混在している。本来は桜だったと考えるべきか。いずれにせよ、若武者景季が箙に桜や梅を差して戦い、風が吹いたり馬が走るのに伴って花がはらはらと散るという、戦場らしからぬ風雅な情景が演出されているわけである。

梶原景時は文官的な才能にも優れていたようで、たとえば、『吾妻鏡』寿永三年（一一八四）正月二十七日条では、義仲を討ち取ったという知らせが、続々と鎌倉に到着した中で、景時の飛脚だけが正確な名簿を伴う記録を持参し、頼朝を感服させたという。また、梶原父子には和歌の才があった。梶原父子が和歌を詠んだ逸話は、『吾妻鏡』文治五年（一一八九）七月二十九日条、同年八月二十一日条、同年十二月二十八日条などに見える。また、源平盛衰記では、箙の梅の話の後に、景時が頼朝と交わした連歌の逸話を記しているが、類似の話は、『沙石集《しゃせきしゅう》』米沢本巻五末や『菟玖波集《つくばしゅう》』巻十四、『増鏡《ますかがみ》』二「新島守」、真名本『曽我物語《そがものがたり》』巻五にも見える。「箙の梅（桜）」の逸話が事実であるとは考えにくいが、梶原氏にはこうした風雅の逸話を残す素地があったわけで、『平家物語』諸本は、そうした梶原氏の一面をとらえ、好意的に描き出しているといえよう。

梶原父子、特に景時といえば、今では悪役と相場が決まっている。梶原景時らの人物像は、室町時代以降、いわゆる判官《ほうがん》びいきによって、義経の敵役としての悪役化が急速に進み、江戸時代には「ゲジゲジ梶原」などと忌み嫌われるようになる。それが現代にも引き継がれているわけだが、『平家物語』では、右に見たように好意的な形象がしっかりなされている。だが、前章で見たように、延慶本では、宇治川先陣における佐々木高綱の敵役として、梶原景季が悪役化されていた。梶原父子には、佐々木高綱や義経のような、後に英雄として語り継がれてゆく人物の敵役として悪役化される傾向があるわけである。そして、屋島合戦直前の義経との逆櫓《さかろ》論争から、壇ノ浦合戦後の腰越状《こしごえじょう》にかけての記事では、諸本にわたって、義経を恨んで讒言《ざんげん》する悪役としての人物像が明確になっている。義経の敵役としての人物像の原型も、『平家物語』には見えているわけである。

このように、『平家物語』には、梶原父子に対する肯定的形象と否定的形象が共に存在する。それは、義仲の叙述に、共感をこめた記述と田舎者への嘲笑とが併存していたように、多くの素材を継ぎ合わせて編集した『平家物語』という作品の宿命であるといえよう。

坂落をめぐって

「鵯越」と「坂落」

さて、東西の木戸口では優劣不明の激戦が繰り広げられていたが、その間に、平家陣の背後の山道をたどっていた義経勢は、「一谷のうしろ鵯越《ひよどりごえ》」に登り、下方にある平家の城郭を見下ろした。あまりにも急な崖だったので、試しに人を乗せない馬を落としてみたところ、足を折ってしまった馬もあったが、三頭の馬は無事に下までたどり着いた。これなら人が気をつけて馬を操れば降りられるだろうと、義経自身が真っ先に降りていった。途中で、これ以上は無理だと思われる崖もあったが、三浦一族の佐原十郎義連《よしつら》が進み出て、「この程度の崖は三浦半島にはいくらでもある。我々は狩りをする時に、こんな所をいつも馬で通っているぞ」と、先頭に立って坂を降りていった。こうして、平家陣の背後を突いて奇襲攻撃をかけることに成功し、源氏の勝利が決まったのである――というのが、覚一本『平家物語』の記述であり、世に広く知られている。一ノ谷合戦といえば、思い出すのは「鵯越の坂落」であるという読者も多いだろう。『吾妻鏡』寿永三年二月七日条も、義経は鵯越を攻めたとしている（ただし、『吾妻鏡』のこのあたりの記事は、『平家物語』の古本《こほん》、または『平家物語』の原資料によっているともいわれる）。

しかし、「鵯越の坂落」には、地理的に問題が多く、古来、議論の的となってきた。『平家物語』諸本における「鵯越」の位置には混乱が目立ち、どのあたりを「鵯越」と意識しているのかわかりにくいこともあって、議論はさまざまな問題がからんで複雑だが、地理的に大きな問題は、狭義の「一ノ谷」と「鵯越」とが離れていることである。『平家物語』諸本では、義経は平家陣の西側（狭義の「一ノ谷」の近く）を攻めたと解される。たとえば、延慶本は、坂落直前の義経を次のように描く。

九郎義経は、一谷の上、鉢伏《はちぶせ》、蟻《あり》の戸《と》と云ふ所へ打ち上《あが》りて見ければ、軍《いくさ》は盛りと見えたり。

この「鉢伏」は、現在の兵庫県神戸市須磨区、六甲山系の西南端にある鉢伏山のことと見られる。だとすれば、義経が坂落をしたのは、須磨区西部の一ノ谷にも近い、西の木戸口近辺であったことになる。また、『玉葉』寿永三年二月八日条は、義経が「先づ丹波城を

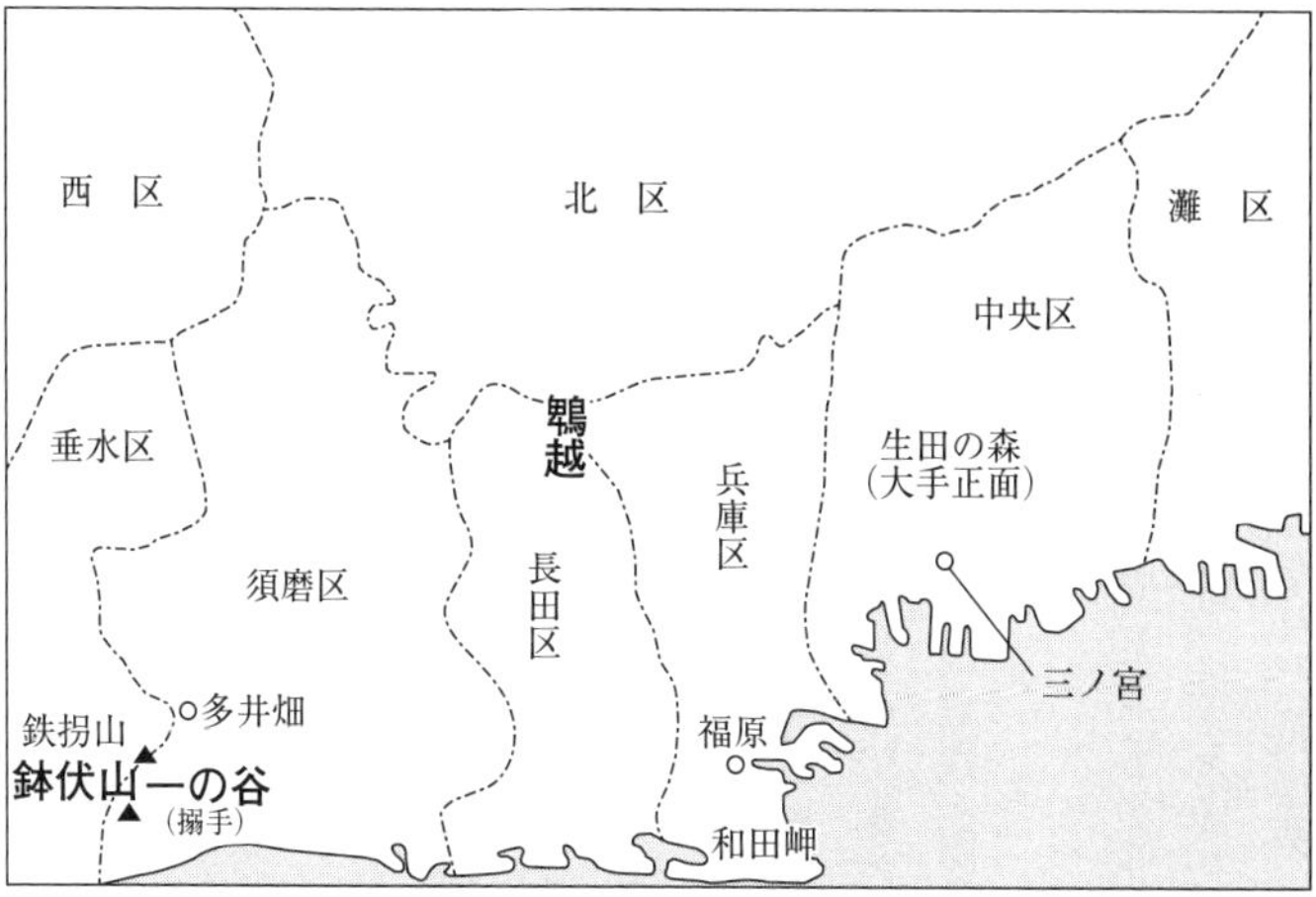

図20　現神戸市と鵯越・一ノ谷

落とし、次に一谷を落とす」と、「一谷」を攻め落としたと記している。

ところが、「鵯越」という地名が残るのは一ノ谷の近くではなく、現神戸市長田区北部、神戸電鉄の鵯越駅があるあたりである。現存地名「鵯越」のあたりで山を降ったのだとすれば、大手の生田の森と搦手の一ノ谷のちょうど中間あたり、そのまま進めば福原を直撃するようなコースになる。一ノ谷には向かわなかったことになるが、平家陣の中央を突破したということになり、これはこれで有力な想定といえよう。

須磨区か長田区か

義経が坂落をしたのは、現須磨区の一ノ谷近くでのことだったのか、それとも現長田区北部の「鵯越」近くだったのか、議論が繰り返されてきた。この議論の起源は江戸時代にさかのぼるので、現在の神戸市の地名で呼ぶのはあまり適切ではないが、便宜上、一ノ谷近くと考えるのを「須磨区説」、鵯越近くと考えるのを「長田区説」として、両者の要点を簡単に紹介しておこう。

まず、須磨区説である（吉田東伍『大日本地名辞書』・仲彦三郎『西摂大観』・黒板勝美〔一九一九〕・安田元久〔一九六六・一九七八〕・近藤好和〔二〇〇五〕などの説による）。『平家物語』は騎馬部隊が断崖絶壁の急斜面を降りていったと描く。しかし、現存地名「鵯越」のあたりの坂はなだらかで、それほどの急斜面ではない。物語の描写にふさわしいのは、一ノ谷近くの鉢伏山などの急斜面ではないか。また、『玉葉』は義経が「一谷」を落としたと書いているし、延慶本『平家物語』は、義経が「一谷の上、鉢伏、蟻の戸と云ふ所」から戦場を見渡し、坂落をしたと描いている。「坂落」は一ノ谷の近くで行われたわけである。

一方、長田区説は言う（喜田貞吉・岡久穀三郎・木南弘・落合重信・東啓子・村上美登志などの説による）。

『平家物語』諸本は鵯越あたりで坂落をしたと書いているし、一ノ谷近辺を攻めるのでは、攻撃目標が土肥実平と同じになってしまい、搦手の軍勢を二つに分けた意味が無い。実平勢と分かれた義経勢は、鵯越から福原を攻める方が効果的ではないか。

「鵯越」あたりにも険しい山道は多く、「坂落」のモデルには十分なり得るし、物語には誇張がつきものである。逆に、鉢伏山あたりの急斜面は険しすぎて、騎馬で下りるのは無理だ。実際には「鵯越」を通ったと考える方が自然ではないか。

どちらも説得力がありそうだ。

ただし、馬の能力については、馬は訓練次第では絶壁を下りることも可能であることが、海外の馬術の紹介によって指摘されてもいる（近藤好和〔二〇〇五〕）。さまざまな問題がからんで、議論は尽きないわけである。

坂落をしたのは義経か？

そのような論点に加えて、さらにややこしい問題を加えるのが、『玉葉』寿永三年二月八日条である。先にも見たように、『玉葉』同日条は義経が一谷を落としたと書いているのだが、実は、その前後をきちんと引用すると、次のようになっている（なお、〈 〉内は原文では小書き割注）。

午の刻ばかり、定能卿来たり、合戦の子細を語る。一番に九郎のもとより告げ申す〈搦手なり〉。先づ丹波城を落とし、次に一谷を落とす。次に加羽冠者《かばのかじゃ》案内を申す〈大手、浜地より福原に寄すと云々〉。辰の刻より巳の刻に至る。猶一時に及ばず、程無く責め落とされ了《お》はんぬ。多田行綱山方より寄せ、最前に山手を落とさると云々。

この傍線部によれば、山の手から真っ先に攻め込んだのは多田行綱《ただゆきつな》であったという。多田蔵人行綱と言えば、『平家物語』では、鹿谷《ししがたに》事件の際に成親らの謀議に参加しながら、裏切って清盛に密告した人物と語られるが、一ノ谷合戦には全く登場していない。しかし、多田氏は摂津源氏の有力な一族であり、地元の武士なので、近辺の地理にも詳しかったと考えられ、軍勢を動員していたとも見られる。「鵯越の坂落」とは、義経ではなく、行綱がやったことではないのか。こうした考え方は、菱沼一憲〔二〇〇五〕・上杉和彦や川合康〔二〇一九〕・髙橋昌明〔二〇二二〕などによって示され、近年、有力な説となっているといえよう。

だが、もしも行綱が坂落をしたのだと考えた場合、『平家物語』の語る義経の坂落はどうなるのか。義経の坂落は全くフィクションであり、多田行綱の功績を義経にすりかえただけなのだと考えることも可能ではある。しかし、それでは義経は何もしなかったのかといえば、そんなことはあるまい。『玉葉』には義経が一ノ谷を落としたと書いてある。

そこで、『平家物語』の記述をもう一度よく読んでみると、先に紹介したように、絶壁を降りようと決断したのは義経だったが、途中で皆が止まってしまった崖で、「この程度の崖は三浦半島にはいくらでもある」と叫び、真っ先に降りていったのは、三浦一族の佐原十郎義連であったと語られている（この点は諸本基本的に同様である）。三浦一族の実際の合戦体験が『平家物語』に取り込まれていると見られることは、本書の「頼朝の合戦」

で、小坪合戦や衣笠合戦について見てきたとおりである。また、義連の言葉が起伏の多い三浦半島の実情を反映していると見られることは、近藤好和〔二〇〇五〕によって指摘されている。

そのように考えてくれば、『平家物語』の語る義経らの「坂落」も、誇張や脚色はあるにせよ、何らかの事実を反映していると見るのが妥当ではないだろうか。仮に行綱が鵯越方面から攻めたのが事実だとしても、一ノ谷方面で、義経と三浦一族などが協力して鉢伏山近辺の急坂を降ったこととは矛盾しない。その戦いが戦局全体に決定的な影響力を持ったか否かは別として、義経や三浦一族が一ノ谷付近の坂を駆け下ったという『平家物語』の記述自体を、根も葉もない虚構と決めつけることはできないだろう。もしそのように考えた場合は、その功績は義経一人ではなく、半分ぐらいは三浦一族に帰せられるべきなのかもしれないが。

源氏の勝因

さて、以上見てきたように、「坂落」の真相を見極めるのは難しいのだが、もし「坂落」の真相がはっきり解明されたとしても、それが源氏の勝因であると断定できるかどうかとなると、実はそれも怪しい。もう一つ考慮すべき問題があるからである。本章の最初でふれたように、一ノ谷合戦直前には平家の優勢が噂された。その下馬評をくつがえしたのは、果たして奇襲攻撃の効果だったのか。

『吾妻鏡』寿永三年二月二十日条には、一ノ谷合戦後、宗盛から京都の朝廷にあてた書状の文面が掲載されている。それによれば、宗盛は法皇に、次のように述べている。

後白河法皇から坊門親信《ぼうもんちかのぶ》を通じて、「和平の道を探りたいので、源氏の武士たちには平家を攻撃しないように命じている」という趣旨の院宣が届いていた。そこで、平家は、武士たちに戦うなと命じていた。ところが、源氏の武士たちが突然襲いかかってきた。平家の側は院宣を守って戦わずに引き退いたため、一方的に殺戮された。院宣を出したのに源氏の武士たちが承知しなかったのか、それとも平家を油断させるために奇謀をめぐらされたのか。いまだにわからず、迷惑恐歎の次第である。実のところをお聞かせいただきたい。

つまり、後白河法皇の周辺が和平工作を企て、源氏の武士には戦わないように命じたというので、平家は臨戦態勢を解いていた。ところが、そこへ源氏の武士が突然襲いかかったのだという。

『平家物語』諸本は、源平両軍は二月七日に矢合わせと定め、どちらも闘志満々であったと描いており、平家が臨戦態勢を解いていたなどという様子は全くうかがえない。また、この書状は宗盛からのものなので、内容は平家に都合よく脚色されている可能性もある。しかし、鎌倉側の『吾妻鏡』が載せている書状であり、捏造されたものとも思えない。平家有利と噂される中で、和平提案には現実味があったかもしれない。この書状が基本的に事実を伝えているのだとすれば、法皇周辺と前線の武士の連絡が悪かったのか。あるいは、最初から平家を油断させるための謀略だったのか。これも真相を見極めるのは難しい。現在では、上横手雅敬が述べたように、和平提案の一方で源氏武士が平家陣営に襲いかかったのはおそらく事実だろうが、法皇の言葉を信じて敵襲に備えておかなかったのは宗盛のミスである――といったところが、おおむね標準的な理解であるといえようか。

この問題を重視するならば、源氏の勝因あるいは平家の敗因は、そもそも戦場での戦い方の問題ではなく、戦場の外でめぐらされた謀略、駆け引きの問題であったと考えることも可能である。あるいは、いくつもの問題が複合していたかもしれない。一ノ谷合戦には謎が多いのである。

功名争いと戦場の現実

さて、史実はともあれ、『平家物語』諸本は、一ノ谷合戦は義経の坂落によって勝負が決まったとする。東西の正面では互角の激戦が繰り広げられたが、義経が奇襲をかけて、平家が構えていた仮屋を焼き払うことにより、平家は総崩れになったと語るわけである。それ以降の記事、一ノ谷合戦の後半は、平家の公達や侍大将が討ち取られ、あるいは生け捕られる記事が並んでいる。覚一本では、それらの章段に平家公達などの名を冠して「○○最期」などといった題名がつけられているが、それらは同時に東国の貧しい武士たちが平家の公達や武将を討ち取って手柄を立てたという話でもある。そして、武士たちの功名談としての性格が露わな記事では、生々しい戦場の現実が描かれる。一ノ谷合戦記事の最大の特色は、そこにあるといってよいだろう。

盛俊のだまし討ち

まずは、その典型というべき、越中前司盛俊《えっちゅうのせんじもりとし》の最期を、延慶本によって紹介しよう。平家の侍大将で、山の手を守っていた越中前司盛俊は、もはや逃げ切れまいと踏みとどまって戦ううちに、源氏側の猪俣党《いのまたとう》の武士、猪俣則綱《のりつな》と組み合い、則綱を組み伏せた。しかし、押さえつけられた則綱は、自分は頼朝にも名を知られた名誉の者だと名乗り、「私を助けてくれれば、頼朝殿に申し上げて、あなたのご親族が何十人あろうとお助けしますよ」と持ちかける。盛俊は則綱の弁舌にのせられてしまい、二人は戦いをやめて深田のかたわらに並んで腰をかけた。そこへ則綱の親戚で、同じ猪俣党の武士である人見四郎がやって来た。盛俊が人見四郎を気にして、則綱に背を見せると、則綱は不意に後ろから盛俊を突き倒し、首を取った。則綱の弁舌はその場しのぎの口から出まかせであり、もとより盛俊を助ける気などなかった。典型的なだまし討ちである。

則綱は、人見四郎が近づく前に盛俊を討ち、その首を太刀の先に指し貫いて高く差し上げ、大声で「越中前司盛俊の首は、この則綱が討ち取ったぞ」と、功名を宣言した。しかし、あたりには証人になる者もなく、盛俊の首は、多くの郎等を引き連れた人見四郎に奪われてしまった。則綱がだまし討ちにして取った首を、親族の人見四郎が横から奪い取ったわけである。しかし、人見四郎に首を横取りされた際、則綱は、こっそり、盛俊の首から左の耳を切り取っておいた。論功行賞《ろんこうこうしょう》の場で、人見四郎が盛俊の首を出し、自分の手柄であると述べると、横から盛俊が「ちょっと待て、それは俺の手柄だ」と声をかける。則綱は、盛俊の首を取ったのは自分だという証拠として、隠し持っていた盛俊の耳を差し出し、功名を認められたという。

仁義なき戦いなどというなまやさしいものではない。功名争いにかける武士の執念をあますところなく描き出した話といえよう。以上は延慶本によるものであり、覚一本などでは首争いの話はなく、盛俊は初めは和解を拒否したなどともあって、印象の異なる記事になっているが、おそらく延慶本のような形が原型であろう。

この記事からは、さまざまな問題が引き出せる。一つは「日本の武士は武士道精神にのっとって、正々堂々と戦っていたのではないのか」という疑問である。これについては、この時代にはまだ「武士道」という言葉はなかったこと、「武士道」という言葉ができてからもそれは「敵と正々堂々戦う」というような道徳ではなかったこと、これをフェア・プレイに結びつけたのは新渡戸稲造《にとべいなぞう》の『武士道』以後、ほぼ二〇世紀のことであることだけ述べておこう。詳しくは佐伯『戦場の精神史』（二〇〇四）をご参照いただきたい。

武士にとって首とは何か

もう一つの問題は、猪俣則綱と人見四郎の首争いである。則綱は自分の功名の証拠にするため、とっさに盛俊の左耳を切り取ったというが、この耳を切るという行為をどう考えるか。耳を切り鼻をそぐことが刑罰として行われたことは著名だろうが、それとは別に、中国や朝鮮半島には討ち取った敵の数を数えるために敵の遺体から左耳を切り取るという習慣があり、日本でも古代から行われたようである。猪俣則綱の耳切の背景にも、おそらく、この習慣の存在を想定すべきであると筆者は考える。

ただ、戦場での耳切は、本来、軍全体が戦果を集計するためのものだったはずだが、戦国時代の日本では、個々の武士が戦功を証明するために耳や鼻をそぐようになっていった。日本の場合、軍全体よりも個人単位の武士の功名が重要とされたので、敵の首を取ってその証明としたわけだが、首は重いので、あまりたくさん持ち歩くことはできない。討ち取った相手がさして重要な人物ではなかった場合、首の代わりに耳や鼻をそぎ取って、戦功を質より量で主張したわけである。秀吉の朝鮮出兵に際して、日本の武士が朝鮮兵の鼻や耳を大量にそぎ取り、ついには功名のために一般人の鼻までそいだこと、その鼻や耳を埋めたのが京都に残る耳塚であることは著名であろう（「耳塚」といっても、実際には耳よりも鼻が多かったようである）。これらの問題については、佐伯『軍記物語と合戦の心性』（二〇二一）を参照されたい。

則綱による盛俊の耳切は、首を自分が取ったことの証拠として用いたものだが、こうしたことも戦国時代の日本ではしばしば行われたと見られる。小笠原昨雲《おがさわらさくうん》『軍法侍用集《ぐんぽうじようしゅう》』

（元和四年〈一六一八〉跋）や、松浦鎮信《まつらしげのぶ》（静山）『武功雑記《ぶこうざつき》』（元禄九年〈一六九六〉成立）には、首を横取りする「奪首《ばいくび》」への対策として、耳を切り取ったり遺体に傷を付けて目印とする「跡付《あとづけ》」という手法が用いられたことが見えている。戦国時代の戦場が、いかに殺伐たる功名争いの場であったかが察せられるが、猪俣則綱による盛俊の首の扱いは、そうした様相が、すでに平安末期の源平合戦にも見えていたことを示しているだろう。

このような行為が発生する場において、敵の肉体は、もはや憎悪の対象ですらない。首を取る側にとっては、功名の手段としてのモノでしかないわけである。そのような感覚が、『平家物語』の一ノ谷合戦記事、特に延慶本には見えている。

功名首のリアリズム

平師盛《もろもり》（重盛の末子）の最期の記事を見ておこう。師盛は、三草山から一ノ谷に転戦していたが、敗れて小船で逃げようとしていた。ところが、豊島九郎真治という武士が助けを求め、その船に飛び乗ったために、船が転覆して、師盛は、河越重頼《かわごえしげより》の郎等、十郎大夫という者に首を取られた。ところが、十郎大夫は長刀を振り下ろして首を切ったために、目測を誤って口の辺りで切ってしまい、下顎は首から下の胴体についたままになってしまった。上顎から上の不完全な首を人に見せたところ、これは価値のある首だと言われたので、遺骸に立ち戻って首から下顎の部分を切り取り、上の部分とくっつけて首の形を整えて提出し、勲功として師盛の知行していた備中国を賜ったという。首は功名の大事な証拠なのだから、丁寧に切り取らねばならないという教訓になる話でもあるのだろう（なお、師盛の最期は諸本に記されるが、首を切り損ねた話は延慶本以外には見られない）。

東国の下層の武士たちにとって、源平合戦は、自分の生活のために、何の恨みもない見ず知らずの相手を殺し、その首を取る戦いだった。そうした戦いにおいて、自分はいかにして生き延びたのか、敵の首を取ったのか、そして功名を認めさせたのか……、合戦の後にはたくさんの体験談が、手柄話が、そして子孫への教訓が生まれただろう。そうしたものの片鱗を、『平家物語』特に延慶本などは伝えていると見られる。

そうした現場に発する物語は、体験に基づいているために「リアル」といえばこの上なく「リアル」な描写を生んでいると考えられるわけだが、首や耳、顎などをめぐるこうした記述は、もはや「リアル」というよりも「グロテスク」というべきであるかもしれない。考えてみれば、現実の戦場は、平和な社会の住人にとっては目をそむけたくなるような情景に満ちているはずである。そうした場における体験をそのままリアルに語れば文学が生まれるなどというのは、あまりにも楽天的な夢想にすぎなかったのではないか。

本書の最初には、橋合戦の記述が戦場の「リアル」な現実からは遠く離れた見世物的な興味において成立していることを述べたが、それでは、一ノ谷合戦のように武士たちの生々しい体験談、殺伐とした戦場の記憶に根ざした合戦物語は、いかにして「文学」となり得たのだろうか。

戦いの体験は文学になり得るか

敦盛最期

一ノ谷合戦の中で最も有名な物語が「敦盛《あつもり》最期」だろう。熊谷次郎直実が、息子の小次郎直家と同年配の美少年敦盛の首を泣く泣く切って出家する物語は、後代、世阿弥《ぜあみ》の能「敦盛」や浄瑠璃・歌舞伎の「一谷嫩軍記《いちのたにふたばぐんき》」にも受け継がれ、日本文学史の重要な一角をなしている。これぞ「文学」といってよいだろうが、その「敦盛最期」が、右に見てきたような殺伐とした武士の功名談と同じ基盤から生まれていることには注意が必要である。

先に見たように、熊谷直実は武蔵国の私市党《きさいちとう》の武士であり、息子の直家と旗指しと共にわずか三騎で戦っていた。目立つ功名をあげるために、義経率いる坂落の部隊を勝手に離脱し、西の木戸口で夜中のうちから名乗りを上げ、その後、平山と共に敵陣に突入していた。大将義経の目を逃れ、西の木戸口には宵のうちから到着していたと平山を欺くその姿は、盛俊をだまし討ちした猪俣則綱のように悪どい印象はないが、功名のためには何でもしようという精神においては則綱と同様のものがあろう。熊谷直実は、猪俣則綱と同じことをしていてもおかしくなかった。

ともあれ、先陣を遂げた熊谷はさらなる功名を狙っていた。この機会を逃したら、次にいつ合戦があるかわからないので、手柄は、立てられる時にできるだけ立てておかねばならない。残る狙いは、猪俣則綱らと同様、身分の高い敵の首であった。手柄になりそうな、良い相手はいないか――獲物を探す猟師のような熊谷の目に映ったのが、見るからに身分の高そうな、しかもただ一騎で逃げてゆく敦盛の姿だった。熊谷は、千載一遇のチャンスとばかり、沖の船を目指して馬を泳がせる敦盛を呼び戻し、組み伏せた。

ところが、首を取ろうとして敵の兜を押しのけた瞬間、熊谷の心が一変したと覚一本は描く。兜に隠れて見えなかった敵の顔は、息子の小次郎直家と同じぐらいの年齢で、しかも大変美しかったからである。延慶本では、敦盛の美しさに殺意が鈍った熊谷が、敦盛と会話を交わすうちに敦盛が十六歳であると知り、息子と同年齢と知って討てなくなるという展開で、息子と同年齢と聞いたことが、より決定的な要因となっている。この公達にも父親がいるだろう、その父親は、息子の死を聞いてどんなに嘆き悲しむだろうと、我が身に重ねて考えた瞬間、討てなくなるわけである。武士の父親が息子を愛していることは、梶原景時の「二度之懸」に関連して述べたとおりである。

敵の首を取って功名をあげ、家族を養う――熊谷は、それを自分の生きる道として疑わず、突き進んできた。ところが、討つべき相手も同じ人間であり、父親がいるはずだと思った瞬間、自分の行為の非人間性が見えてしまったのである。このように、自分の行為を、全く別の角度からとらえ返す眼が文学を生む。自分の体験に基づいて、敵の首を損傷せずに切り取る方法や、その横取りの防ぎ方をどれほど詳しく記したとしても、それを読みたいと思う者は限られる。しかし、自分の子と同じように見えた相手を殺さねばならない苦しみを語ることは、多くの人々の共感を呼ぶのである。

熊谷直実と東国武士

熊谷直実は敦盛を助けようとしたが、振り向けば周囲には源氏の武士たちが大勢いる。逃がしても助かるまいと、目がくらみそうになりながら泣く泣く首を取った。熊谷は、「武士ほどいやな仕事はない」と泣きながら、敦盛の首を鎧直垂《よろいひたたれ》で包んでいると、錦の袋に入れた笛を見つけた。「味方の東国武士には、戦場に笛を持ってくる者などいない。高貴な方は風雅なものだ」と、ますます涙を流した。この笛が機縁となって、熊谷は発心したという。

これは覚一本の語り方だが、延慶本では、法然《ほうねん》上人のもとを訪ね、出家して法名を蓮性（ママ）と名乗ったと伝える。熊谷が発心して法然上人に会い、出家して蓮生と名乗ったことは事実である。ただ、それが敦盛を討ったためだというのは、事実かどうか怪しい。『吾妻鏡』建久三年（一一九二）十一月二十五日条、同十二月十一日条によれば、熊谷は所領をめぐる争いによって出家したという。一ノ谷合戦からは八年余りも経った後のことである。従来、これによって『平家物語』の記す熊谷出家記事を虚構とする見方が強い。ただし、『吾妻鏡』の記す熊谷出家の前年、建久二年（一一九一）三月一日に「地頭僧蓮生」と署名した「熊谷蓮生直実譲状」という文書もある。近年では、この文書の信頼性が確認されて、『吾妻鏡』の信頼性も疑われている。

熊谷直実の出家の真相をめぐる議論については、佐伯『熊谷直実』（二〇二三）を参照されたいが、筆者も、敦盛を討ったことが出家のきっかけになったというのは事実ではないと考えている。しかし、だからといって、「武士が敵を殺したぐらいのことで罪の意識を感じて出家するなどあり得ない」などというのも誤りである。熊谷直実以外にも、甘糟《あまかす》太郎忠綱《ただつな》、津戸《つのど》三郎為守《ためもり》などといった武蔵国の武士たちが法然のもとで出家したことは著名である。『法然伝』によれば、甘糟は自らを「我等ごとくの罪人」と呼び、津戸は「合戦たびたびの罪を懺悔」したという。この時代の東国武士は、功名を目指して激しく戦ったが、そのために生じた自らの罪業の深さに恐れおののいた者も少なくなかったわけである。そして、そのような目から合戦をとらえ直した物語が、生きていくためにやむを得ずさまざまな罪業を抱えていた多くの人々の心に、深い共感を呼んだのである。ただ体験を語るのではなく、戦いという行為を全く違った角度から見つめ直すこと、これが文学を生む一つの道筋なのだろう。

忠度最期

次に、平忠度《ただのり》の最期を延慶本によって読んでみよう。忠度は、都落ちの際、和歌の師である藤原俊成に自分の歌集を届けて去って行ったという逸話で知られる歌人である。延慶本の忠度最期は、一ノ谷近くの海岸を、一騎だけで西に向かって逃げる武者がいた、というところから始まる。

一谷のみぎはに西へさして武者一騎落ち行きけり。齢《よはひ》四十計《ばか》りなる人のひげ黒也。黒皮威《くろかわおどし》の鎧きて、射残したりとおぼしくて、えびらに大中黒の矢四つ五つ残りたり。白葦毛なる馬に遠雁《とおかりがね》しげく打ちたる鞍《くら》置きて、小ぶさの鞦《しりがい》かけてぞ乗りたりける。

四十歳ぐらいで黒髭の目立つ男で、立派な鎧を着ていたという武士は忠度だが、その名は最初は明かされない。これを見ているのは、武蔵国の武士、猪俣党の岡部六矢田忠澄《ただずみ》（表記は岡部六野太忠純などとも）である。

忠澄が追いついて「敵か味方か、名乗り給へ」と声をかけると、相手は「味方ぞ」と答えたが、忠澄が馬を並べて、その口元をのぞきこんで見ると、お歯黒をしている。東国勢にお歯黒をしている者などいない、これは平家公達だと見破った忠澄が「源氏の大将軍にお歯黒をしている者などいない」と言って襲いかかると、忠度は、「味方といはば、いはせよかし」（味方だと言っているんだから、そう言わせておけばいいじゃないか）と言って、組み打ちになった。忠度は忠澄を三回刺した。うち二回は防具で守れたが、三回目は顔面を刺されて、刃が頬を刺し貫いて後ろに三寸（九セ《セン》チ）ほども突き出る痛手となった。しかし、そこへ忠澄の童《わらわ》が駆けつけて、忠度の左腕を切り落とした。忠度はそれでもひるまず、残る右手で忠澄を投げ飛ばしたが、忠澄の郎等たちも駆けつけて、ついに忠度の首を取った。忠度は名乗らなかったが、首を人に見せると、歌人として名高い忠度であることがわかり、忠澄は勲功に忠度が知行していた五ヵ所の所領を得たのだった。

延慶本の忠度最期は、このように、むしろ首を取った忠澄の側から語られる。それは、味方だと嘘をついて逃げようとする敵を、お歯黒の発見によって見破り、痛手を負いながらも討ち取って所領を得たという、忠澄の勲功を語る物語である。

複数の視点

しかし、覚一本の「忠度最期」は大きく印象が異なる。覚一本では、西の手の大将軍だった忠度が、敗勢となって百騎ほどで逃げていたと描く。そこに、岡部六野太忠純《おかべのろくやたただずみ》（延慶本では忠澄）が追いつき、声をかけて、お歯黒で平家の大将軍と見破ったという点は同様である。百騎もの兵を連れていた忠度の口元を、忠純がどうやって確認したのか、やや不審だが、忠度に従っていた兵は諸国から動員された駆り武者で、戦意が乏しかったので、忠澄が襲いかかると皆逃げてしまったとする。

忠度が忠純を三回刺したが致命傷ではなく、忠純の童が忠度の片腕を切り落として形勢が逆転するというストーリーは大まかには同様である（ただし、忠度の刃が忠澄の頬を貫くといった生々しさは覚一本にはない）。しかし、箙《えびら》に文が結びつけられており、そこには、「旅宿花《りよしゆくのはな》」という題で、「ゆきくれて木《こ》のしたかげをやどとせば花や今宵《こよい》のあるじならまし」（旅の途中で日が暮れ、桜の木陰に宿ったならば、桜の花が今宵の宿の主をつとめてくれるだろうか）という歌に添えて署名があったので、忠度であったと知ったとする点は、延慶本と異なる。

箙に結びつけられた歌によってその人とわかるあたり、歌人忠度にふさわしい最期というべきだろうが、実は、この歌は忠度の歌かどうか怪しい。忠度には、『忠度集』（忠度百首）と呼ばれる家集があるが、その中にこの歌は無い。また、延慶本や四部合戦状本はこの歌を記さない。覚一本は、人々が歌人忠度を惜しんだとして物語を結ぶが、そうした物語にふさわしく加えられた歌とする見方が有力である（異説もあるが）。おそらく、もともと岡部の功名という視点から語られていた物語を、歌人忠度の最期にふさわしく仕立て直したのが覚一本なのだろう。

覚一本では、忠度の「味方といはば、いはせよかし」という言葉は、「憎い奴かな、味方ぞといはば、いはせよかし」と、「憎い奴かな」が加わっている。小さな相違だが、気になるところである。自分が味方だという嘘がばれて、敵が襲ってきたからといって、「味方だと言っているんだから、そう言わせておけばいいじゃないか」と怒るのは理不尽ではないか。いわゆる逆ギレである。忠度はなぜこんなことを言った（と描かれる）のか。いろいろな読み方があるところだが、おそらくここには、功名をあげることしか考えていない下級武士忠澄と、高貴な公達忠度とのすれ違いがある。岡部にしてみれば、お歯黒によって敵味方を見極めるのは戦場の智恵だが、忠度にしてみれば、自分の功名のことしか頭になく無遠慮に顔をのぞき込んでくる無作法な下級武士に嫌悪を感じるのであろう。身分の隔絶した両者の間には、どうにもならない立場の違いがある。つまり、『平家物語』の中では、党の武士である岡部の視点だけではなく、高貴な忠度の視点も取り込まれて、双方の視点から物語が語られているのではないだろうか。忠度の視点の取り込みに伴い、忠度中心の物語となって、その歌なども加えられていったと考えたい。

知章最期

以上見てきたように、一ノ谷合戦の物語には、功名にはやる東国の武士の視線から見た記述が目立つのだが、それらとは違って、平家公達の側から語られるのが「知章《ともあきら》最期」である。大手生田の森の大将軍だった平知盛は、敗勢となって、息子の知章、侍の監物《けんもつ》太郎頼方《よりかた》と三騎だけで逃げていた。そこに武蔵国の児玉党《こだまとう》と見られる武士たちが襲いかかってきた。児玉党の大将らしき武士が知盛に組み付こうとしたが、子息の知章が中に割って入り、児玉党の武士を討ち取った。しかし、敵を討ち取って立ち上がろうとした知章を、今度は敵の童が襲って討ち取った。その童を監物太郎が討ち取り、監物太郎はその後も戦ったが、左の膝を射られて立つこともできず、座ったまま討死した。

この激戦の間に、知盛は逃げ延びた。乗っていた名馬に海面を泳がせて、味方の船にたどり着いたのである。しかし、船には人が多く乗っていたので、馬は乗せられず、海岸へ追い返した。阿波民部重能は、馬が敵のものになってしまうのを防ぐために射殺そうとしたが、知盛は、「敵のものになろうとかまわない。私の命を助けてくれたものではないか」と、それを止めた。馬はしばらく船を追って泳いだが、やむなく海岸に帰り、船の方を振り返って三度いなないたという。

そして、知盛は総大将の宗盛の前に行って嘆いた。

いかなれば、子はあつて親を助けんと敵《かたき》に組むを見ながら、いかなる親なれば、子の討たるるを助けずして、かやうに逃れまゐつて候ふらんと、人の上で候はば、いかばかりもどかしう存じ候ふべきに、我が身の上に成りぬれば、よう命は惜しい物で候ひけりと、いまこそ思ひ知られて候へ。

現代語訳しにくい言葉だが、大意は「親を助けようとして敵と組み打ちをする息子を見殺しにして、自分だけ逃げてくる親があるものかと、他人がこんなことをすればどんなにもどかしく思うでしょうに、自分のこととなれば、命は惜しいものだと思い知りました」といったところであろう。知盛が逃げたのは、必ずしも命惜しさだけではなく、大将としての責任もあってのことだったかもしれないが、物語はそうした意識は描かず、ただひたすら、愛する息子を見捨てて逃げ延びた自分のみじめさ、そして命の惜しさの自覚を語る。

石母田正《いしもだしょう》は、『平家物語』の知盛造型に「人間への洞察」や「運命にたいする洞察」を見ている。知盛像の問題については壇ノ浦合戦のところで考えたいが、『平家物語』が、合戦に勝って生き延びた側の視点からだけではなく、討たれた側、滅びていった者たちの側からも合戦を見ていることが、こうした叙述を可能にしているのであるということを、ここで確認しておきたい。そうした問題は、一ノ谷で討たれた平通盛の妻小宰相《こざいしょう》が、絶望のあまり屋島沖で入水する「小宰相」にも及ぶが、本書では割愛する。

藤戸合戦

ただ、武士の功名の物語が、異なる立場からとらえ返されるということについて、一ノ谷合戦から離れて、もう一つ取り上げておきたいものがある。

巻十「藤戸《ふじと》」、藤戸合戦における佐々木盛綱の功名談である。

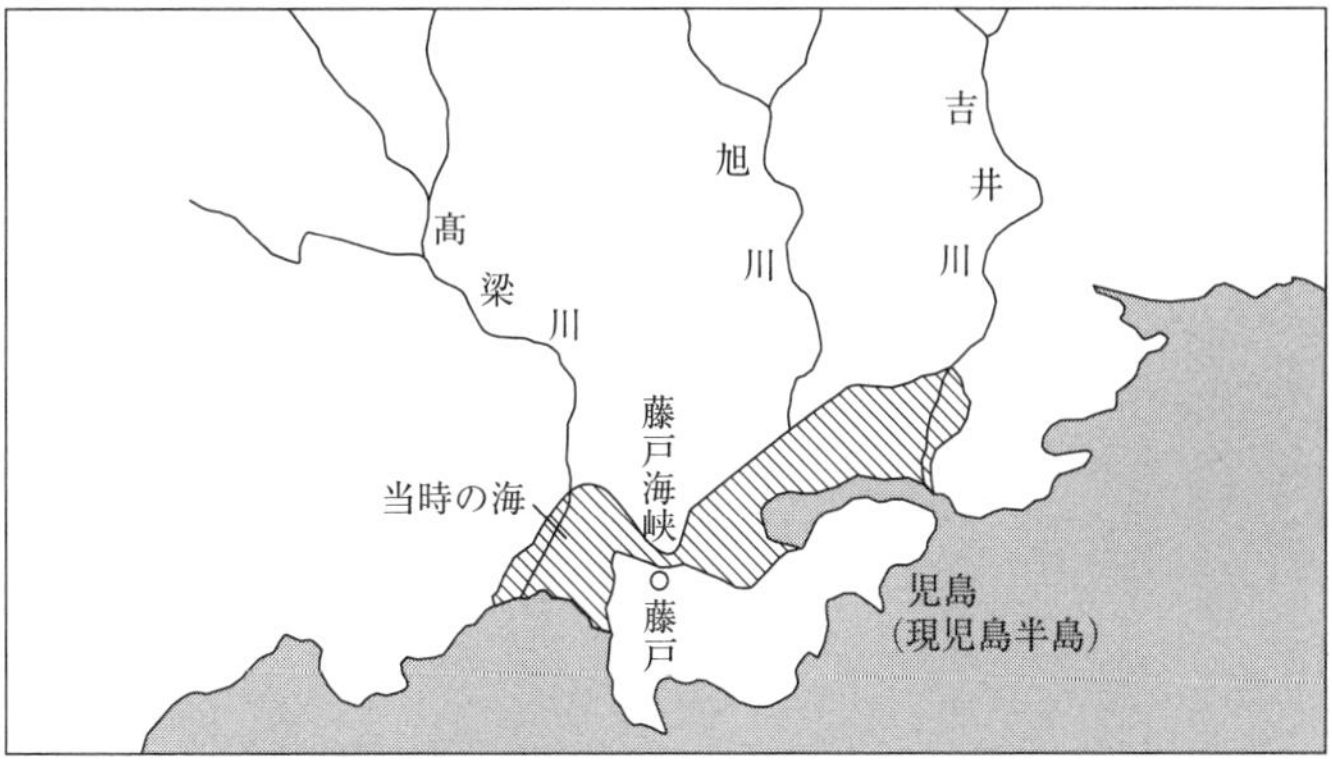

図21　藤戸海峡と児島　『藤戸町誌』(1978年) より

寿永三年 (改元して元暦元年。一一八四) 二月の一ノ谷合戦で源氏が勝った後、戦局はしばらく膠着した。屋島に戻った平家は、依然として安徳天皇と三種の神器を擁しており、これを無事に取り返したい朝廷と頼朝は、この年の間、屋島を強引に攻めるようなことはしなかった。瀬戸内海に勢力を張っている平家を、範頼率いる東国勢が、山陽道から少しずつ攻略しようとしていた (義経は都周辺の守護を務めていた)。

そんな状況下で、『平家物語』によれば九月下旬、『吾妻鏡』によれば十二月上旬に藤戸合戦があった。藤戸とは、現岡山県倉敷市藤戸、児島《こじま》半島の付け根あたりである。児島半島は江戸時代に半島になったが、当時は島で、藤戸あたりが海峡だった。瀬戸内海を制圧していた平家は船で児島に渡り、陸路で山陽道を行く源氏勢と海峡を挟んで対峙したわけである。

海峡は五五〇メートル余りと狭く（三キロ前後とする本もあり）、平家の側からは血気盛んな若武者が、小舟に乗って「ここを渡ってこい」と挑発する。源氏の側は口惜しがったが、船がないのでどうすることもできなかった。しかし、佐々木三郎盛綱（宇治川先陣の四郎高綱の兄）は、騎馬で渡れる浅瀬を探そうと思いついた。そこで、地元の漁師に着物や短刀などを与えて案内を頼み、郎等も連れずに二人だけで裸になって、夜の闇にまぎれて浅瀬の場所を探った。浅瀬をたどり、馬を少し泳がせれば対岸に渡れる道筋があることを確かめて帰ると、盛綱は、案内してくれた漁師を殺してしまった。生かしておくと、他の武士にもこのことを教えるかもしれず、それでは自分が手柄を独占できなくなるからである（なお、漁師を殺してしまう話は覚一本など語り本系のもので、延慶本などの読み本系には記されない）。

漁師を殺して浅瀬の情報を独占した盛綱は、翌日、騎馬で海峡を渡って行った。驚いて止めようとした土肥実平も、渡れると知って後を追って来る。さらには東国勢全体が追随する前で、みごとに先陣を遂げることができた。「馬で河を渡した例はあるが、海を渡った例はない。前代未聞の功名である」と、頼朝からも称賛され、盛綱は大いに名を上げたという。このことは『吾妻鏡』元暦元年（一一八四）十二月十六日条にも見える。

『平家物語』は漁師を犠牲にした盛綱の功名を、論評抜きで淡々と記している。先に見てきたように、武士たちは功名のためには敵をだまし、味方をだます。功名のために身分の低い漁師を殺したとしても、武士とはそういうものだろうと、特に論評することもないということだろうか。

能「藤戸」

しかし、何の罪もない漁師、しかもそのおかげで功名を立てることができた恩人ともいうべき漁師を、自分が功名を独占したいというだけの理由で殺してしまうとは、あまりにも非道ではないか――そう思う読者は多いだろう。それは現代の読者だけの感想ではない。能「藤戸」では、殺された漁師の母や漁師自身の亡霊が登場して、盛綱に恨みをぶつけている。「藤戸」は作者未詳ながら室町時代の成立が確実な能である。

「藤戸」は、功名の恩賞として児島の所領を得た佐々木盛綱の入部《にゅうぶ》（領地に初めて行くこと）から始まる。盛綱の前に、殺された漁師の母が現れ、盛綱を恨む。盛綱はこれを聞いて、漁師の菩提を弔うことにする。盛綱が弔いをしていると、漁師の亡霊が現れ、恨み言を述べる。

昔より今に至るまで、馬にて海を渡すこと、希代《きたい》の例《ためし》なればとて、この島を御恩に給はるほどの、おん喜びもわれゆゑなれば、いかなる恩をも賜《た》ぶべきに、思ひのほかに一命《いちめい》を召されしことは、馬にて海を渡すよりも、これぞ希代の例なる。
「あなたは馬で海を渡ったことが希代の例だと賞讃されたわけですが、浅瀬を教えた恩人である私を殺したことの方が、よほど希代の例なのではありませんか」。亡霊の抗議は強烈である。武士たちの間ではともかく、一般社会には、盛綱の功名に感心する者よりも、この言葉に共感する者の方が多いだろう。

漁師の亡霊はこうした抗議を述べながらも、結局、供養によって成仏したと結ばれるのだが、これは盛綱の非道な行為を批判した能だといってもよいだろう。この場合、功名を求めた盛綱の非道さを批判的にとらえ返す視線は、『平家物語』ではなく、その後の能「藤戸」によって確立されたということもできるだろうし、それによって、非人間的な功名談は、より多くの人々の共感を生む物語に変化したといえるだろう。

しかしながら、そうした批判が武士たちに届いたかどうかは別問題である。後代のことだが、佐々木氏の子孫である六角《ろっかく》氏や京極《きょうごく》氏は、能「藤戸」を佐々木一族の名誉として いた。益田勝実（一九六八）が指摘するように、『佐々木日記』の文禄三年（一五九四）四月五日条には、当主の六角義郷《よしさと》が、訪問してくれた関白豊臣秀次の前で「藤戸」を舞ったという記録がある。また、六角氏と同様に佐々木氏の子孫である京極氏が制作させたと見られる「源平合戦図屏風」（香川県立ミュージアム蔵）の中に、能「藤戸」の一場面が描かれていることも、小林健二によって指摘されている。六角氏や京極氏は佐々木定綱《さだつな》（盛綱の兄）の子孫で、盛綱直系ではないが、先祖筋に盛綱らがいることを誇りとしていたようである。佐々木長綱など盛綱直系の佐々木一族が、藤戸の功名を先祖の誇りとして語り継いでいたことは、鈴木彰が指摘している。能「藤戸」には明確な盛綱批判が見られるのだが、漁師殺しの罪は鎮魂供養によって帳消しにされ、佐々木氏の子孫にとって、「藤戸」は先祖の名誉の物語となっていたのである。これは、鎮魂供養というものが果たす役割について、あるいは文学の無力さについて、考えさせる事例でもあろう。

ともあれ、武士たちの功名は、このように別の視点からとらえ返されることにより、現実を反映しながらも、いくつもの道筋を経て、より多くの人々の共感を呼ぶ文学へと昇華されていったわけである。

屋島合戦

義経の奇襲と「八島語り」

義経、屋島へ

義経の出陣

寿永三年（一一八四。改元して元暦元年）は、二月の一ノ谷合戦の後、大きな合戦はなかった。屋島《やしま》に帰った平家と、追撃しようと山陽道を進んだ源氏の間で、前章末でふれた藤戸《ふじと》合戦のような合戦はあったものの、戦局に決定的な影響をもたらすような大合戦にはならなかった。この状況を、『平家物語』では、範頼《のりより》の怠慢によるものとしている。藤戸合戦の後、範頼が追撃すれば平家は滅ぶはずだったのに、範頼は室《むろ》・高砂《たかさご》（現兵庫県たつの市・高砂市）といった港町で遊女を呼んで遊び戯れていたと描く。凡庸な大将範頼の軍勢が、こうしてずっと停滞していたのに対して、優れた大将であった義経《よしつね》は、翌元暦二年正月に出陣したかと思うと一撃で平家を攻め滅ぼした――といった理解が、『平家物語』からは生まれる。『徒然草《つれづれぐさ》』二百二十六段は、『平家物語』について、義経のことは「詳しく知りて書き載せ」ているのに対して、範頼のことは「知らざりけるにや、多くのことども記し洩《もら》せり」と書いているが、範頼については「記し洩」すどころか、義経と対比して、あえて否定的に描いているように見える。

しかし、実際には、範頼は山陽道に沿って、屋島の平家本陣を遠巻きにするように、平家勢力との戦いを進めていた。苦労を重ねて進撃していたのである。この時期の歴史を、凡将範頼と名将義経といった構図で説明するわけにはいかない。範頼が屋島を攻略できなかったのは、瀬戸内海の海運では平家が優勢を保っていたので、船で屋島を攻めることが難しかったという理由もあろうが、それ以上に、政治的な戦略の問題が大きい。平家は依然として三種の神器と安徳《あんとく》天皇を手中にしていた。都では後鳥羽《ごとば》天皇が即位した形を取ってはいたが、安徳天皇からの譲位の手続きはとられていない。このままではほんとうに天皇といえるのか、疑問が残る。その意味では、平家を攻め滅ぼすよりも、むしろ、和平交渉をして三種の神器や安徳天皇を無事に取り返す方がよいという考え方も有力だったわけである。実際、生け捕りとなった平重衡《しげひら》を材料として、後白河《ごしらかわ》法皇から屋島に使いを送り、三種の神器を取り返そうとする交渉も行われていたが、成功しなかった。

朝廷や源氏の取り得る選択は、現代でいえば、多くの人質を抱えて立て籠もったテロリストにどう対処するか、というのに似ている。人質の安全を優先すればテロリストの要求を受け入れねばならないが、強攻策を採れば人質が犠牲になるかもしれない（これはあくまでものたとえであって、平家の側からいえば、源氏の軍勢こそ、正統な政権を暴力で転覆しようとするテロリストなのだが）。範頼の動向は、安全優先の考え方を反映していたと見ることもできるが、義経は敵の本拠地屋島を直接襲う強攻策を採ったのである。

後白河法皇、頼朝《よりとも》、そして朝廷の貴族たちの間には、さまざまな意見や思惑があった。屋島に急襲をかけた義経の強攻策が、誰の意向によるものだったのかについては、さまざまな見方がある。ここでは、その諸説を紹介する余裕はないが、少なくとも義経自身に強攻策を採る強い意志があったことは確かだろう（近藤好和〔二〇〇五〕、髙橋昌明〔二〇〇二一〕など参照）。義経は、一ノ谷合戦以後、京都の守護にあたっていた。これは決して軽い任務ではない。たとえば、寿永三年七月の伊賀・伊勢の平氏が起こした反乱は、『平家物語』では軽い扱いしかしていないが（巻十「三日平氏」）、重大な脅威であった。こうした戦乱に対処し、京都の治安を守ったことは義経の重要な功績であり、後に義経人気を生んだ一因であったと思われるが、その役割を放棄して、義経は西海《さいかい》に向けて出陣したのである。

逆櫓論争

『平家物語』は、屋島に向けて船出する直前、義経と梶原景時《かじわらかげとき》の間で逆櫓《さかろ》論争があったと語る。梶原は、「馬は前進も後退も左右に回るのも自由自在ですが、船は向きを変えるのが難しいので、船の前後に櫓を、左右に楫《かじ》を取り付けて、前後左右に動けるようにしましょう」と提案したが、義経は「戦というものは、逃げまいと思っていても、形勢が悪くなるとつい逃げてしまうものだ。最初から逃げる用意をしてどうする」と言い返した。梶原が、「よい大将軍というものは、進むべき時は進み、引くべき時は引いて、安全を確保しながら敵を討つのです。進むことばかりに偏っているのは、猪武者《いのししむしゃ》といって、よいものではありません」と反論すると、義経は、「猪・鹿《かのしし》は知らず、戦はただ平攻《ひらぜ》めに攻めて勝つたるぞ心地はよき」（猪だか鹿だか知らないが、合戦なんてものは、ただひたすら攻めに攻めて勝ってこそ気持ちがよいのだ）と言い放った。武士たちは義経に共感したが、梶原を気にして高笑いはせず、目配せしたり、声を抑えて笑っていたという。

義経と梶原がほんとうにこのような論争をしたのかどうかはわからない。ただ、注意しておきたいのは、義経・梶原の発言の内容と、それに対する『平家物語』の態度である。船に逆櫓を取り付けることが実際に可能なのか、また有効なのかどうかは別として、「自分の安全を確保して戦うべきだ」という梶原の発言内容は、常識的で間違っていないと、現代人の目には映る。それに対して、「戦はただ平攻めに攻めて勝つたるぞ心地はよき」などと言い放つ義経は、危なっかしくて、大将には不適任だといわれてもしかたがない。

だが、『平家物語』の語り手は明らかに義経の言い分を良しとしており、その場の武士たちも義経に共感していたと描くのである。この後、梶原はこれを恨んで義経を讒言《ざんげん》したと描かれ、一ノ谷合戦でふれた梶原の悪役化の出発点にもなってゆく話である。

この時代の日本の合戦はいまだ規模が小さいものが多く、組織戦が未発達で、先頭切って敵陣に突入してゆく勇気が何よりも重んじられた。それゆえ先陣争いが激しかったことは、前章までに見てきたとおりである。義経の言葉が肯定されるのは、そうした時代の戦い方の反映と言うべきだろう。だが、合戦が繰り返され、組織的な戦闘が発達してゆく南北朝時代以降には、むやみに突撃する戦い方は否定されてゆく。たとえば、『太平記』の楠木正成《くすのきまさしげ》は、まさに進むべき時は進み、引くべき時は引く戦いを実践している。「義仲《よしなか》の合戦」で見たように、味方をだましてでも先陣を遂げようとした佐々木高綱《たかつな》が「最上《もがみ》家の掟」で否定されたのも、組織的戦闘が発達したためである。

戦国時代の合戦経験の積み重ねに基づいて江戸時代に書かれた軍記評判書（軍記物語を批評した書物）の世界では、自分の安全を考えない猪武者は「血気の勇者」と呼ばれ、嘲笑の対象とされている。軍記評判書を代表するのは『太平記秘伝理尽鈔《たいへいきひでんりじんしょう》』などの『太平記』評判書だが、それにならって江戸前期に作られた『平家物語評判秘伝抄《ひょうばんひでんしょう》』や『平家物語抄』では、義経に対する評価は高いにもかかわらず、「戦はただ平攻めに攻めて勝つたるぞ心地はよき」という言葉は、「詮《せん》なき言論」「嗚呼《おこ》がまし」と、否定されている。日本の武士が、いつの時代にも猪武者を重んじていたというわけでは決してない。『平家物語』は、この時代特有の価値観を伝えているというべきだろう。

阿波から屋島へ

ともあれ、義経は渡辺・福島あたり（現大阪市）から屋島に向けて船出した。元暦二年（一一八五）二月十六日の夜、あるいは十七日未明のことであろうか（日付については、『平家物語』諸本や『吾妻鏡《あずまかがみ》』に異同があり、また、当時の日付表記が、何時頃に日付を変更していると解するかによっても、若干のずれがある）。

前日からの嵐がおさまらず、船乗りは船出できないと言ったが、義経は、「強風とはいえ、風向きは順風ではないか。どこで死ぬかは運命次第だ。敵がこんな時には攻めては来るまいと思っている時に攻めるからこそ、作戦は成功するのだ」と、船を出さないなら射殺すと船乗りを脅して、無理やり船を出した。共に船出したのは、義経自身の船を含めてたった五艘だったという。『平家物語』の描く義経らしい命知らずの行動だが、この描写には誇張もあろう。実際の作戦計画には合理的な面があったと思われる。

義経は、わずかな兵で阿波国（現徳島県）に渡り、そこから陸路で屋島をめざしたという。これは奇襲攻撃で屋島を陥落させる作戦としては、すぐれたものといえるだろう。屋島は、現在では香川県高松市の北東に突き出した半島だが、江戸初期までは浅い海に隔て

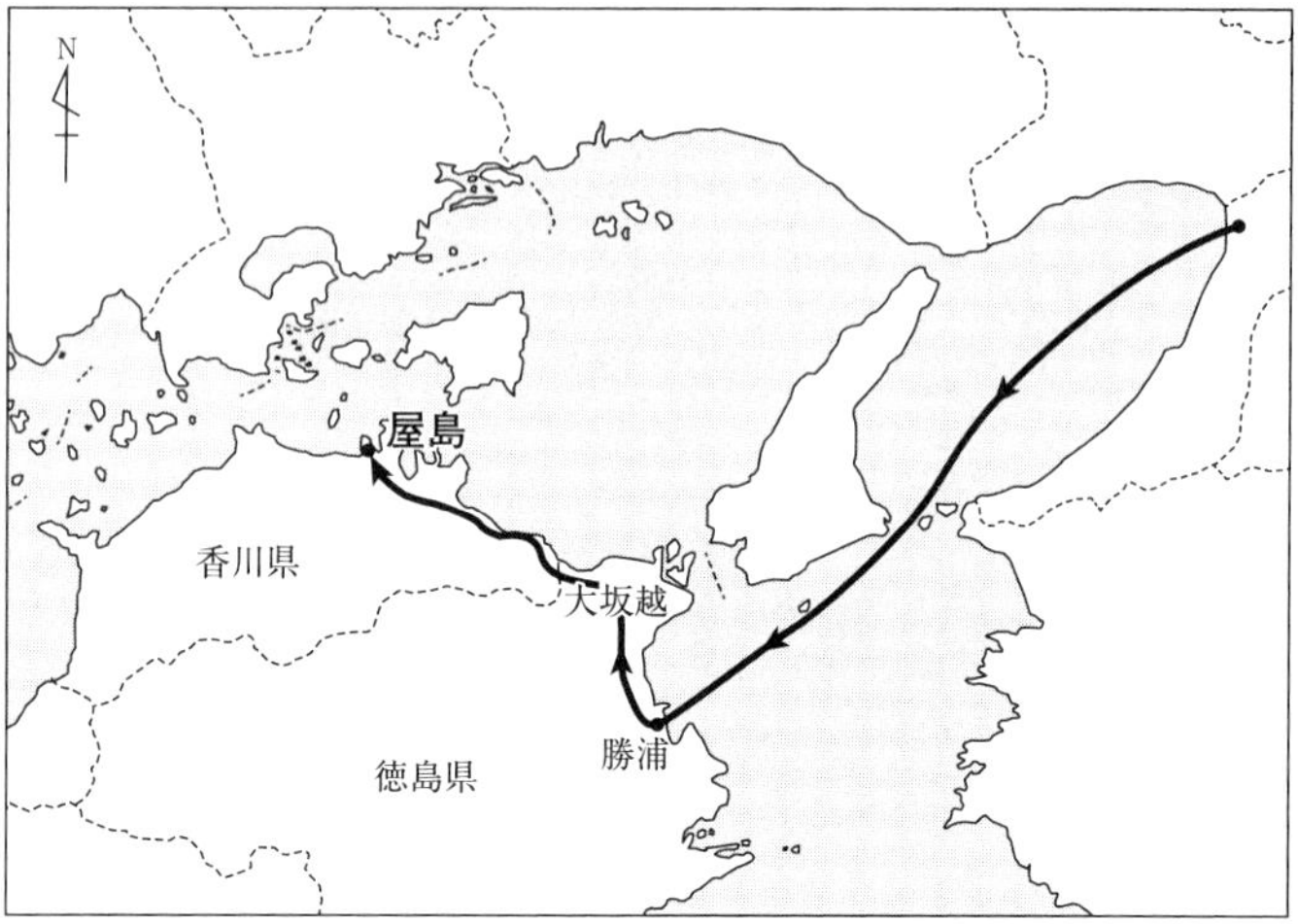

図22　屋島への進路

られた島だった。最高点で標高二九二メートルの台地となっていて、瀬戸内海を広く見渡せる海上交通の要地である（なお、「八島」とも表記する。ここでは必要な場合を除いて「屋島」を用いる）。敵の船団が瀬戸内海を漕いでくれば、屋島からは、はるか遠くの段階で察知できる。速度の遅いこの時代の船が屋島に攻め寄せるはるか以前に、迎え撃つ準備を整えられるわけである。屋島は、いわば、海を正面とした拠点だったといえよう。ところが、義経は、阿波に上陸して、騎馬によって陸路を行き、屋島の背後から突然、奇襲攻撃をかけた。少数の部隊による奇襲は、一ノ谷の「坂落」にも共通する、義経の面目躍如ともいうべき戦いである。

もっとも、「坂落」の事実性には、前章

で見たようにいろいろと問題があったが、屋島の奇襲は事実に比較的近いようである。『平家物語』は、渡辺・福島から阿波国へ、通常なら三日かけて渡るところを、たった三時《みとき》（六時間）で渡ったと語る（日付は諸本によって異なるが、この点は同様）。『吾妻鏡』元暦二年（一一八五）三月八日条も同様に記す。三日の航路を六時間で、というのは誇張があるかもしれないが、『玉葉《ぎょくよう》』三月四日条にも、義経の報告書によって、二月十六日に船出して十七日には阿波国に着いたと記すので、義経が迅速に渡海して屋島を急襲したことは事実だろう。

奇襲成功

『平家物語』によれば、義経は、阿波の海岸で迎え撃った近藤六親家《ちかいえ》をたちまち撃破したばかりか、生け捕った親家を屋島への道案内として帯同した。そして、平家を支えていた阿波民部重能《しげよし》の弟、桜間介能遠《よしとお》の城を落とすと、阿波と讃岐の国境である大坂越《おおざかごえ》の山道を徹夜で越えて、屋島へ直行した。途中の山道で、偶然行き会った男が京都から屋島への文を持っているのを見つけ、それを奪い取った。文には「義経は油断のならない男なので、嵐の時でも突然襲いかかるかもしれません。よくよく御用心ください」と書かれていた。これを奪うことができたのは実に幸運なことであった。

こうして、義経は船出をした翌朝には阿波に着き、その翌日に屋島を襲うという、信じられないようなスピードで奇襲をかけた。平家方は全く予想していなかった上、折悪しく、阿波民部重能の子息教能《のりよし》が、伊予の河野通信《こうのみちのぶ》を攻めようと、三千余騎で遠征しており、屋島を守る軍勢は少ない状態だった。そこへ義経勢が襲いかかったわけである。

屋島の手前の海はもともと浅い上に、引き潮で潮干潟になっていた。義経勢は少数だったが、その浅瀬を水しぶきを上げて渡って行き、一斉に白旗を差し上げたので、実際よりも多数に見えた。さらに、義経は、小勢に見えないよう、全体をひとかたまりにせず、五、六騎、七、八騎、十騎程度ずつの群に分けて攻めていった。

平家は突然の襲撃に驚いて、安徳天皇をはじめ主だった人々は急いで船に乗り、沖へと避難した。義経勢は混乱に乗じて攻め込み、海岸に残る平家勢と戦ったが、その中で古《ふる》兵《つわもの》の後藤兵衛実基《さねもと》は、敵と戦うのではなく、何よりもまず平家の内裏《だいり》を焼き払ったという。おそらく、実基一人の判断ではなく、奇襲によって内裏を焼き払うことそのものが、義経の作戦計画の最重要ポイントであったと考えられよう。それはみごとに成功したのである。

屋島合戦の意味と物語の特徴

平家は安徳天皇を擁していることを権威の源泉としていた。その周囲には、当然、建礼門院《けんれいもんいん》や二位尼時子《にいのあまときこ》をはじめとする高貴な女性たち、そして少なからぬ女房たちがいた。それは軍事的には足手まといだったろうが、天皇とその周辺の人々なしには、正統な政権を自称する平家勢力そのものが成り立たない。この人々の安全を何よりも優先して船に避難させることは、やむを得ない判断だったといえよう。

だが、天皇とその周辺の人々は、しかるべき内裏にいなければならなかった。都落ちの後、大宰府でも、大宰府を落ちた逃避行の最中でさえも、平家は常にどこに内裏を建てるかを考えていたと描かれる（覚一《かくいち》本《ぼん》巻八「大宰府落」）。そして、阿波民部重能が平家を屋島に迎えてからも、内裏を建造するまでの間、臣下は漁夫の家などにいたものの、天皇とその周辺の人々は「あやしの民屋《みんおく》」を皇居とすることはできないので、船を御所としていたと描かれる（同前）。天皇が、それなりの形を整えた建物にいてこそ、平家は政権としての体面を保てるのであり、建物がなければ、天皇はせめて立派な船にいなければならなかった。寿永二年（一一八三）の年末頃から一年余り、屋島の内裏でそれなりの権威を保っていた平家は、内裏を焼かれたことで、その権威を失ってしまった。

内裏が無くなってしまった以上、屋島に留まっていることもできず、平家は再び船で流浪の旅に出るしかなかった。それが、瀬戸内海周辺ではまだ残っていた平家の権威を失墜させ、求心性を失わせて、壇ノ浦合戦での滅亡につながってゆく。そうした意味では、屋島合戦の政治的な意味は非常に大きいのだが、極論すれば、この合戦は、内裏を焼いたところまでで勝負が決まったのだといってもよい。ところが、『平家物語』の語る屋島合戦は、そこから始まる。華々しい「屋島いくさ」が、長々と展開されるのである。

詳しくはこの後見てゆくが、屋島合戦では重要人物の死はごく少ない。有名な死者は、義経の郎等の佐藤嗣信《つぐのぶ》ぐらいだろう。義経の軍勢は少数だったし、平家はいち早く船で避難したので、それほど大規模な戦いが展開されたわけではないと考えられよう。にもかかわらず、合戦の物語は多彩で長大である。その中には、後に有名になった物語や、超人的な妙技や力を語る話題が多い。そこに、物語における屋島合戦の特徴がある。

こうした特徴は、橋合戦に類似するものである。どちらも、実際に展開された戦闘は、さして規模の大きいものではなかったが、歴史的な意味は大きなものだった。そうした合戦が、華々しいいくさ物語、とりわけ技や力の物語で彩られ、イメージが大きくふくらんでゆく——そうした特色において、橋合戦と屋島合戦はよく似た性格を持っていると筆者は考えるわけである。

屋島いくさ

屋島の詞戦

さて、『平家物語』では、内裏が焼かれたのを見た宗盛が、少数の敵に驚いて逃げ、内裏を焼かせてしまったことを悔やんで反撃を命じ、能登守教《のり》経《つね》を大将とした平家勢が、船で攻め寄せるというところから、屋島での本格的な長い合戦が始まる。屋島合戦の構成は諸本によってさまざまだが、しばらく覚一本によって述べてゆこう。

覚一本では、まず、平家の侍大将の代表格ともいうべき越中次郎兵衛盛嗣《もりつぐ》が、船の上から大音声を上げて、「源氏の大将軍は誰だ」と問うところから、詞戦《ことばだたかい》が始まる。詞戦については、「頼朝の東国合戦」で石橋山《いしばしやま》合戦、「義仲の戦い」で横田《よこた》河原《がわら》合戦のものを紹介したが、有名なのはこの屋島合戦のものであろう。

平家の盛嗣に対して、源氏側からは伊勢三郎義盛が「鎌倉殿の御弟、九郎大夫判官義経殿であるぞ」と名乗る。『平家物語』では、義経の郎等を代表するのは弁慶よりも伊勢三郎義盛《よしもり》である。盛嗣が、「そういえば、そんな奴がいたな。平治《へいじ》の乱で父（義朝《よしとも》）を討たれたみなし子が、鞍馬の稚児《ちご》をしていた後、金商人《こがねあきんど》の従者になって、食料をかついで奥州によろよろ落ちていった小僧のことか」というと、義盛は、「お前たちは、北陸の合戦で負けて、命からがら、泣く泣く乞食をしながら京都に逃げ上った奴らか」と返す。盛嗣は、「俺たちは主君から十分に恩賞をいただいているんだ、乞食なんかするわけがないだろう。そういうお前こそ、伊勢の鈴鹿山で山賊をして妻子を養っていると聞いているぞ」と言い返した。義盛は、鈴鹿山の山賊出身という噂があったというわけだが、「やあい乞食野郎！」「何だと泥棒！」という、子供のけんかのような悪口合戦である。

屋島合戦において、実際にこんな悪口の応酬があったかどうかはわからない。だが、詞戦に関する史料は豊富に残っており、戦国時代の合戦では、実際に詞戦が繰り返されていたことが、藤木久志によって指摘されている。おそらく、起源は言霊《ことだま》によって相手を制圧しようとした古代の戦いにまでさかのぼるのだろうが、藤木によれば、戦国時代には時に敵の切り崩しに実効をあげることもあったものの、次第に余興化し、芸能にも転化してゆくという。悪口の言い合いとしての詞戦は、さらに後代には習俗化してゆく。上方落語

「野崎まいり」で知られる野崎観音参詣などに見られる「けんか祭り」「悪口祭り」の習慣も、こうした詞戦の系譜を引くものだろう。

ともあれ、『平家物語』の描くところでは、金子十郎家忠が、「お互いにあることないことを並べて悪口雑言していたらきりがない。俺たちの腕前は一ノ谷で見ただろう」と、盛嗣に向けて矢を放ち、詞戦は終わった。ここからが本格的な戦いである。

佐藤嗣信の最期

平家随一の猛将能登守教経は、船の上から盛んに矢を射かけ、義経を狙った。源氏側も察知して、義経を守ろうと多くの兵が義経の前に進んだ。教経は、「雑兵ども、そこをどけ」とばかり矢継ぎ早に射て、たちまち十余騎の武者を射落とした。中でも先頭に立って進んでいた佐藤嗣信が、左肩から右脇に貫通する矢を受けて、たちまち落馬した。佐藤嗣信は、弟の忠信《ただのぶ》と共に郎等として義経に従うように藤原秀衡《ひでひら》から命じられ、平泉からついてきた武士である（なお、覚一本では、嗣信らは義経の前に立ちふさがり、「人間の盾」になっていたように読めるが、それでは嗣信が先頭に進んだという記述も、この後、菊王丸《きくおうまる》が嗣信の首を取りに来るという記述も理解しにくい。嗣信は立ちふさがったのではなく、教経の船の方向へ馬を走らせたのだろう。延慶本ではそう書いている）。

落馬した嗣信の首を取ろうと、教経の童の菊王丸が駆け寄ってきたが、兄の首を取らせまいと、佐藤忠信が菊王丸を射た。忠信の矢は命中し、菊王丸は倒れた。教経は船から飛び降りて助けたが、菊王丸は死んでしまい、教経はそれを悲しんで、この日はもう戦をしなかったという。寵童だったのだろう。

一方、義経は、落馬した嗣信を陣の後ろに運び、手を握って、「もはやこれまでです」と言う嗣信に、「思い残すことはないか」と尋ねた。嗣信は、「義経殿の出世を見届けずに死ぬことだけは残念ですが、それを除けば、武士が敵の矢に当たって死ぬことは、もとより覚悟の上です。『佐藤嗣信という者が、屋島合戦で主君の命に代わって討たれた』と語り継がれるなら本望です」と言い残して、息を引き取った。

義経は、近辺から尊い僧を探し出し、嗣信に手厚い供養をするように依頼し、僧への布施として、大事にしていた馬に立派な鞍を置いて与えた。この馬は、義経が五位に任官した記念すべき時に、馬も共に五位になったというつもりで「大夫黒《たゆうぐろ》」（五位を大夫という）と名づけたほどの愛馬で、一ノ谷の坂落もこの馬に乗って成功させたという、いわくつきの名馬であった。それを嗣信の供養のために、惜しげも無く僧に与えてしまった義経に、武士たちはみな涙を流して、「この君のために命を失っても少しも惜しくない」と感動したのだった。

佐藤嗣信・忠信の兄弟が秀衡の命で義経に従ったのはおそらく事実であろう。また、『平家物語』による限り、義経は、多くの武士を引き連れた大名たち全体を後方で指揮して組織的な戦いを展開するよりも、固い絆で結ばれた少数の武士を率い、自ら先頭に立って奇襲攻撃をかけるような戦いを得意としていたと描かれ、それはある程度事実に根ざしていると考えられる。従って、佐藤嗣信の最期も事実に近い面があるだろうが、嗣信最期の物語は、後に判官物《ほうがんもの》に関わる芸能の世界において有名になってゆく。

嗣信の遺族の物語

平家滅亡後、義経が頼朝と対立して都を落ち、山伏に扮して平泉を目指す物語は「勧進帳《かんじんちょう》」などで有名だが、安宅《あたか》の関を越えてさらに奥羽に進んで行った義経一行が、佐藤兄弟の遺族の家に泊まり、屋島合戦における嗣信の最期を語るという物語がある。能「摂待《せったい》」や幸若舞曲「八島」は、その物語を一曲として構成した作品だが、この趣向は他にも『義経記《ぎけいき》』や『義経東下り物語《よしつねあずまくだりものがたり》』などにも取り入れられており、中世後半には判官物の一つとして大いに流行した様相が窺える。

能「摂待」は、嗣信の老母をシテとし、嗣信の遺児が子方《こかた》として登場する他、義経・弁慶・増尾兼房・鷲尾十郎および山伏一行が合計十二人も所狭しと舞台に居並ぶ、現在上演される曲の中では異例の能である。「摂待」（接待）とは、在地の民家が山伏などの修行僧を泊めたり食事を出したりする習俗で、現在でも四国の遍路に対する「お接待」に、名残を留めている。佐藤嗣信の家には嗣信の老母と嗣信の遺児鶴若が残っており、ひょっとしたら義経一行が来るのではないかと、山伏摂待をしていた。そこにやって来た義経一行は、逃避行とあって、はじめは正体を隠していたが、老母に兼房や弁慶の名を言い当てられ、ついには遺児の鶴若が義経に「父給《た》べ、なう」（ねえ、お父さんを返してください）と駆け寄られ、涙にくれて正体を告げる。そこで老母は、嗣信の最期の様子が聞きたいと所望し、弁慶が屋島合戦の様子を語るのである。

幸若舞曲「八島」もおおよそ同様の内容だが、遺児鶴若は登場せず、義経は老母の言葉に感じて正体を明かすことになる。弁慶の語りは非常に詳しく、義経都落の後の、忠信の吉野山での戦いや最期の様子をも語っている。このように、中世の後半には、佐藤兄弟の老母に屋島の物語を語るという、「物語を語る物語」が流布していた。

『平家物語』に話を戻そう。先ほど述べたように、覚一本など多くの本文では、義経に思い残すことはないかと問われた嗣信は、「義経殿の出世を見届けずに死ぬことだけが残念です」云々と忠義な武士に徹した言葉を残していた。しかし、語り本系の屋代本《やしろぼん》や百二十句本《ひゃくにじっくぼん》などでは、嗣信は、義経の出世云々の前に、「先づ奥州に留置候《とどめおきそうらい》し老母を今一度見候はぬ事」と言う。水原一校注の新潮社日本古典集成『平家物語・下』は、忠義に徹した覚一本などの言葉よりも、老母を思う人間の自然な心情に即した百二十句本などの形の方が本来のものではないかと見る。しかし、「摂待」などの物語の流布を考えると、老母を思うという形は、あるいはそうした室町時代の芸能とふれあった結果、生じたものなのかもしれない（島津忠夫）。

扇の的と那須与一

さて、戦っているうちに、阿波や讃岐の地元で平家を恐れて隠れていた源氏勢が少しずつ駆けつけて、義経勢は三百余騎になったが、

「今日は日が暮れた。決着はつかないだろう」と引き退いたところに、沖の方から美しく飾った平家の小船が一艘、海岸まで七、八段《たん》ほどまで漕ぎ寄せてきた。一段は約一一メートルなので、七、八段は約七七～八八メートル程度となる（一段を二・七メートルと見て、二〇メートル余りまで近づいたとする説もあるが、誤り）。船の中から十八、九歳の美しい女房が現れ、先端に扇をつけた竿を、船の脇の棚に立て、陸を向いて招いた。扇は赤地に金色の日輪を描いたものだった。有名な扇の的である。

義経が後藤兵衛実基《さねもと》に相談したところ、「大将軍が矢面《やおもて》に進んで美女を見ようとしたら、狙って射落とそうというはかりごとかと思いますが、しかし、扇の的は射るべきでしょう」とのことだった。挑発された以上、黙って引き下がっては士気に関わるというわけである。では射手にふさわしいのは誰かと問われて、推薦されたのが那須与一《なすのよいち》であった。

那須与一は下野国《しもつけのくに》（現栃木県）那須の武士である。那須氏に関する古く詳しい記録は現存しないが、武士団として江戸時代まで存続し、系図を残している（史料は山本隆志がまとめている）。それによれば、与一は那須資隆《すけたか》の子、本名宗隆《むねたか》である（『平家物語』諸本で

は「宗高」などの名を伝える)。通称の「与一」(余一)は、十一番目の男子の意だろう。

那須与一は最初は辞退したが、断り切れずに扇の的に向かった。あまりにも遠いので、海の中に一〇メートルほど馬を乗り入れたが、それでも扇の的までは八〇メートル近い距離がある。当時の弓矢は、次章にも見るように、遠くへ飛ばすだけなら数百メートル飛ばすことができたようだが、小さな扇の的を射るには、非常に難しい距離だったと見られる。しかも北風が激しく、船は波に揺れ動くし、扇は風によってひらひらとはためく。一発で射当てるのは極めて困難である。これは、やればできるという類の話ではなく、橋合戦と同様、常識的には不可能な離れ技の話なのである。さらに沖では平家が船を並べ、陸では源氏が馬を並べて注視している。緊張感は並大抵のものではない。

与一は目をつむり、八幡大菩薩や、故郷の日光権現・宇都宮・那須の湯泉大明神に祈った(八幡神に祈るのは、源氏の氏神や武神だからとも解し得るが、延慶本では「西海の鎮守」としている。合戦での祈りは、自分に縁のある神と、戦場近くの神に捧げたことが多いようで、ここは宇佐《うさ》を本拠とする八幡神に祈ったものか)。「あの扇の真ん中を射当てさせてください。もし失敗したら、私は直ちに弓弦《ゆづる》を切り、弓を折って自害します。もう一度故郷の那須に迎えてやろうとお思いでしたら、この矢を外させないでください」と祈って目を開けると、風も少し弱って、扇は射やすそうに見えた。「今だ」と射ると、鏑矢は屋島の浦を音を立てて鳴り渡り、扇の要《かなめ》のきわを射切った。要を切られた扇は春風に吹かれて、しばし空中を舞って海に落ちた。赤地に金色の日輪を描いた扇が夕日に照らされながら波に揺られるさまを見て、源平双方の武士たちは大喝采を送ったのだった。

平家が扇を立てていた船では、五十歳ほどの男が長刀《なぎなた》を持って登場、扇を立てた場所でしばらく舞った。与一の射芸に感動し、讃えるものと見えたが、伊勢三郎義盛は与一に「ご命令だ、あいつも射よ」と命じたので、与一はこの舞男も射倒した。これには、賞讃の声もあったが、「それはひどい」という声もあった。

扇の的とは何か

さて、この扇の的とは何だったのか。『平家物語』諸本から現在の研究に至るまで、さまざまな見方がある。まず、平家は何を考えていたのか。この点、諸本はあまり明確にしないものが多いが、長門本は、義経が美女を見ようと乗り出したところを射殺そうと狙ったのだとする。覚一本でも、前記のように後藤実基がその可能性を指摘しているが、平家がほんとうにそれを狙っていたとは記していなかった。しかし、長門本では、扇の的を乗せた船には、教経《のりつね》や景清《かげきよ》など名だたる弓の名手が隠れていて、義経を狙っていたのだと明記する。もっとも、そこまで書くのは長門本だけなので、これが『平家物語』本来の形だとは考えにくい。ただ、与一の射芸を讃えて舞い、射倒された男は、覚一本などでも、扇を立てた船に乗り込んでいたと記されているので、これも義経を狙った狙撃手の一人だったのではないかという読解もある（今井正之助）。この舞男は諸本に描かれており、扇の的を立てた船には、義経を狙う射手が乗っていたという理解が、諸本の古い段階から存在した可能性も考えられよう。このような読解を重視すれば、扇の的は、平家の実戦的な企みが失敗した話となる。

一方、源平盛衰記《げんぺいじょうすいき》では、これは占いだったのだとする。扇は、平家が都を落ちた時に厳島《いつくしま》神社の神主佐伯景弘《さえきのかげひろ》が献上したもので、これを源氏が射て、外したら平家の勝ち、射当てたら源氏が有利になるだろうという「軍《いくさ》の占形《うらかた》」だというのである。これも盛衰記独自の記述で他本には見られず、『平家物語』本来の形とは考えにくいが、現代の読者にもどことなく説得力を感じさせる解釈ではあろう。村松剛は、この盛衰記の記事により、厳島神社では正月に「御弓初《おゆみはじめ》」の儀式があるので、扇の的はこの儀式に関わるのではないかと推測した。もっとも、年の初めに弓神事を行うのは、厳島神社に限らず、全国各地に見られる習俗であり、関東地方ではオビシャ（御歩射）などと呼ばれる。これらは年の初めに矢の当たり外れによって吉凶を占う年占《としうら》を目的とすると見るのが定説であるとされる（ただし、これによって占いをする例は現在ではむしろ少ないともいう――『日本民俗大辞典』「おびしゃ」項）。こうした習俗との類似が、扇の的を占いと解釈させる大きな理由であろうし、ひいてはこの物語が人気を博した理由の一つは、そうした習俗との類似による親しみ、わかりやすさにあるのかもしれない。

しかし、長門本・盛衰記いずれもおそらく本来の形ではなく、後付けの解釈である可能性が強いだろう。では、扇の的の物語はどのようにとらえるべきだろうか。当時の戦場には、個人の特異な能力の見せ場という要素があり、合戦を語る文学や芸能には、そうした要素を拡大して見世物風に語る場合があることは、橋合戦の悪僧たちの活躍について見たとおりである。両者は基本的に類似した物語といえようが、現実にはあり得ないような特殊な異能の拡大が目立つ橋合戦に対して、困難な課題を設定しつつも現実性から決定的に乖離することはなく、与一の心情に深く立ち入った描写を展開した後、夕陽に照らされて舞い落ちる扇の情景描写によって、平家の滅亡への道をも暗示する美的な叙述に昇華させたのが扇の的の物語であるというべきではないだろうか。橋合戦の浄妙房《じょうみょうぼう》・一来《いちらい》法師が祇園祭の山鉾《やまほこ》に作られたように、那須与一と扇の的も、室町時代から祭礼などの作り物に盛んに作られたことは、徳江元正によって指摘されている。橋合戦に一面で共通する、こうした個人技の物語はまだ続く。

錣　引

舞男が射倒されたことに腹を立てたのか、平家の武者が三人、上陸してきた。一人は弓、一人は楯、一人は長刀を持っていた。三人は、源氏勢に対して「かかって来い」と手招きして挑発したので、武蔵国の住人である三穂屋十郎《みほのやじゅうろう》などの武士が、騎馬で襲いかかった。すると、楯の陰から大きな矢が飛んできて、先頭に立っていた三穂屋十郎の馬に深々と突き刺さり、馬はどっと倒れた。そこで三穂屋は馬から降りて太刀を抜いたが、楯の陰からは大長刀を持った男が現れ、打ちかかった。大長刀に対して太刀では分が悪いと思った三穂屋は逃げようとしたが、平家の男は三穂屋の兜の錣《しころ》（後ろに垂れ下がった部分）をむんずとつかんだ。しばらく引き合ったと思うと、兜の錣をぷっつりと引きちぎって、三穂屋は逃げていった。平家の男は引きちぎった錣を高く差し上げて勝ち誇り、「これこそ京童に悪七兵衛《あくしちびようえ》と呼ばれている景清《かげきよ》だ」と名乗って帰って行った。

錣引《しころびき》と呼ばれて有名な話だが、いくつか説明が必要だろう。まず、錣は兜の鉢に頑丈に結びつけられていて、人力で引きちぎれるようなものではない。これを引きちぎったというのはとんでもない腕力である。同時に、景清の腕力のみならず、それに耐えた三穂屋の首の力も尋常ではない。首の力は、現在ではあまり評価の対象にならないが、かつては、腕力・脚力などと共に首の力も大事な力の一つだった。源平盛衰記巻三十七の一ノ谷合戦では、平業盛《なりもり》が敵に兜の錣をつかまれたが、首を強く振って兜の緒を振り切り、兜をつかんだ敵の方が倒れたという記述もある。向かい合って帯や紐を首に掛けて引き合う、「首引き」という競技（遊戯）もあり、「首っ引き」という言葉の語源となっている。ともあれ、超人的な腕力と首の力で引き合った男たちの力比べが語られているわけである。

北川忠彦が指摘したように、こうした引き合いは類型的なものである。源平盛衰記巻四十二の屋島合戦では、景清の錣引きの他、平盛嗣が小林神五宗行の錣に熊手をかけて引きちぎり、同巻三十五では、畠山重忠が巴の鎧の袖を引きちぎる場面がある。仮名本『曽我《そが》物語《ものがたり》』巻六や幸若舞曲「和田酒盛」の、朝比奈《あさひな》（朝夷奈《あさいな》）三郎義秀《よしひで》が曽我五郎の鎧の草摺《くさずり》を引きちぎる草摺引きは有名だろう。その他、『吾妻鏡』建暦三年（一二一三）五月二日条では、朝夷奈三郎義秀が足利三郎義氏の鎧の袖を引きちぎっている。いずれも大力のしるしである。

これらは江戸時代の芸能にも継承される。歌舞伎の荒事として「草摺引」などの「引き合う芸能」が繰り返し演じられ、「象引」が歌舞伎十八番の一つにも数えられるようになる。この点を指摘した服部幸雄は、こうした力の競い合いは「古代の神事相撲にも見られる呪術的儀礼」に源流を持つとし、「村や部落が、その年の豊穣を祈り、吉凶を占う、いわゆる年占《としうら》がこの儀礼の起こりであった」とする。年占などの民俗行事と類似性を持つ点は、前述の扇の的の話とも同様である。ただ超人的な妙技というだけではなく、こうした習俗に類似する話が語られる点は、屋島合戦の一つの特色ではないだろうか。

なお、悪七兵衛景清は、壇ノ浦合戦後も生き延びて頼朝を狙ったが果たさなかったなどとして、後代の芸能や伝説の世界で有名になる。能「景清」では、景清は晩年、盲目の琵琶法師となって日向国《ひゅうがのくに》（現宮崎県）で暮らしたとし、はるばる尋ねてきた娘に『平家物語』の錣引の場面を語る。後代の著名さからは意外なことだが、景清が『平家物語』の中で戦場において目立った活躍をするのはこの錣引ぐらいであり、栄光として回想されるべきほぼ唯一の場面なのである。

弓流　景清の活躍で気をよくした平家は、二百余人が渚に上がったが、徒歩《かち》武者だったので、源氏の騎馬に蹴散らされて船に逃げ戻った。源氏勢は勢いに乗って騎馬で海に入った。義経は自ら先頭に立ち、深入りして戦った。平家勢は義経を狙って、熊手で義経を馬から引き落とそうとした。熊手は当時よく用いられた武器で、今でも掃除で使う熊手と同様の形状だが、先端を鉄で作ったもので、敵を引っかけて落馬させるのに威力を発揮した。重い鎧を着たまま海に落ちれば命に関わる。源氏勢は義経を守って熊手を払いのけたが、そうしているうちに、義経は弓を熊手に引っかけられて、落とされてしまった。すると義経は、鞭でかき寄せて、懸命に弓を拾おうとした。まわりの兵たちは、「弓など捨ててしまいなさい」と忠告したが、義経は何とか弓を拾って、笑いながら帰ってきた。

老練な武士たちはつまはじきをして、「どんなに貴重な弓だか知りませんが、御命に替えるほどのことがありましょうか」と義経を批判した。弓は当時の合戦の主武器だが、太刀と異なって、素材には木や竹などの植物を用いているので、一つ一つの弓は消耗品であり、貴重な弓というものはない。命をかける必要がどこにあるのか、という批判はもっともである。

しかし、義経は言った。「弓が惜しくて取ったわけではない。弓弦《ゆづる》を張るのに二人がかり三人がかりでないと張れないというような、叔父の鎮西八郎為朝《ためとも》のような強い弓であれば、わざと落として敵に取らせてやってもよいぐらいだ。しかし、私は小男で弱い弓しか持っていない。こんな弓を落として、敵に『義経の弓ってこんなに貧弱なんだぜ』と馬鹿にされるのは悔しいから、命に替えて取ったのだ」。これを聞いて、人々は感動したという。当時の武士たちの名誉にかける意識の強さを示す話である。名誉とは道徳ではなく、強さを誇る意識のことであり、武士たちは弱者として敵に馬鹿にされることを最も恐れた。敵になめられることは、戦場で敗れることに直結するからである。弓流は義経の逸話として有名であり、能「八島」は弓流を中心に組み立てられている。

多すぎる話題

さて、屋島合戦の記事を追ってきたが、ここまで読む間に、なんだかおかしいと思った読者もあるのではないだろうか。扇の的の話は、「今日は日が暮れた。決着はつかないだろう」と判断したところから始まり、射落とされた扇は

表2　諸本の屋島合戦

覚一本	延慶本	長門本	源平盛衰記	四部合戦状本
義経来襲	義経来襲	義経来襲	義経来襲	義経来襲
御所焼払	宗盛下知	御所焼払	詞戦	御所焼払
詞戦	嗣信最期	詞戦	御所焼払	詞戦
嗣信最期	扇の的	嗣信最期	扇の的	嗣信最期
扇の的	錣引	（夜休戦）	景清錣引	（夜休戦）
錣引	弓流	扇の的	弓流	志度合戦
弓流	（夜休戦）	錣引	盛嗣錣引	扇の的
（夜休戦）	詞戦	弓流	嗣信最期	錣引
志度合戦			（夜休戦）	弓流

夕日に照らされていたはずである。それから平家の三名が渚に上がって錣引の一幕があり、それによって勢いづいた平家勢が上陸したものの追い散らされ、逆に源氏が海に攻め込んで弓流の場面になる。それでは、日はとっぷり暮れ、海面に落ちた弓など闇の中で見えない状態になっているのではないか。時刻の設定が矛盾しているわけである。だが、これは覚一本の不手際なのかというと、そうともいえない。主な諸本の屋島合戦およびそれに続く志度《しど》合戦の記事を一覧表にしてみよう（語り本系はおおよそ覚一本と同じ構成である）。

屋島合戦は、途中で日が暮れたとする本が多いのである。延慶本や長門本では合戦を二日に分け、延慶本は詞戦を、長門本は那須与一・錣引・弓流を二日目に繰り込んでいる。しかし、延慶本は詞戦だけを二日目に繰り越すという中途半端な形なので、夕暮の扇の的の後に錣引・弓流があるという不合理は変わらず、合戦の最初にあるべき詞戦を二日目に記し、しかも二日目は詞戦以外に大した内容が無いという点でも奇妙な形である。長門本は、扇の的以下を二日目に繰り越すが、扇の的を夕暮れのこととする設定はそのままなので、二日目の記述が始まってすぐに夕暮れになるというおかしな形で、しかもその後にやはり錣引・弓流が続くので、問題は解決されていない。源平盛衰記は、扇の的を御所焼き払いの直後に持ってきており、夕暮れのこととする描写もないので、合戦途中で日が暮れるという問題は回避されている。しかし、合戦が始まったとたんに扇の的を乗せた船がしずしずと現れるというのは、いかにも奇異である（盛衰記の場合、扇の的は軍の占形だとするので、占いを合戦の初めに置いているのかもしれないが、現実的ではあるまい）。四部合戦状本は、扇の的以下を屋島合戦ではなく、それに続く志度合戦でのこととしてしまうのだが、これは『平家物語』本来の形とは思えない。

こうしたさまざまな形が生まれるのは、『平家物語』の屋島合戦には、そもそも話題が多すぎるためだろう。多くの話題を一日の合戦として一続きに語ることが難しく、諸本編者は各々なりに工夫をこらしたものの、どれもあまりうまくいっていないととらえるべきではないか。

これらの話題が、ほんとうに屋島で起きたことに基づくのかどうかはわからない。もともと屋島でのできごととして語り始められたものであるのかどうかさえ、疑えば疑える。たとえば、錣引は類型的なものだし、詞戦は、他の合戦の話とすることもできるはずである。扇の的や弓流は、海岸での戦いであればどこの話としてもおかしくないわけで、現に四部合戦状本では、これらを屋島に続く志度合戦での話としている。

前述のように、屋島合戦の実態は、大軍同士が長時間にわたって戦いを繰り広げたものではなく、戦闘そのものは小規模なものに過ぎなかったと見られる。一ノ谷や壇ノ浦の合戦とは違って、重要人物の討死や生捕ということもない。しかし、平家の権威を失わせたという意味では非常に重要な合戦だった。橋合戦と同様に、歴史的な意味の大きさが合戦叙述をふくらませ、この合戦で実際に起きたとは限らない話や、誇張や虚構を含む技と力の話など数々の物語を呼び寄せたことが、屋島合戦の叙述を盛り上げ、また錯綜させてもいると考えることができるのではないだろうか。

「八島語り」をめぐって

折口信夫と「八島語り」

さて、屋島合戦からは後代、さまざまな物語や芸能が展開した。その一部は、右の叙述の中でも見てきたとおりである。それらを視野に入れた折口《おりくち》信夫《しのぶ》「「八島」語りの研究」は、中世芸能や『平家物語』の研究に大きな影響を与えた。難解な文章で、要約は難しいが、ここではその要点を、恣意的な整理ながら、三つにまとめておきたい。第一は、日本の芸能の中に「八島語り」つまり屋島合戦関係の物語がさまざまに織り込まれていること、第二は、それらの物語の古い形においては、物語の登場人物あるいは事件の直接体験者が物語を語っていること、第三に、田遊び（豊作を予祝する儀礼として行われる神事芸能）と合戦の物語の類似である。

この第三から先に説明すれば、折口は、次のように述べている。

田遊びは、戦争と同じで、よそから来る神が、田についてゐるものと争ひ、結局、田についてゐる執念《しゅうね》いものが負けて、どうしても、田の稔《みの》りを遂げさせねばならぬことになる。だから、田遊びは軍記物に近づいて行く。

折口には、神と精霊の争いを、芸能そのものの発生の起源に置く発想がある。その「争い」（戦い）としての側面に注目すれば、人間同士の戦いを語ることは、神と精霊の戦いという至って古い芸能の系譜を引くものとしてもとらえ得ることになる。これは、合戦はなぜ物語になるかという問題に対する、一つの興味深い視点を示すものといえよう。

日本の戦争の物語には、八島の物語がよく割り込んで来る。わり込んで来るには、来る理由があつた。其は実の処、八島合戦のまだけぶらひもなかつた昔に、既にその原因が用意せられてゐたのである。（傍点原文）

というのが、「「八島」語りの研究」の魅惑的な結びである。つまり、屋島合戦という歴史的事件があったためにそれを語る物語が生まれたというよりも、神と精霊の争いを語る古い伝統によってこそ「八島語り」が生まれたのだと考えているわけである。ただし、そうだとすれば、理論的には、すべての合戦物語は神と精霊の争いの系譜を引くことになり得るわけで、あまたの合戦物語の中でなぜ「八島語り」が盛んに語られるのか。その点、折口は何も説明していない。

また、右で第二とした、事件の直接体験者が語る形をとるという点は、合戦に限らず、歴史を語る物語一般に通用することであろう。たとえば、『大鏡《おおかがみ》』が、大宅世継《おおやけのよつぎ》・夏山《なつやまの》繁樹《しげき》という長寿の老翁が実際に見聞したこととして語られるように、また、後代には常陸《ひたち》房海尊《ぼうかいそん》や清悦《せいえつ》などという義経の従者が義経の物語を語ったとされるように、過去の歴史は、事件を実際に見た者が語るものだった。これも屋島合戦に限った話ではないはずだが、屋島合戦について、そうした形を取る物語が見られることも事実である（たとえば前述の「摂待」や「景清」など）。だが、この点についても、なぜそれが屋島合戦の物語に多いのか、折口は説明しようとしない。そもそも、屋島合戦の物語を、他のあまたの合戦物語と比較して分析しようという視点は、折口論文にはない。右に第一点とした、日本の芸能の中に屋島合戦の物語が多く織り込まれているという理由も、なぜ屋島なのか、という説明はされないのである。折口は、多くの合戦物語の中における屋島合戦物語の独自性、特徴を考えたかったのではなく、「八島語り」を題材として、日本芸能や物語に関する自身の原理論を述べているのだろう。

「八島語り」説の展開

このような折口信夫「「八島」語りの研究」は、日本文学研究に大きな影響を与えた。その影響を考える上で、見ておかねばならないのは、折口論文の翌年に発表された柳田國男「有王《ありおう》と俊寛《しゅんかん》僧都」（一九四〇）である。

柳田の論は、俊寛の墓が各地に残っているという事実から出発し、それは俊寛の侍童有王《ありおう》を自称する語り手が各地で俊寛の物語を語ったためであると想定、そうした有王の語りのようなものが大規模に統一されたのが『平家物語』であると想定した、非常に重要な論文である。本書が前提としている、『平家物語』はさまざまな資料を継ぎ合わせてできたパッチワークのような作品であるという見方は、この柳田の論を継承・修正した水原一（一九七一・一九七九）によって形作られたものである。日本文学研究は、この柳田論文とほぼ同時期に発表された折口論文を重ねて受容した面がある。つまり、「有王の語り」と同様に、独立的な「八島語り」（文献としては残っていない）が存在し、諸芸能あるいは『平家物語』に影響を与えたという仮説として、折口論文を受け止めたわけである。

「八島語り」を独自の本文を持ったものとして想定し、それが現存の能や幸若舞曲に影響を与えたという考え方は、多くの論者に影響したと見られる。ここでは、大森亮尚・島津忠夫・天野文雄の論により、要点をごく簡単に紹介しておこう。まず、能「八島」や民俗芸能（西浦《にしうれ》田楽など）では屋島合戦を三月十八日とする（幸若舞曲「八島」も「三月下旬」）。しかし、屋島合戦は、実際には元暦二年（一一八五）二月十八日（または十九日）のことであり、『平家物語』もほぼこれに近い日付を記している。なぜこれらの芸能では共通の日付の誤りがあるのか（大森亮尚）。また、能「八島」には、「鐙踏ん張り鞍笠《くらかさ》に突っ立ち上がり」という特徴的な句があり、幸若舞曲「八島」にもほぼ同句があるが、『平家物語』諸本では、一部の異本にしか見られない（島津忠夫。なお、類似の句を有する『平家物語』諸本は、前述の、嗣信が末期《まつご》に老母を思ったとする諸本とある程度重なり、能からの影響を受けた諸本とも考えられる）。これらは、「八島語り」と呼ぶべき語り物が存在し、能などの芸能や『平家物語』の一部諸本に影響を与えた証拠と考えるべきではないか、というわけである。

また、天野文雄は、能「摂待」「景清」には事件を直接体験した人物が語る形式の語りが見られ、「八島」も、部分的にその反映が見られるとして、「直接体験者の語りという形態」を持つ「八島語り」が、「能に摂取されたのちにも、あるいは直接的、あるいは間接的に痕跡として遺ったことを窺わせる」と考えた。

筆者は、前述のように、事実としては小規模な合戦だった屋島合戦が壮大に語られるのは、本来屋島合戦のできごとかどうかもわからない多様な話題が、『平家物語』において屋島合戦として統合されたことによっていると考える。したがって、独立的な「八島語り」が『平家物語』よりも先に作られたとは考えない。また、固定的な詞章を持った「八島語り」が存在したと考えるのは論拠が不十分だと考える。前述の「摂待」や「景清」のように、弁慶や景清などといった合戦の体験者が体験談として屋島合戦を語る形の物語が多様に展開していたことは確かである。しかし、そうした劇中劇として語られる「屋島合戦」は、必ずしも固定的な詞章を持った「八島語り」ではなく、多様であり得たのではないか。むしろ、「体験者によって語られる物語」という設定そのもの、絵にたとえれば額縁が重要だったのではないかと考えるわけである（以上、興味ある方は、佐伯真一〔二〇〇二〕を御参照いただきたい）。

壇ノ浦へ

志度合戦

さて、屋島を占領した源氏勢を追い払うことができなかった平家は、東側の志度浦《しどのうら》に向かった。志度は現香川県さぬき市志度で、古刹の志度寺（志度道場）がある。源氏勢は平家を追って騎馬で追いかけ、志度で合戦になったが、平家は結局また船で逃げたとされる。いわゆる志度合戦である。前述のように、四部合戦状本では扇の的・錣引・弓流を志度合戦でのこととするが、これは例外であり、ほとんどの諸本は志度についてはわずかな記事しか記さない。延慶本は志度合戦の記事を欠くにもかかわらず、後の回想として「判官は…（中略）…廿日《はつか》屋嶋軍、廿一日志度の戦に討勝《うちかち》てければ……」と記す。一方、長門本や源平盛衰記は平家の人々が志度へ移ったとするのみで、合戦記事を記さない。そのうち盛衰記は、「先帝を始め奉りて、女院・二位殿…（中略）…

むねとの人々は讃岐志度へぞおはしける」と、「むねとの人々」（安徳天皇などの貴人）が志度へ移ったのだとする。『吾妻鏡』は元暦二年（一一八五）二月二十一日条で、志度合戦を簡単に記す。

諸本の記述が、このように曖昧である上、平家が屋島の東方の志度に逃げたのはおかしいという理由で、志度合戦、あるいは平家の志度への移動自体の史実性を疑う見方もある（北川忠彦）。しかし、これは当たらないだろう。義経は小勢で屋島を急襲したのであって、讃岐国を面として占領してきたわけではないから、東方に避難するのは別段おかしなことではない。先に述べたように、平家にとって最大の問題は、内裏、つまり安徳天皇をはじめとする貴人の居場所をどう確保するかという点にあった。天皇とその周辺の人々は「あやしの民屋」を皇居とするわけにはいかないのである。屋島の内裏を焼かれてしまった以上、天皇の居場所たり得る立派な建物を近くで探すとすれば、志度寺ぐらいしかなかったのだろう。そのため、盛衰記が記すように、「むねとの人々」を志度寺に緊急避難させたわけである。

平家は、あわよくば、そこを拠点に勢力を盛り返そうと考えていたかもしれないし、源氏が小勢のままであれば、それも全く不可能ではなかったかもしれない。しかし、源氏には次々と勢が加わり、嵐で渡辺や福島に留まっていた部隊もやって来る。屋島の内裏を失った平家が、志度寺を拠点に体勢を立て直すことはできなかったのである。

教能の生け捕り

『平家物語』によれば、平家が体勢の立て直しに失敗した理由はもう一つあった。前述のように、義経が屋島を急襲した時、阿波民部重能の子、田内左衛門教能は、三千余騎を率いて伊予国へ遠征していたとされていた。伊予国では河野通信が一貫して頑強に反平家の戦いを続けており、それを討とうとしたのである。しかし、通信の首を取ることはできず、その郎等らの首をまず屋島へ送り、教能自身とその本隊は屋島へ帰る途中だった。その帰途にあった教能をうまくごまかして連れてこいと、義経は伊勢三郎義盛に命じた。三千余騎もの兵を率いる教能を生け捕って来いというのは無茶な命令に見えるが、義盛は、わずか十六騎で、しかも甲冑を着けず、非武装で出かけていった（「非武装」の原文は「白装束」。喪服の意とする注釈が多いが誤り）。

教能の勢と道の途中で出会った義盛は、使者を立てて「私は義経殿の身内の伊勢三郎義盛ですが、大将に申すべきことがあって参りました。戦うために来たのではないので、武装もしておりません」と伝え、教能勢の中に入っていき、教能と馬を並べてこう言った。「すでにお聞き及びかもしれませんが、義経殿が一昨日阿波に着いてあなたの伯父の桜間能遠殿を討ち取り、昨日は屋島に攻め寄せて、内裏を皆焼き払い、宗盛殿父子を生け捕りにして、能登守教経殿は自害なさいました。その他の公達は、討死するか、入水なさいました。わずかに残った方々は、志度の浦でみな討たれてしまいました。あなたの父上の阿波民部重能殿は、降人《こうにん》になり、私が預かっておりますが、『ああ、教能はこのことを知らず、明日はいくさをして討たれてしまうのだろう』と、夜もすがらお嘆きなのがお気の毒で、それをお知らせしようと、こうして参りました。この上は、戦って討死なさるか、降人となってお父上ともう一度お会いになるか、ご判断次第です」。

義経の進撃について、前半にはある程度正しい情報も交じえているのは詐欺師のテクニックとでもいうべきだろうが、途中からはもちろん大嘘である（一部、壇ノ浦合戦の結果と同じなのは、物語の語り手のしわざだろう）。しかし、ここ数日の状況に関する不正確な情報を伝え聞いていた教能は、もっともらしい義盛の弁舌にころりとだまされてしまった。大将以下全員が武装解除して、義盛について行ってしまったのである。かくして、義盛は徒手空拳で三千余騎を生け捕りにしてしまった。

非武装のごく少数で出かけ、大軍の前で大嘘を並べるというのは、一つ間違えればすぐに殺されかねない大ばくちだが、平然とそれをやってのけるのが、義経随一の郎等、伊勢三郎義盛の真骨頂というべきだろう。巧妙な策略と鮮やかな弁舌、そしてしたたかな度胸を兼ね備えた、当時の武士の理想ともいうべき姿といえよう。『平家物語』の描く武士には嘘つきが多いが、その中でも、最も大きな手柄を立てた嘘ではないだろうか。

平家陣営の崩壊

教能がだまされて降伏したことは、平家には大打撃だった。頼りにしていた三千余騎の軍勢がいなくなった上に、逆に義経の配下に加わってしまった。しかも、教能が捕らわれたことによって、父親の阿波民部重能の動揺が避けられなくなった。大宰府を追われた平家を屋島に迎え入れ、これまで支えてきたのはもっぱら阿波民部重能だった。その重能の子息が源氏に捕らわれてしまったことは、この後、重能の動向を左右し、壇ノ浦合戦の勝敗を決めたと『平家物語』は描く。

屋島の内裏を焼かれ、志度にとどまることもできなかった平家は、船に乗って四国を離れるしかなくなった。最後の拠点として、知盛が支配していた長門国の彦島《ひこしま》に向かったのである。だが、山陽路はかねて範頼が多くを制圧しており、平家に有力な陸上の拠点が残されていたわけではない。こうなっては、これまで平家に従っていた瀬戸内海周辺の諸勢力も、これ以上平家に付き従っていてよいのか、迷いが生じる。有利な側につくのは世の常であり、武士たちは、生き延びるために常に勝ち馬に乗る必要がある。

『平家物語』では、壇ノ浦合戦の直前、熊野別当湛増《たんぞう》が源氏につくか平家につくか、闘鶏によって占った話を載せる（覚一本巻十一「鶏合」。諸本基本的に同様）。湛増は、田辺の新熊野《いまぐまの》神社（現和歌山県田辺市の闘鶏神社）にお伺いを立てたところ、「源氏の白旗につけ」と託宣があったが、なお神意を確かめようと、神前で白い鶏七羽と赤い鶏七羽を戦わせたところ、すべて白い鶏が勝ったので、源氏につくことを決意したというのである。実際には、湛増はこれ以前から反平家の立場で活動しており、この時に闘鶏で占うほど去就に迷ったというのは虚構であろうといわれる（高橋修）。しかし、湛増が迷ったかどうかは別として、『平家物語』が、この時期に武士たちが平家から離反したととらえているのは注目すべきであり、大局的には実情をとらえていると見るべきではないだろうか。

平家が屋島の内裏を焼かれたこと、つまり、都落ち・大宰府落ち以降、拠点としてきた屋島を追われたことは、その権威を失わせる大事件だった。おそらく、屋島合戦によって状況は大きく変わり、平家陣営は崩壊していったのではないか。そうした状況把握は、そのまま壇ノ浦合戦の理解につながるものである。

壇ノ浦合戦

平家の滅亡

壇ノ浦合戦とは

壇ノ浦という戦場

屋島を追われ、地上の拠点を失った平家は、船で西へ向かうしかなかった。かつては平家の基盤であった瀬戸内海周辺の武士たちも加えて勢力を増しながら追っていった源氏と、追い詰められた平家の、最後の戦いとなったのが、元暦二年（一一八五。改元して文治元年）三月二十四日の壇《だん》ノ浦《うら》合戦である。平家は、もはや陸上では頼るべき拠点をほとんど失ってしまったものの、船団だけは残っていた。一方、源氏の軍勢は、機運に乗じてふくれあがっていた。そんな源氏勢が、海陸から平家を包囲して攻め滅ぼしたのが、壇ノ浦合戦であった。『玉葉』同年四月四日条では、三月二十四日の正午から夕刻にかけて、「長門国団」で合戦があったとする。「団」とは壇ノ浦をいうのだろう。

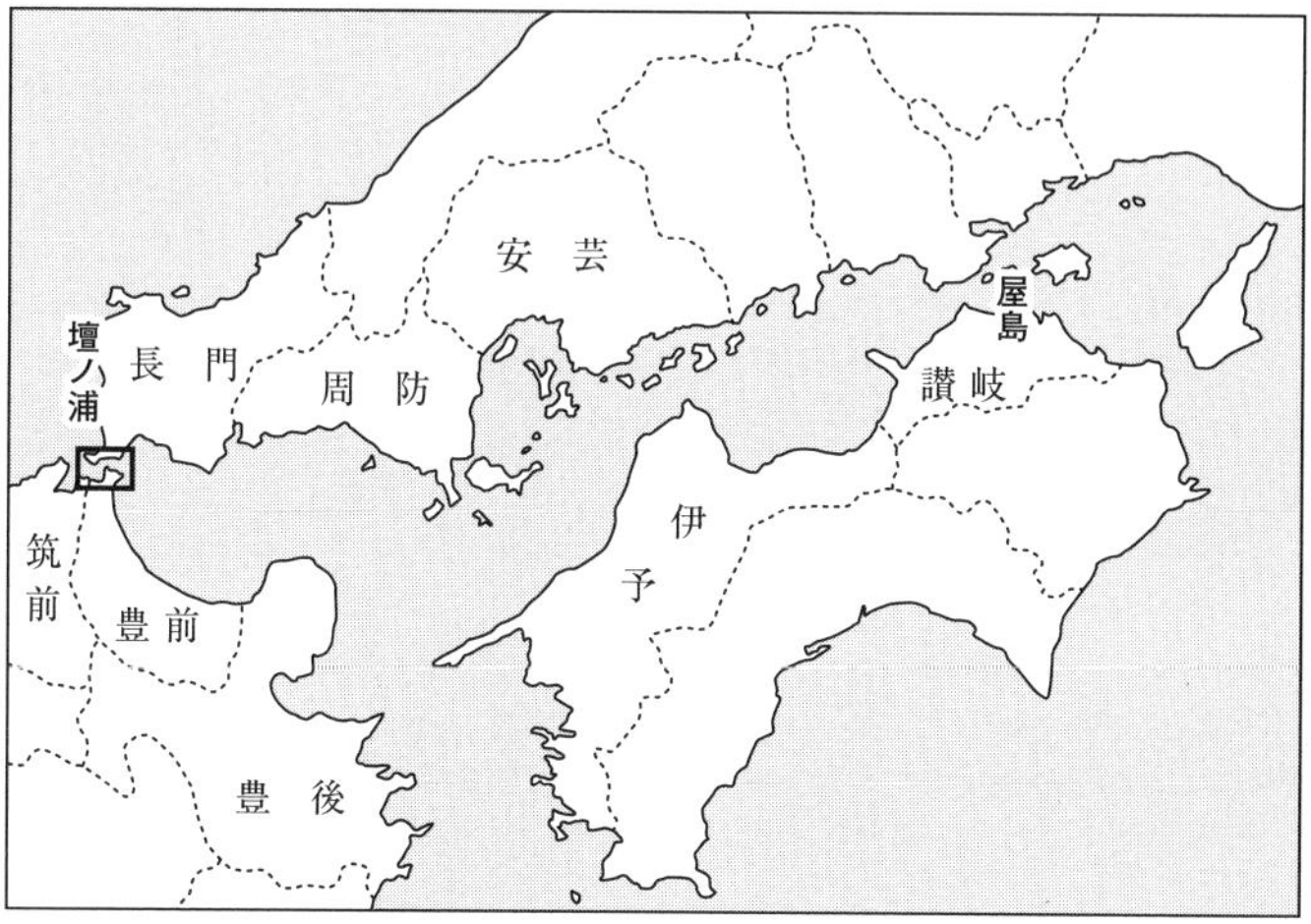

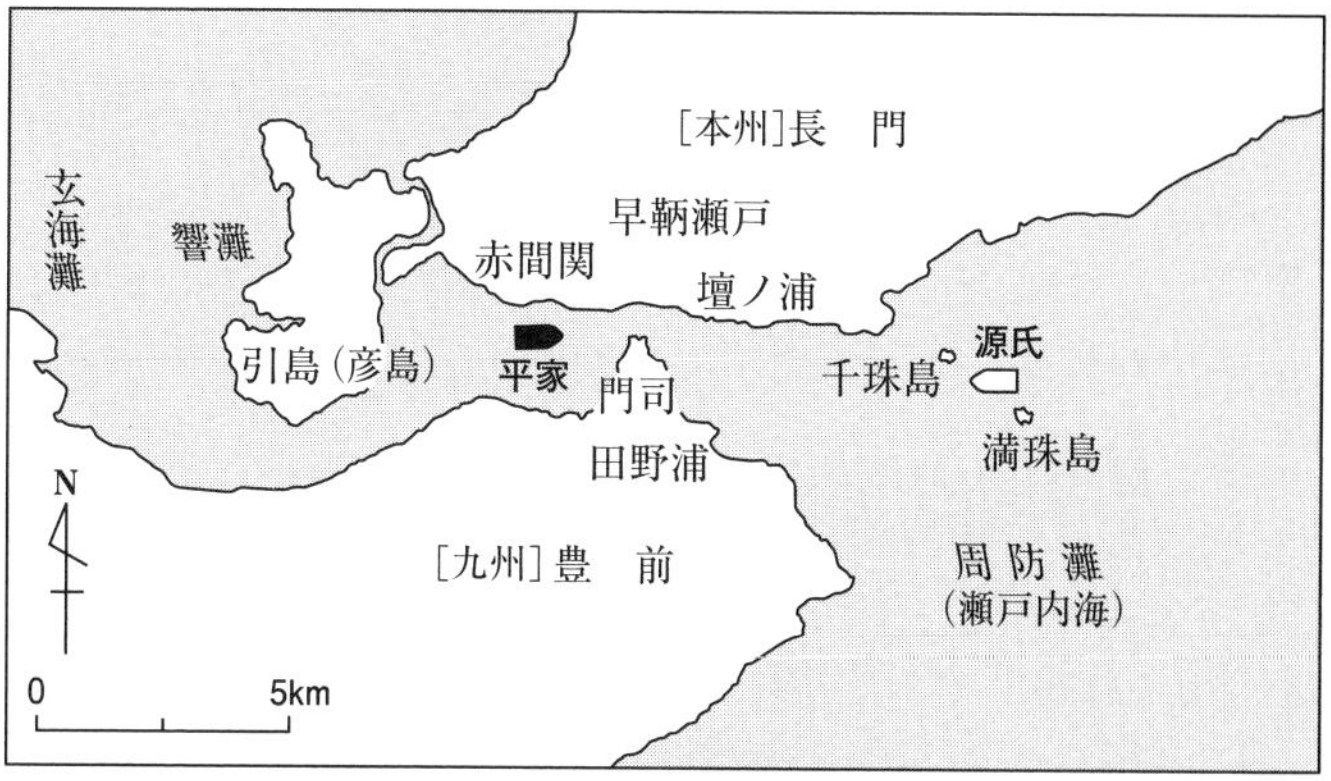

図23　壇ノ浦の位置（上）と壇ノ浦周辺図（下）

壇ノ浦とは、山口県と福岡県に挟まれた関門海峡の北側（山口県側）、赤間《あかま》が関から串崎あたりの沿岸をいう。このあたりの海は、瀬戸内海の西の端にあたる狭い海峡なので、潮流の激しさで知られる。

山口県下関市の突端には、彦島《ひこしま》がある（『平家物語』諸本では「引島《ひくしま》」の表記が多い）。延《えん》慶《ぎょう》本や源平盛衰記《げんぺいじょうすいき》は、藤戸合戦の後、宗盛《むねもり》が屋島、知盛《とももり》が彦島に城郭を構えたと描いており、『吾妻鏡《あずまかがみ》』では、義経《よしつね》が屋島に向けて船出した元暦二年（一一八五）二月十六日条に、同内容の記事がある。屋島を失った後、平家の拠点として最後に残ったのが、この彦島だったと考えられようか。

屋島の宗盛、彦島の知盛という分担については、あまり事実を検証できないが、『平家物語』諸本の屋島合戦記事では、知盛の姿をほとんど見出せないのに対して、壇ノ浦合戦記事では、平家側の大将として知盛の存在が際立ち、実質的な総大将のように描かれている。それも、こうした分担により、壇ノ浦合戦が、主に知盛の支配していた地域で行われた合戦だったためであるかもしれない。

潮流説の問題

さて、壇ノ浦合戦といえば、次のような理解をしている、あるいはそんな説を聞いたことがあるという方も多いのではないだろうか。「平家は当初、潮の流れに乗って有利に戦った。ところが、海峡の激しい潮流は合戦の途中で反転し、それに乗った源氏が、ついに勝利を収めた」というような想像、つまり、潮流がこの合戦の勝敗を決めたという考え方を、以下「潮流説」と呼ぼう。

『平家物語』が、潮流説のような内容を書いているわけではない。覚一本《かくいちぼん》などは、合戦の初めに平家が潮に乗って進んだと書いているが、潮の流れに乗って進んでくる平家の船を、陸上から梶原景時《かじわらかげとき》が攻撃して大戦果を挙げたと述べているのであって、潮流によって平家が有利となったと書いているわけではない。江戸時代の流布本《るふぼん》は、当初は源氏が潮に乗って攻めたと、全く逆のことを書いているが、文脈からはむしろそれが自然に見えるほどである。また、山鹿秀遠《やまがひでとお》などの活躍で、緒戦では平家に勢いがあったという記述もあるが、これは潮流とは関係づけられていない。その後、潮流が変化したとも述べていない。延慶本《えんぎょうぼん》や盛衰記・四部合戦状本《しぶかっせんじょうぼん》などは、潮の流れに全くふれない。

潮流説は、明治・大正の歴史家たちによって新たに創られた説である。とりわけ、黒板勝美『義経伝』（一九一四年）は、当時の海軍の調査に基づいて壇ノ浦合戦当日の潮流の変化を推定し、名将義経がこれを利用して勝利を収めたのであると考えた。しかし、二〇世紀後半には、荒川秀俊・金指正三・赤木登・中本静暁などによる批判的検討が相次ぎ、現代科学に基づく推定では、黒板のいうほど激しい潮流の変化があったとは考えられないとするのが通説となった。このうち赤木の論は、ＮＨＫの番組「歴史への招待」で紹介された、コンピュータを用いた検証を学術的に報告したものだが、この番組の内容は、NHKによって『無敵義経軍団』として新書版でまとめられている。

しかも、そもそも、潮流が合戦の勝敗に関わるのかということ自体が問題である。水上交通や和船の専門家である石井謙治の、「いかに潮流があろうとも同じ流れの上に乗っている源平両軍の対水速度には変わりがない（中略）海上戦闘では潮流は全く無関係というのが科学的にみて正しい」という指摘は傾聴すべきだろう。走っている電車の中でボールを投げ合った場合、進行方向の前から投げようが、後から投げようが、地上で普通に投げ合うのと変わりがないというのと、基本的には同じことである。

黒板勝美はすぐれた歴史学者だが、「我が大日本帝国は尚武《しょうぶ》の国である」と始まる『義経伝』は、義経を、「武士道」を体現した英雄的武将と措定して、そのすぐれた戦略や戦術に学ぼうとする書物である。つまり、「義経がすぐれた戦法によって合戦に勝利した」ということを大前提として、壇ノ浦合戦ではどこがすぐれていたのかを探すうちに、潮流の利用という説に行き着いたものであることは理解しておかねばならない。

要するに、潮流説への評価としては、髙橋昌明〔二〇一一〕が、「今日では考慮する必要がない」とまとめているのが妥当であろう。

義経は水夫を射たか

また、壇ノ浦合戦の勝敗を決めた要因は、義経が敵の水夫《すいふ》を射させたことにあるという説もある。「水夫攻撃説」と呼んでおこう。もとはといえば、黒板勝美『義経伝』が、潮流が変わって有利になった義経が、「逃げ迷う水夫《かこ》梶取《かんどり》を射伏せ斬り伏せ、船の進退自由を失わしめたのは、義経が我が海戦に新機軸を出したもの」と述べたところにある。つまり潮流説の補足だったのだが、これを受けて、右に見た潮流説批判の中で、海事史研究家の金指正三は、「船舶の構造上、無防備のところにいた漕手をまず倒して、船の機動力を失わせ、戦列の混乱に乗じて攻撃した一種の奇襲戦法」が、壇ノ浦合戦の勝敗を決めたと主張した。これらは根拠を明示していないが、金指がその後、右記のNHK編『無敵義経軍団』の中で述べたところでは、『平家物語』(覚一本)に、

源氏のつはもの共《ども》、すでに平家の舟に乗りうつりければ、水手《すいしゆ》・梶取ども、射殺《いころ》され、斬り殺されて、舟を直すに及ばず、舟底《ふなぞこ》に倒れふしにけり。

とあるのが根拠なのだという。おそらく黒板も同じだろう。しかし、これは合戦の大勢が決した後、源氏の軍兵が平家の船に乗り移ってきて水夫を殺したという記事であって、源氏の勝利の原因ではなく、結果に過ぎない。また、義経の指示によるとも書かれていない。それでも、黒板の記述は、源氏が有利になった後に水夫を殺したと述べる点でまだ『平家

物語』に近いが、これを源氏勝利の原因とした金指の論は、根拠であるはずの『平家物語』からはかけ離れている。つまり、水夫攻撃説は、『平家物語』の誤読ないし曲解以外には何の根拠もないわけであり、潮流説以上に根拠薄弱であるといわざるをえない。しかし、現在のテレビ番組や通俗書などでは、この説が有力説扱いされているように見える。

黒板は水夫への攻撃を「新機軸」と評しているが、日本の海戦の様子を具体的かつ詳細に描いた文献は『平家物語』以前には存在しないので、何と比較して「新機軸」と考えたのか、理解しがたい。とにかくすべてを義経のすぐれた戦法と考えようとしているようにしか見えないのだが、黒板の「新機軸」は、金指には、「奇襲戦法」という言葉で継承された。他にも、たとえば渡辺保『源氏と平氏』（一九五五年）は「破天荒の戦術」、安田元久『源義経』（一九六六年）は「奇策」という言葉でこの説を継承しており、この時期の一般書を探せば、類似の記述は他にも見出せる。

水夫への攻撃は掟破りか

さらにその延長上に、「義経は、非戦闘員の水夫を攻撃してはならないという掟《おきて》を破って水夫を射させた」という説も生まれた。「掟破り説」と呼んでおこう。水夫が非戦闘員であるという記述は黒板には見られないが、安田元久『源義経』は、義経が「敵の戦闘員には目もくれず」水夫を襲ったと述べ、金指も『無敵義経軍団』で「非戦闘員の漕手」と述べている。そうした認識から、非戦闘員を殺すのが掟破りだったという発想が生まれていったのだろうが、そうした考えが生まれ育った経緯は明らかではない。もっとも、作家の村上元三が、歴史家の中村直勝との対談（一九七一年）の中で、「ぼくは、彼らは非戦闘員じゃないと思うんです」と述べ、中村直勝も賛成して「戦闘員です」と発言しているように、水夫を非戦闘員と規定できるのかどうかも怪しい。それを攻撃してはならないという掟が存在したという証拠は皆無で、単なる空想にすぎない。

つまり、水夫を殺すのが掟破りだったという「掟破り説」は、潮流説や水夫攻撃説に輪をかけて無根拠なのである。そもそもこれは、おそらく学術論文として提起されたことが一度もない、「学説」とはいえない「説」である。筆者がこれまでに知り得た範囲では、類似の記述として、司馬遼太郎の小説『義経』（一九六八年）に、水夫への攻撃を「水軍の作法」に反することとする描写があるが、これを「戦さの法」に背くものと明確に記したのは、木下順二の戯曲「子午線《しごせん》の祀《まつ》り」（一九七八年）が最初である。これらはもちろんフィクションだが、木下順二の場合、後に「戦闘員とは別に船を操る水夫楫取がおり、これは非戦闘員として敵も彼らを殺さぬという不文律があった」（『古典を読む18　平家物語』）と述べているので、史実としても通用する説だと考えていたようである。

非戦闘員の安全保障という一般的ルールの存在は、石井紫郎によって想定されているが

（ただし石井は壇ノ浦合戦にはふれない）、これも根拠は薄弱である。筆者は、合戦に関わらない者は殺さない方がよいという感覚がなかったとまではいえないものの、ルールというほどのものではなかったと考えている（佐伯『戦場の精神史』〔二〇〇四〕）。一ノ谷合戦直前の三草山攻撃についても見たように、武士たちは、戦場に行く道が暗いというだけで、民家に放火するような存在として描かれている。民家にためらいなく放火する記述は、『将門記《しょうもんき》』をはじめ数多く見られる。非戦闘員は保護すべきだというような感覚が強かったとはとうてい思えないのである。右に引いた「水手・梶取ども」を殺害する記述は、すでに大勢が決した後で、なおも平家方の水夫が殺戮されたという記述なので、むしろ、水夫は保護すべきだという意識がごく薄かったことを示す事例というべきであろう。

壇ノ浦合戦の実相

このように、潮流説も水夫攻撃説および掟破り説も、ほとんど根拠のないものであった。それらは壇ノ浦合戦では源平どちらが勝ってもおかしくなかったという前提に立って、勝因を義経の戦術に求めようとする議論であるわけだが、『平家物語』の語るところは、そうした見方からは遠い。すでに前章で見たように、屋島を追われた平家からは、武士たちが離れ、源氏と平家の勢力差はいかんともしがたいほどに拡大していた。熊野別当湛増《たんぞう》の動向については問題もあり、また、『平家物語』が決定的な要因とする阿波民部重能《しげよし》の裏切りについても、後述するように検討の余地はあるが、大まかには、武士たちの離反によって戦う前から大きな勢力差が生じていた上に、戦闘中にも裏切りが発生し、平家勢力は瓦解して敗れたとするのが『平家物語』の叙述であるといえよう。そして、それは大局的には実相を伝えていると見るべきではないだろうか。

壇ノ浦に集まった源平の船の数を、『平家物語』諸本は、表のように記す（なお、『吾妻鏡』文治元年（一一八五）三月二十四日条には、源氏の船の数は記さず、平家は五百余艘としている）。

表３　源平の船の数

異本	源氏	平家
延慶本	3000余艘	700余艘
長門本・四部合戦状本	3000余艘	500余艘
覚一本・屋代本	3000余艘	1000余艘
源平盛衰記	700余艘	500余艘

源平盛衰記のみは拮抗する数といえようが、それ以外は三倍〜六倍の圧倒的な兵力差があったという記述である。なお、平家は海戦に慣れていたから、兵数は劣っても海で戦えば有利だったはずだというような論調を見受けることもある。『平家物語』の壇ノ浦合戦場面の冒頭には、平家の武士達が、「坂東《ばんどう》武者は、馬の上でこそ口はきき候ふとも、船戦《ふないくさ》にはいつ調練し候ふべき」（覚一本）などと気勢を上げる記述もある。しかし、源氏軍は慣れない船に乗った坂東武者だけではない。そういう武士もいただろうが、『平家物語』が熊野別当湛増について語るように、海戦に慣れた水軍を抱える武

士たちが、この段階で平家を捨てて源氏側に味方したからこそ、このような船の数になるわけである。もちろん、瀬戸内海の武士団にも、河野氏や緒方氏のように、反平家で一貫して戦い続けてきた者たちもある。

覚一本『平家物語』では、合戦の初めに、知盛は次のように下知する。

いくさは今日ぞ限り。者共、少しも退く心あるべからず。天竺《てんじく》・震旦《しんだん》にも、日本我《わ》が朝《ちょう》にも、ならびなき名将・勇士といへども、運命尽きぬれば力及ばず。されども名こそ惜しけれ。東国の者共に弱気《よわげ》見ゆな。いつのために命をば惜しむべき。これのみぞ思ふ事。

「合戦はこれが最後だ。どんな立派な武士でも、運命が尽きてしまってはどうすることもできない。しかし、名誉が惜しいではないか」というのである。延慶本では、「今は運命尽きぬれば軍《いくさ》に勝つべしとは思はず」とさえ述べている。もはや、勝てるとは思わないが、最後まで力を尽くし、名誉を守ろうというのである。

延慶本では、源氏側の船は「唐地《からじ》」（唐路）すなわち中国大陸への航路をふさいだという。大陸方面へ脱出されれば、三種の神器を携えた安徳《あんとく》朝廷による亡命政権樹立の可能性さえないとはいえない。それを未然に防いだというわけである。つまり、壇ノ浦合戦は源氏による包囲殲滅戦であったととらえるべきではないだろうか。

菱沼一憲〔二〇〇五〕は、軍備の補給という観点から源平両軍を比較し、範頼《のりより》の九州制圧と義経の四国制圧によって、「源氏水軍による瀬戸内海制海権の奪取という包囲・孤立化」が完成していたとして、壇ノ浦合戦の結果はそうした情勢がもたらした「必然的結末」であったととらえている。『平家物語』は範頼の戦いを全く描かないが、物語の背景にそのような事情があったと考えると、うなずけるものがあろう。

子午線の祀り

ここまで、壇ノ浦合戦の実相として、潮流説や水夫攻撃説・掟破り説についてはは否定的に述べてきた。それらの説を取り入れているのが木下順二の戯曲「子午線の祀り」である。しかし、筆者は、それ故にこの作品を否定したいわけではない。むしろ、古典を現代に生かした文学として、高く評価すべきであると考える。「子午線の祀り」は、歴史学者石母田正《いしもだしょう》の『平家物語』〔一九五七〕によって創り出された、運命とたたかう人としての知盛像を基盤としている。知盛は、二〇世紀前半までは、『平家物語』の中であまり注目される人物ではなかったが、石母田は、知盛を「人力ではどうすることもできない平氏の運命」をよく理解しながらも、運命と最後までたたかい続けたのであるととらえ、物語の中から魅力的な人物像を取り出した（それについては本章末尾で述べる）。

木下順二はそのような石母田正の知盛像を受け継ぎながら、潮流説を活用することによって、「運命」というものを現代人にもわかりやすく具象化して見せた。

大空に跨《また》がって眼には見えぬその天の子午線が虚空に描く大円《だいえん》を三八万四四〇〇キロのかなた、角速度毎時一四度三〇分で月がいま通過するとき月の引力は、あなたの足の裏がいま踏む地表に最も強く作用する。

潮流の動きは、月の引力の働きかけによって、つまり地球と月の位置関係によって決まる。天体の動きの前では、人間の力などはまことにちっぽけなものである。「運命」とは、このような力ではないか。前世の因縁などを信じない現代人にも納得できる形で「運命」を語り、その圧倒的な力に抗して最期まで奮闘する知盛を描き出した点において、「子午線の祀り」は、間違いなく優れた文学であるといえよう。潮流説や水夫攻撃説・掟破り説は史実とは見られないが、それはこの作品の価値をおとしめるものではない。

「子午線の祀り」は、木下順二の想像力が、石母田正の『平家物語』に対する鋭い読みに呼応して生み出された作品といえようが、潮流説などの歴史学の謬説《びゅうせつ》も、この作品を生んだ重要な要素であることは認めておかねばなるまい。つまり、歴史学の誤りをきっかけに、すぐれた文学が生まれることもあるわけである。合戦から文学が生まれてゆく道筋は、ほんとうに多様であるといわねばなるまい。

源平最後の争い

　さて、壇ノ浦合戦の全体像を先に述べてしまったが、ここからは『平家物語』の叙述を追っていこう。しばらく覚一本による。知盛は、先に述べたように下知した後、宗盛に面会して阿波民部重能を斬ろうと提案する。重能の裏切りを察知していたのだが、宗盛は却下する。それが平家の敗因となったというのが『平家物語』の叙述だが、これについては後述する。その後、山鹿兵藤次秀遠率いる平家の先陣五百余人が一斉に弓を射て、源氏側をひるませたという記述があり、続いて「遠矢」の話に移る。

和田義盛の遠矢

　三浦一族の若き棟梁和田義盛《わだよしもり》は、陸上から平家の船に向けて遠矢を射ていた。先にふれた梶原景時もそうだが、源氏の武士には、船に乗らず、陸上から矢を射た者も多かったようである。「遠矢」は、近くを狙って水平に射る「差矢《さしや》」の反対語で、長い距離を飛ばすことを目的に、やや上に向けて射ることをいう。正確さよりも飛距離、弓の強さを競うわけである。遠矢の力は、差矢の精密さと並んで、武士の能力の指標となったと思われる。前章で見た「那須与一」では、与一は「七段ばかり」（約七七メートル）先の扇の的を射たという。これは、小さな的を正確に狙う距離としては限界ぎりぎり、あるいは限界を超えた離れ技というべきだろうが、正確さよりも飛距離を目的とするなら、矢はずっと遠くへ飛ばすことができた。和田義盛は遠矢を得意とし、「三町が内外」（三〇〇メートル余り）のものは強く射当てたという。三〇〇メートル余り先の人体に矢を命中させ、傷を負わせるぐらいの矢を射たというわけである。

義盛は、その中でも遠くに飛んだ矢を、「その矢を返してくれ」と、敵に向かって呼びかけたという。矢を返すためには同じくらい遠くに飛ばさねばならないわけだから、これはつまり、「俺と同じくらい遠くに飛ばせるか、やれるもんならやってみろ」という挑発である。義盛は、自分と同じ距離を射られる者はいないだろうと思っていたわけである。

なお、義盛の矢の長さは十三束二伏《じゅうさんぞくふたつぶせ》だったという。一束は指四本分、つまり手で握った時の一握りであり、「二伏」はそれに加えて指二本分、つまり手で握った回数が十三回半というのが十三束二伏である。厳密な長さは手の大きさによって変わるのであいまいな単位だが、十二束程度が標準的とされる。十三束二伏はずいぶん大きな矢ということになる。弓矢が主武器であった時代、大矢は武士の強さの指標であった。

遠矢の結末

ところが、平家側では伊予国の住人新居《にい》紀四郎親清《ちかきよ》という者が、この矢を射返した。矢は、和田義盛を飛び越えて、義盛の一段（約一一メートル）ほど後ろに立っていた三浦一族の石左近《いしざこん》の太郎の腕に突き刺さった。義盛の記録は軽く更新されてしまったわけである。「自分が一番だと思って恥をかきやがった」と、一族の武士に笑われた義盛は、腹立ちまぎれに小舟で漕ぎ出し、周囲の敵を片端から射て回ったという。

和田義盛の鼻をあかした新居紀四郎親清が、今度は、義経の乗っていた船に矢を射かけ、「返してください」と招いた。矢は十四束三伏《じゅうしそくみつぶせ》、義盛を大きく上回る大矢である。義経は、那須与一を選んだときと同じように後藤兵衛実基に相談し、甲斐源氏の阿佐里与一《あさりのよいち》を推薦された。今度は那須与一のような精密さよりも、遠矢の能力を基準としての人選である。

阿佐里与一は、新居親清の矢を検査して、「これは矢竹がちょっと弱く、また矢束も短いです。どうせなら、私の矢でやってみましょう」と言った。十四束三伏の新居親清の矢でもなお短いと、与一が取り出した矢は、大きな手でぐいぐい握って十五束もあった。この大矢を九尺（約二メートル七〇センチ）もある大弓につがえて射た矢は、四町（約四四〇メートル）余りを飛んで、新居親清の体の真ん中に当たり、みごと親清を倒した。これが遠矢の結末である。

矢の長さも飛距離も、上には上があるとばかり、次々に新記録が出るような展開になっているわけだが、これも離れ技を競う競技会のように見えてしまう叙述である。スポーツ観戦のような合戦物語が『平家物語』に多く見られることは、これまでに見てきたとおりだが、壇ノ浦合戦という平家滅亡を目の前にした戦いで、なおもこのような叙述が見られることは、この時代の合戦において、個人技を競うことがいかに重要な位置を占めていたかを物語るものといえよう。

イルカの奇瑞

こうして、源平の戦いは互角に展開されたが、やがて源氏の勝利を告げる奇瑞《きずい》があったと『平家物語』は語る。まず、空に白雲が現れたように見えたが、それは雲ではなく、一枚の白い旗であった(当時の旗は細長いものをいう)。白旗は空中をひらひらと落ちてきて、源氏の船の舳先《へさき》に舞い降りた。義経は、これは八幡大菩薩の示現《じげん》だと喜んで、手水《ちょうず》うがいをしてこれを拝した。

類似の話は、『吾妻鏡』元暦二年四月二十一日条所載の梶原景時の合戦報告にも見え、それによれば、白旗が空中に出現し、雲の中に消えていったとある。あるいは、源氏勢の中でこういう話がささやかれていたのかもしれない。この報告によれば、他にも、平家の人々が入水した時、白い鳩が二羽、船屋形の上に飛び回っていたともいう。鳩は八幡大菩薩の使いとされ、八幡大菩薩が源氏の味方をしたことを意味するのは明らかである。

『平家物語』で有名なのはイルカの奇瑞だろう。源氏の船の方から平家の船の方に向かって、千頭か二千頭ほどもあろうかと見られるイルカの群がぱくぱく口を開けながら泳いできた。宗盛が、陰陽師の小博士《こはかせ》晴信《はれのぶ》を呼んで、これを占わせたところ、晴信は、「このイルカの群が反転して源氏の方に帰って行けば、源氏は滅びるでしょう。しかし、このまま進んできて平家の船の下を通ってゆくようなら、味方の運命は危ういものでございます」と言ったが、その言葉も終わらないうちに、イルカは平家の船の下を通っていった。晴信は、「今はこれまででございます」と言った。

こんなことが実際にあったかどうか、確かめることはできないが、イルカが春や秋に対《つし》馬《ま》海峡を多く通ることは事実であるようで、その群の一つが、三月末に瀬戸内海に入ってくる可能性はないとはいえまい。『吾妻鏡』の記事といい、こうした奇瑞は合戦結果に基づいて作られた話なのかもしれないが、必ずしも作為的な虚構とは限るまい。政権を握った平家が滅びて安徳天皇が入水し、宝剣も失われるという大事件にあたっては、こうした奇異な現象が人々の眼に映ったり、ささやかれたとしても、あるいはしばらく後に記憶の中に入り込んだとしても、さして不思議ではないだろう。

さて、奇瑞に託された神仏などの意志は別として、『平家物語』が平家の直接的な敗因として語るのは、阿波民部重能の裏切りである。重能は、平家を屋島に迎え入れて以来、平家を支えてきた。しかし、前章末に見たように、伊勢三郎義盛によって子息の田内左衛門《でんないざえもん》教能を生け捕りにされたため、ついに裏切りを決意したというのである。前述のように、知盛はこの裏切りを見抜いていたが、宗盛は重能を斬ることを決断できず、それが平家の滅亡を招いたと、『平家物語』は描く。

阿波民部重能の裏切り

『平家物語』によれば、重能の裏切りによる損失は、重能率いる部隊を失ったというだけではなかった。平家は、最後の手段として、ある策略を構えていた。平家は、日宋貿易にも使える大きく立派な船である唐船《とうせん》を所有していた。通常ならば、その唐船には身分の高い人々が乗るはずだが、そこには雑兵《ぞうひょう》を乗せ、身分の高い人々は小さな兵船に乗せて敵の目を欺き、敵が唐船を狙って兵力を集中させてきたら、それを逆に包囲して敵将を討ち取ろうとしていたというのである。

前章で見たように、平家は、安徳天皇をはじめとする貴人がしかるべき内裏にいることによって権威を保っていた。内裏らしい立派な建物がない時には、天皇はせめて立派な船にいなければならなかったのである。しかし、最後の最後で、平家はついにその原則をかなぐり捨てて、安徳天皇などの貴人を唐船に乗せず小船に乗せるという作戦に出た。手元に残った最後の財産を賭けた博打のような策といえようか。ところが、裏切った阿波民部重能がこの策を敵に伝えてしまったため、その最後の手段までもが崩れ去ってしまったわけである。『平家物語』の語るこのような策の史実性については検証する手立てが全くなく、不明だが、筆者はあり得ることではないかと想像している。

ただ、阿波民部重能の裏切りの史実性については、疑問も出されている。金指正三が指摘したように、覚一本『平家物語』や『吾妻鏡』元暦二年四月十一日条では、生け捕りの中に重能を挙げている。また、『醍醐雑事記《だいごぞうじき》』巻十も同様である。裏切ったのなら、「生け捕り」とは呼ばれないだろうというわけである。ただし、延慶本や四部合戦状本などは生け捕りと区別して「降人」(降伏した者)の中に重能を挙げている。とはいえ、延慶本では、重能はその裏切りが憎まれ、鎌倉に連行されて首を斬られるはずだったところ、さまざまに悪口をしたため、あぶり殺しにされたとする。主君を裏切って源氏に協力したのだとすれば、厚遇されないまでも、命は助けられたと考えられるので、重能の裏切りに疑問が残ることは確かである。

髙橋昌明(二〇二二)は、重能の子の範良《のりよし》(教能)が建久八年(一一九七)十月に三浦浜で殺されたと『鎌倉大日記《かまくらおおにっき》』に見えること、重能が「誅戮《ちゆうりく》」されたと『東大寺造立供養記《とうだいじぞうりゆうくようき》』に見えることを指摘している。重能父子は、やはり処刑されたのだろうが、教能は合戦後も十年以上生きていたことになるので、その処遇には検討の余地があったのだろう。裏切りと降伏、降人と生け捕りの区別には、微妙な面があるはずである。詳細は不明だが、重能が裏切りないし投降したことは認められるものの、その去就が戦局全体を左右するほどのことだったのかどうかは疑問視されるといったところが、穏当な見方ではあるまいか。

いずれにせよ、平家は圧倒的に不利な状況で戦いに臨んだ結果、裏切る者や降伏する者が出て、軍勢としては崩壊した。そうした状況を、『平家物語』は重能の裏切りによって代表させつつ語っているとみることができよう。

安徳天皇の入水

二位尼時子の決意

敗勢が明らかとなったのを見て、二位尼時子《にいのあまときこ》は三種の神器のうち神璽《しんじ》を入れた箱を持ち、宝剣を腰に差して、八歳になる安徳天皇を抱いて、船ばたに進み出たという。それは、当時六十歳と見られる老女としては、精一杯の力をふりしぼった姿といえよう（なお、三種の神器のうち、鏡は大きな唐櫃《からびつ》に入っていたので、さすがにこれまで時子が一人で持つことはできない）。『吾妻鏡』元暦二年四月十一日条によれば、安徳天皇を抱いて入水したのは按察局《あぜちのつぼね》という女性だったという。しかし、『愚管抄《ぐかんしょう》』巻五も、

> 主上をば、むば《（祖母）》の二位宗盛母いだきまいらせて、神璽・宝剣とりぐして海に入りにけり。ゆゆしかりける女房なり。

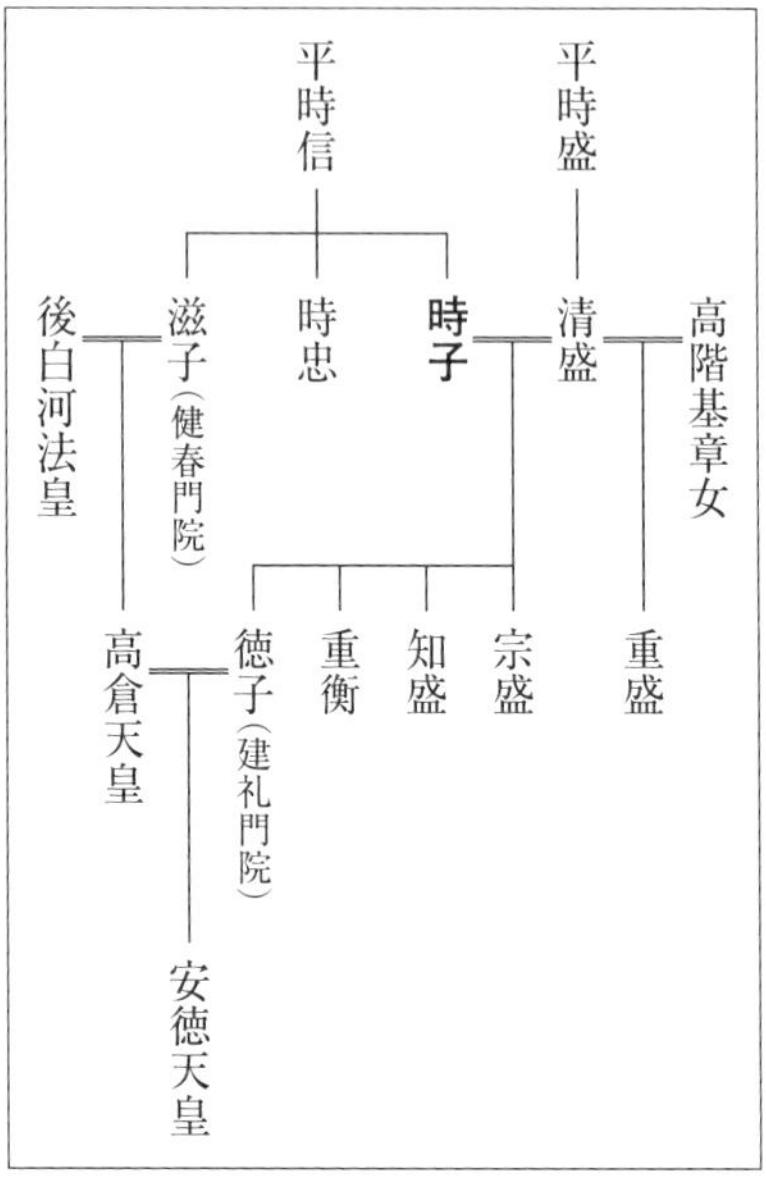

図24　平家婚姻系図

と記している。やはり剣・璽と安徳天皇、すべてを時子が海に沈めようとしたのだろうか。少なくとも、これらを海に沈めることを指示したのが時子であることは事実だろう。

降伏して三種の神器と安徳天皇を後白河法皇に差し出し、後鳥羽天皇への譲位の形式をきちんととれるようにすれば、平家の中にも生き延びる者が何人もあったかもしれない。それは平家にとって一つの有力な選択肢だった。

しかし、時子にとって、その選択はあり得なかった。自分たちこそが正統の政権なのであり、それを暴力で覆そうとする反乱勢力と妥協してはならない、それよりは、正統な天皇家をここで終わらせるべきだ、というのが時子の判断だった。

そして、それを終わらせる役にふさわしい者は、平家政権の中心にあった時子を措いてなかった。時子は、清盛の妻であり、宗盛・知盛・重衡《しげひら》・建礼門院の母であり、安徳天皇の祖母であり、大納言時忠《ときただ》の姉であった。そして、時子の妹滋子《しげこ》（建春門院）が後白河法皇の寵姫となって高倉《たかくら》天皇を生んだこと、清盛と後白河法皇が相聟《あいむこ》の関係で協力し合うことにより、平家政権が生まれた。時子の弟時忠も、その政権を支えた。平家政権とは、時子を要とした人間関係によって生まれ、維持されてきた政権だったのである。時子は、政権の要にあった者として、その幕を引く役目を自ら担おうとしたわけである。

浪の下の都

覚一本では、時子に抱かれた安徳天皇は呆然とした様子で、「尼ぜ、われをばいづちへ具して行かむとするぞ」（おばあちゃん、僕をどこに連れて行くの）と尋ねた。時子は幼い天皇に対して、東に向かって皇祖神の伊勢神宮に別れを告げ、西に向かって西方浄土《さいほうじょうど》の阿弥陀仏《あみだぶつ》に来迎を祈る念仏を唱えるように教え、「この世はいやなところだから、西方浄土というすばらしいところへお連れしますよ」と言って、「浪《なみ》のしたにも都のさぶらふぞ」と慰めて、入水したと語る。

この「浪のしたにも都のさぶらふぞ」は、幼い天皇を慰めた気休めの言葉のように見える。しかし、延慶本や長門本・盛衰記では、この言葉の代わりに、「今ぞ知る御裳濯川《みもすそがわ》の流れには浪の下にも都ありとは」という歌が記されている。「御裳濯川」とは、伊勢神宮の神域内を流れる五十鈴川《いすずがわ》の別名で、皇統の比喩に用いられる。ここでは、その「川」の縁で「浪の下」の語を用いているが、「浪の下」とは、もちろん、壇ノ浦の海底を意味しているわけである。

「都」とは、天皇のいるところであるわけだから、天皇が京都にいれば京都が都、屋島にいれば屋島が都であるという論理が成り立つ。その延長上にいえば、天皇が船の上にいれば船の上が都、海底にいれば海底が都であるということになろう。平家の立場からすれば、正統の天皇は安徳天皇しかいない。その天皇が海底に沈むのだから、これからは、海底が都となる。だとすれば、今後、地上で朝廷を称する人々や、都と呼ばれる地は、すべて偽物に過ぎない、という含意をこめた、恐ろしい歌である。

後白河法皇の大原御幸《おおはらごこう》に際して、建礼門院が語った回想の中に、平家一門の人々が海底の龍宮城で生きているという夢を見たことが語られている（覚一本灌頂《かんじょう》巻などでは六道語りの畜生道、延慶本巻十二などでは六道語りとは別の回想とされる）。「浪の下の都」は、海底の龍の世界という形で実現しているというわけである。

海底の世界の住人は、地上の世界と没交渉であるとは限らない。彼らは、地上の偽の朝廷や偽の都をいつ襲ってくるかわからない。その恐怖は、この時代には十分に切実であった。たとえば、壇ノ浦合戦から四ヶ月あまり後、元暦二年（改元して文治元年。一一八五）七月九日には、近畿地方を大地震が襲った。これが戦乱と関連付けて解釈されたのは無理のないことで、当時の常識だったといってよいだろう。たとえば、『愚管抄』は、これを清盛が龍となって降ったのだと記しているし、『玉葉《ぎょくよう》』八月一日条は、天地の神の怒りや戦乱の死者に結びつけている。

平家の亡魂に対するこのような恐れによって、後白河法皇や頼朝の周辺では、さまざまの鎮魂の営みがなされた。『平家物語』そのものも、そうした動きに関わって生まれた可能性が強いのではないだろうか。

宝剣の行方

安徳天皇と共に、三種の神器のうちの宝剣・神璽も海に入った。三種の神器の残る一つである鏡は、『平家物語』によれば大納言佐《だいなごんのすけ》（重衡の妻。安徳天皇の乳母）が唐櫃を抱いて入水しようとしたが、袴の裾に矢が当たって船端に射付けられ、倒れて果たせなかった。また、神璽の入った箱は、海上に浮かんでいたのを回収された。しかし、宝剣は海に沈み、二度と浮かんでこなかった。

宝剣は必死で探索されたものの見つからず、そのうちに天皇を守護する呪物の一つだった「昼《ひ》の御座《おまし》の御剣」をもって宝剣と扱うことにしたようである。その意味では、これ以降の「宝剣」は偽物であるわけだが、それをいうなら、三種の神器の一つの「鏡」も、平安中期に焼けてしまい、とっくの昔に実態を失ってしまっていた（斎藤英喜）。

三種の神器は天皇の正統性のあかしとされて、南北朝時代には激烈な争奪戦が展開されるが、源平合戦の時代にはまだ「三種の神器」という言葉は使われておらず、「三神」「三ヶ宝物」「三種宝物」などと呼ばれていた（鶴巻由美）。「三種の神器」という言葉が定着した時には、すでにその実態は失われていたというのは皮肉なことであり、人間の観念と行動の不思議さを示すものといえよう。

ともあれ、「宝剣」が失われたことは、この時代の人々に深刻な動揺をもたらした。『平家物語』は、壇ノ浦合戦後に「剣」という章段を置いている。そこでは、宝剣の由来を素《す》盞烏尊《さのをのみこと》の神話から語っている。宝剣はもともと、素盞烏尊が出雲国で退治した八岐大蛇《やまたのおろち》の尾から出てきたものだというのである。大蛇の尾の中にあった時には、常に雲が覆っていたので「天叢雲剣《あまのむらくものつるぎ》」と呼ばれた。素盞烏尊がそれを天照大神《あまてらすおおみかみ》に献上し、天孫降臨《てんそんこうりん》の際に再び地上に降って天皇家の宝物となり、代々伝えられてきたのだという。日本武尊がこれを持って東征し、駿河国で敵に襲われて草を薙《な》ぎ払《はら》ったので「草薙剣《くさなぎのつるぎ》」とも呼ばれたなどといった逸話がちりばめられている（諸本に異同も多い）。

そうした多くの神秘的な物語のまつわる剣がなぜ失われてしまったのかといえば、八岐大蛇が、もとは自分の尾から出た剣を惜しんで、安徳天皇として生まれ、取り返したのだというわけである。安徳天皇が八歳だったのは、八岐大蛇の「八」を暗示しているのだともいう。大蛇と龍のイメージはほとんど重なるので、平家一門が海底の龍宮にいるという話と、大蛇の化身である安徳天皇が剣を取り返して海に沈んだという話は矛盾なく重なるわけである。こうした物語も、海底の世界の住人が地上の世界を襲ってくるという恐怖を表現しているだろう。

知盛と教経

さて、『平家物語』の壇ノ浦合戦は、安徳天皇を抱いた時子の入水で終わるわけではない。時子に続いて建礼門院も入水したが、髪を熊手にからめて引き上げられた。大納言佐が神鏡を入れた唐櫃を抱いて入水しようとしたが失敗したことは前述の通りである。清盛《きよもり》の弟である教盛《のりもり》・経盛《つねもり》兄弟や、小松家（重盛の子供たち）の資盛《すけもり》・有盛《ありもり》・行盛《ゆきもり》らは手に手を取って入水した。

宗盛父子の生け捕り

このように一門の人々が入水してゆく中で、総大将の宗盛は呆然と立ちつくし、入水しようともしなかった。そこで、見かねた平家の武士の一人が、傍らを通るようなふりをして、宗盛を海に突き落とした。宗盛の子清宗《きよむね》も、父が海に落ちたのを見て海に飛び込んだ。ところが、他の人々は重い鎧を着たり重い物を持つなどして、浮かび上がらないように工夫をして入水したのだが、宗盛父子はそんなこともなく、しかもなまじ水泳が上手だったので、沈みもせずにあたりを泳ぎ回っていた（当時の水泳は、今では日本泳法、古式泳法などと呼ばれるもので、着衣で海に浮かぶのは得意だったはずである）。総大将がそのように泳いでいれば、敵の目にとまるのは当然で、伊勢三郎義盛が小船をこぎ寄せ、二人を生け捕ったという。

このことは、『愚管抄』巻五にも、「宗盛は水練をする者にて、浮き上がり浮き上がりして、生かむと思ふ心つきにけり。さて生け捕りにせられぬ」と記されているので、事実だったのだろう。ただ、『平家物語』では、他の人々との対比で、宗盛がことさらに戯画化され、総大将にもかかわらず、卑怯未練な人物だったと描かれていることも確かである。宗盛は、これ以前の部分でも、賢兄重盛と対比されて、一貫して愚弟として描かれ続けてきた。捕らわれた後も、鎌倉では頼朝の前でかしこまり、命乞いをする態度を見せたり、絶望的な状況でもひょっとしたら助かるのではないかとはかない望みを捨てず、息子の清宗とさえ対比されて、未練を描かれ続けるのが宗盛である。

ただ、『平家物語』は、宗盛を愚かな人物としてただ否定するのではない。最後の巻十一「大臣殿被斬」では、義経の配慮で、善知識《ぜんちしき》（指導者）として大原の本性房湛斅《たんごう》という著名な僧を呼んでもらい、念仏を唱えつつ臨終を迎えられるように導いてもらいながら、最期に「右衛門督《うえもんのかみ》もすでにか」（清宗ももう斬られたのか）と、息子を思いやる一言を漏らした瞬間に斬られ、臨終正念を台無しにしてしまうという哀れな最期を描かれる。しかし、これはただ宗盛の愚かさを軽蔑して描いているわけではないだろう。息子への愛情をどうしても捨てられない人間の愚かさに、むしろ共感をこめていると読めるのではないか。だとすれば、その愚かさへの共感においては、一見対極にあるかのように見える義仲の討ち死にと、一面では共通する性格を持った物語ではないだろうか（「義仲の戦い」参照）。その共通性こそ、『平家物語』が文学として持つ重要な価値につながると思われる。

教経の奮戦と知盛

人々が入水し、宗盛が生け捕られても、能登守教経《のりつね》はまだ戦い続けていた。持っていた矢はすべて射てしまったが、大太刀《おおだち》と大長刀《おおなぎなた》を左右の手に持って振り回し、近づく者を片端から斬り倒していたのである。

しかし、あくまでも戦い続ける教経のところへ、知盛から使者が来た。「能登殿、いたう罪な作り給ひそ。さりとてよき敵《かたき》か」（能登守殿、あんまり罪作りなことをなさるな。あなたが討っている相手は立派な敵なのか）というのである。教経は「大将軍と戦えというんだな」と理解して、義経を探し回ったという。

この知盛の言葉については、解釈が分かれる。知盛は「雑兵ではなく義経を討て」と言ったのか、それとも「もう戦いはやめておけ」と言ったのか。前者だとすれば、教経は知盛の意図を正しく理解したことになるが、後者だとすれば誤解したのだということになる。一頃は盛んに議論された問題である（刑部久が整理している）。

覚一本では、どちらとも読める。しかし、延慶本などでは、知盛は明らかに義経を討てと命じていると読める（生形貴重指摘）。延慶本では、知盛は合戦の初めから義経を狙っている。先に引いた「今は運命尽きぬれば軍《いくさ》に勝つべしとは思はず」という発言も、「何《いか》にもして九郎一人を取《とり》て海に入《いれ》よ」という言葉に続いているのであり、その言葉はさらに前述の唐船を用いた偽装作戦に連続している。この作戦も、延慶本では義経を討ち取ることを狙った策略だった。もはや合戦の勝利は望めないにしても、義経だけは討ち取ろうというわけである。さらに、合戦の初めの下知《げち》「いつのために命をば惜しむべき。これのみぞ思ふ事」も、延慶本では、「いつの料《りょう》に命を惜しむべきぞ。何《いか》にもして九郎冠者を取《とり》て海に入《いれ》よ。今はそれのみぞ思ふ事」と、義経を討ち取れという命令なのだった。延慶本の壇ノ浦合戦では、知盛はとにかく義経を狙っているのである。武士としての名誉は、義経を討ち取れるかどうかにかかっていたのだった。

こうした義経を狙う人としての知盛像は、後の時代にも継承されている。能「舟弁慶《ふなべんけい》」では、都を落ちて船出した義経一行の前に「そもそもこれは、桓武《かんむ》天皇九代の後胤、平知盛幽霊なり」と名乗って現れ、義経一行に襲いかかるが、弁慶の法力《ほうりき》によって撃退される。

そうした知盛像は、さらに、江戸時代の浄瑠璃「義経千本桜」の二段目で、船宿の主人「渡海屋銀平《とかいやぎんぺい》」に身をやつして義経を討とうとするが果たさず、碇《いかり》をかついで入水する知盛にも引き継がれるのである。

このように、『平家物語』以降、江戸時代までの知盛は、執念深く義経を狙った人物、あるいは怨霊として理解されていた。そうした理解の中では、「雑兵ではなく義経を討て」という知盛の言葉の通りに、教経が義経を狙ったという物語展開に疑問が生じるはずもなかった。知盛は「もう戦いはやめておけ」と言ったのだという理解がどうして生まれたのかということは、この後に考えよう。

教経と知盛の最期

さて、教経は、船を乗り移り乗り移り、義経を探し回っているうちに、偶然、義経の船に行き当たり、襲いかかった。義経は、力では教経に勝てないと思ったか、長刀を小脇に抱えて二丈（約六《メー》《トル》）ほど離れた船に飛び移った。重い鎧兜を身につけて長刀も抱え、おそらく助走もろくにできない状態で六《メー》《トル》も跳躍するというのは、現実にはあり得ない離れ技といえよう（現在の走り幅跳びの世界記録も九《メー》《トル》に達していない）。後代、「八艘飛《はっそうと》び」として知られる逸話だが、「八艘飛び」にあたる記述は『平家物語』には見られず、江戸時代に作られたものと見られる（目黒将史）。

教経は、力ではまさっても、身軽さでは義経にかなわなかったのか、義経を追って飛び移ることはできなかった。教経はそこで義経を討つことをあきらめ、太刀や長刀を捨て、兜《かぶと》も脱いで大童《おおわらわ》（ざんばら髪）になって、敵に呼びかけた。「我こそはという奴は寄ってきて、教経を生け捕りにしてみろ。俺は頼朝に会って言いたいことがあるのだ」。これを聞いて、土佐国の住人で大力を誇る安芸太郎が、大力の郎等と弟の次郎を連れて、「いかに教経が強くとも、三人がかりならば何とかなるだろう」と、打ってかかったが、教経は、先頭に進んできた郎等を海に蹴り入れ、続いてきた安芸太郎・次郎兄弟を左右の両脇に挟んでぎゅっとしめつけると、「さあ、お前ら、死出の山の供をせよ」と、二人を道連れにして海に飛び込んだ。

こうした奮戦で最期を飾る教経とは対照的に、静かな最期を見せるのが知盛である。教経の最期を見た知盛は、「見るべき程の事は見つ。今は自害せん」と、乳母子の伊賀平内《いがのへいない》左衛門家長《いえなが》に呼びかけ、共に自害したという（家長が実際に乳母子だったかどうかには疑問も出されている――辻本恭子）。「見るべき程の事は見つ」は、印象的な言葉である。この言葉に注目したのが石母田正《いしもだしょう》だった。石母田は、この言葉は「平家物語のなかで、おそらく千鈞《せんきん》の重みをもつ言葉であろう」として、知盛は何を見たのかと問い、

いうまでもなく、それは内乱の歴史の変動と、そこにくりひろげられた人間の一切の浮沈、喜劇と悲劇であり、それを通して厳として存在する運命の支配であろう。ある

いはその運命をあえて回避しようとしなかった自分自身の姿を見たという意味であったかもしれない。知盛がここで見たというその内容が、ほかならぬ平家物語が語った全体である。

と、非常に重い意味を読み取った。もちろん、この一言だけではなく、巻七の都落や巻九の知章最期などの知盛登場場面も含めた読解として、時代を、人間というものの在り方を、そして自分自身を深く省察して、自分の置かれた運命を理解しながらも、それに抗して精一杯生きる知盛という人物を読み取ったわけである。そうして知盛は、「平家物語の作者そのもの、あるいはその分身の一つ」と位置づけられたのであった。

知盛像をめぐって

石母田の読解は斬新なものであり、戦後の『平家物語』理解に非常に大きな影響を与えた（なお、厳密にいえば、石母田以前に、「洞察と諦観」を兼ね備えた「哲人」として知盛を評価した点で類似する佐藤信彦の論があった）。前述の「子午線の祀り」も、石母田の読み解いた知盛像から生まれたものである。また、右に見た、教経は知盛の言葉を誤解したのだという読解も、石母田のような知盛像の延長上に生まれたものといえるだろう（ただし、知盛は教経を制止したのに誤解されたなどと石母田自身が書いたわけではない）。

石母田の読解は非常に魅力的であり、それ故に研究者や作家を含む多くの人々の心に訴えかけ、『平家物語』そのものの読解を左右した。石母田正は歴史家だが、知盛に関する読解は、『平家物語』を、物語が生まれた時代の文脈で読み解こうとしてなされたというよりは、むしろ石母田自身の感性によって、作品を魅力的に読み込んだものである。

だが、石母田正『平家物語』刊行以来七十年近くを経た現在では、その読解が再検討されねばならないのも当然だろう。右に見たように、知盛が執念深く義経を狙った人物であるという文脈が『平家物語』本来のものであるとすれば、「見るべき程の事は見つ」という言葉も、義経を討ち損ねたことの確認が第一義であろう。知盛がここで見たものが「ほかならぬ平家物語が語った全体」だというのは、いささか読み込みすぎであるように感じられる。

また、たとえば、平家の敗北を悟った知盛が、安徳天皇の乗った船に参って、「見苦しからん物共、みな海へ入れさせ給へ」と、船の中を走り回り自ら掃除をしたという、いわゆる知盛船掃除の逸話も、運命を見た人としての読解につながっているだろう。しかし、見苦しいもの、敵に見せたくないものを処分するのは、立ち去るときに自分の家を焼くのと同じ、当時の武士らしい名誉意識による行動と読むべきであろう（田村睦美）。それが潔い行動と意識されていることは確かだが、「運命を見た」特別な人物とまで読むべきほどのことではないかもしれない。

さらにいえば、船を掃除した後、戦況を問う女房達に向かって「めづらしき東男《あずまおとこ》をこそご覧ぜられ候はめ」（もうすぐ珍しい東男とのお楽しみが待っていますよ）と、東国武士たちによる陵辱を意味するブラック・ジョークを放って「からからと」笑う知盛に、「運命を見届けたものの爽快さ」を見るのも疑問だが、これはむしろ、石母田と、七十年近く後の時代を生きる私たちとの、男女の会話に関する感覚の相違だろうか。

しかしながら、石母田の描く知盛に対して、そのように疑問を連ねてゆくことは、『平家物語』の知盛を、当時の平凡な男、普通の武士に戻してしまうことにつながるかもしれない。そのような読解に比べて、石母田の読み取った知盛が、依然として魅力的であることもまた事実である。古典文学を読むということは、その時代の人々の心にできるだけ近づいて読むことなのか、それとも、時代を超えて私たちの心に訴えかけてくる魅力を引き出してゆくことなのか。改めて考えさせられるのである。

『平家物語』は合戦をどう語ったか――エピローグ

合戦物語の融合

以上、見てきたように、『平家物語』の語る合戦は、実に多様なものを含んでいる。合戦そのものが一様ではなく、大勢力の衝突から在地の小さな合戦まで、あるいは山中の奇襲から海戦まで多様である上、それを語る側の興味のあり方も、そして合戦が文学を生んでゆく道筋においても、一つ一つ異なっている。個別の合戦物語の性格の違いは、『平家物語』という一つの作品の一部となっても、なお露わに見えている。しかし、『平家物語』はパッチワーク的に作られた作品ではあっても、全くのつぎはぎではない。それらの多様な合戦物語が相互に影響し合って、「『平家物語』の合戦」と呼ぶべき一つの性格を形作っていったことも認められよう。見世物的に誇張された活躍と、戦場に発する現実的な体験談とでは、大きく性格が異なるが、どちらも、戦闘場面の詳しい描写という前代の物語にはほとんどなかった要素を備えていたはずである。それらは相互に影響し合い、さらには合戦物語以外の記事からも影響を受けつつ、「『平家物語』らしい」合戦物語を形成していったのではないだろうか（実は、合戦物語は『平家物語』の一部に過ぎず、合戦場面以外の記事が過半を占める）。『平家物語』は、いわば多様な物語のるつぼとなって、それらを一つの物語に融合させていったと考えられる。

とりわけ、『平家物語』が個別の戦死者の鎮魂に発する物語を含むと同時に、物語全体としても、戦死者への鎮魂という一面を持っていたことは重要であろう。戦死者の最期のさまを語ることは、鎮魂の重要な方法であったと見られるし、死者の無念を思いやることは弔いに欠かせない要素だろう。そうした視点の物語を取り入れたこと、そして『平家物語』そのものが、滅びていった平家の人々を惜しむ根本的な性格を有することは、『平家物語』の合戦記述を単なる勝者の体験談や興味本位の妙技の語りなどに終わらせず、登場人物の心に分け入った叙述を可能にしていったのではないかと想像される。

プロローグで見たように、『平家物語』は、合戦を体験した武士だけでも、貴族や僧の文筆家だけでも書けなかった。合戦の体験を語る者と、それを文章として書く者とでは、立場が異なっていただろう。立場の異なる者が合戦物語を伝えることによって、一つの物語が異なる視点から見直されることが文学を生んでいったと考えられることは、一ノ谷合戦の後半で考えたとおりである。一つの合戦体験を異なる視点から捉え返すことの繰り返しが、物語を練り上げていったと想像できるのではないだろうか。

もっとも、そうした過程を具体的に観察することはできない。現在の私たちに可能なのは、あくまで文献として完成された『平家物語』、しかも最初にできあがった形からは何百年にもわたる変化を経たテキストとしての『平家物語』諸本を精査することでしかなく、それがどのように作られていったかは想像にすぎない。

『平家物語』と文学史

ただ、右のような過程を想像することによって、いわゆる「軍記物語」の中で、『平家物語』が独自の位置を獲得できた理由を考えることもできるのではないだろうか。『平家物語』の扱ったいわゆる源平合戦は、日本人にとって初めて体験する全国的な戦乱であった。もちろん、平安時代にも、東北の征服戦争などの、それなりに大きな合戦が断続的に続いていたが、正当な手続きを経て成立した平家政権が暴力で倒されたこの合戦は、地域と階層を問わずあらゆる日本人に影響を与え、誰もが否応なしに関心を持たざるを得ないものであった。

戦乱が日常と化した戦国時代などと異なり、この時代の日本人は、いまだ合戦で人を殺すことに慣れていなかった。基本的には死刑を行わなかった平安時代の末に起こった戦いなのである。多くの日本人が合戦に衝撃を受け、戦う者の強さに驚いたり、犠牲者を悲しんだり、死後の祟りを恐れたりした。武士たちも、法然《ほうねん》門下で出家した熊谷直実《くまがいなおざね》や甘糟太《あまかす》郎忠綱《ただつな》、津戸《つのど》三郎為守《ためもり》などをはじめとして、武士としての自分の人生を罪深いと感じる者が少なくなかった。日本の社会では、いまだ、合戦に勝つことを第一とするような武士的価値観が主流を占めてはいなかったのである。

そうした新鮮な驚きや悲しみ、恐れが多くの人に共有されたことによって、多様な角度から合戦を見直すことが繰り返された。そのような点において、後の時代に量産された戦国軍記などと呼ばれる作品とは大きく異なるわけである。「軍記」とはもともと合戦の記録というような意味だが、一回的な事件である合戦が、勝者によって一度記録され、そのまま固定化されるのであっては、すぐれた文学は生まれない。合戦から文学が生まれるには、多様な目による見直しが必要だったのである。

そうした多様な目による見直しは、『平家物語』の成立後も続けられた。室町時代から江戸時代にかけて、合戦の記録としての「軍記」が量産されるのに並行して、『平家物語』に題材をとった文学や芸能も大量に生み出されていった。そうした営みが、数々のすぐれた作品を現代に至るまで生み続けていることは、本書でも見てきたとおりである。合戦からいかに文学が生まれるかという問題は、現存文献としての『平家物語』諸本だけではなく、そのような再生産をも視野に入れながら考える必要があるだろう。

最後に、本書で扱えなかった合戦物語について一言ふれておきたい。たとえば、巻六「飛脚到来」に描かれる、伊予の河野《こうの》氏の合戦は、河野氏自身の家記である『予章記《よしょうき》』と重なる面を持ち、『平家物語』に在地の武士による合戦物語が取り入れられている証左として非常に重要だが、本書では扱えなかった（佐伯〔一九九六・二〇一二〕参照）。また、巻八「妹尾最期《せのおさいご》」は、武士の父子の愛情を描く佳編だが、本書では義仲の合戦や一ノ谷合戦の関連でわずかにふれたにとどまる。さらに、本書は壇ノ浦合戦までしか扱わないが、平家残党による抵抗はその後も続けられ、小規模な合戦や頼朝をつけ狙うテロリズム的な活動をも含めて、いくつもの逸話を残している。それらはまた、やがて悪七兵衛景清《あくしちびょうえかげきよ》という人物に集約され、数々の物語を生んでゆく。その他、いくつもの興味深い合戦物語があるが、本書ではそれらを扱う枠組みを設定できなかった。さらには、今なお生み出され続けている『平家物語』の変奏を含めて、考えるべき問題を挙げてゆけば限りがないが、ここで筆を置くこととしたい。

あとがき

「『平家物語』は平安末期の戦乱を語る日本文学史上の傑作です」とは、学校で普通に教わることであり、筆者自身もそのように教えてきた。だが、戦乱を、戦争を語るとはどういうことか。『平家物語』は戦争を肯定しているのか。その答えは、そうであるともないとも言える。『平家物語』は、「そんなことできるわけないだろ！」と言いたくなるようなホラ話を楽しそうに語ることもあれば、食事前には読みたくないようなグロテスクな戦場体験を淡々と語ることもあり、さらには非道なだまし討ちを無批判に語ることもある。だが、その一方で、人が人を殺すことの悲しみを語ったり、今まさに死んでゆく者の心に分け入って語るなど、死者を悼む心を痛切に表現することもある。『平家物語』は一人の作者の脳裡から生まれたのではなく、さまざまな場で生まれ、多様な性格を持った種々の資料を継ぎ合わせて作られた作品であり、部分によって性格が異なるのである。

『平家物語』が多様な性格の記事を内在させていることは、現在の文学研究の常識といってもよいだろう。しかし、そうした視点から『平家物語』における合戦を考えようとする研究が多いとはいえない。そもそも現在の『平家物語』研究において、合戦記事に関わる議論は盛んではない。まず、『平家物語』は必ずしも合戦の物語ではない。合戦記事が量的に多くを占めているわけではなく、合戦記事を避けて通っても作品研究は十分できる。また、戦後の『平家物語』研究の中心を占めたのは諸本研究だったが、その中では合戦記事はあまり好適な題材ではない。諸本研究のためには、諸本本文と作品の外側の資料を比較して、どれが本来の形かを考えるといった作業が不可欠だが、合戦部分の記事については、「外側の資料」が乏しいためである。『玉葉』をはじめとする貴族日記の類は、合戦について詳しい記録を残してくれているわけではなく、多くの場合は、合戦の時期や結果がわかる程度にすぎない。さらに、個々の異本本文や個別の記事に関する細密な研究が増加する一方で、合戦全体を視野に入れた大づかみの思考を要する研究が減少する傾向もあろう。

筆者の専門は文学研究だが、合戦に関わる研究については、歴史学の研究に学ぶところも多い。とりわけ一九九〇年代頃からは、川合康・近藤好和・髙橋昌明・野口実などの各氏により、武士や戦闘に関わる活発な議論が展開された。近年の代表的な成果としては、髙橋昌明氏の『都鄙大乱』が挙げられよう。本書もそれらの論を大いに参照させていただいた。しかし、歴史学の研究は、基本的に『平家物語』論を目的とするものではない。「物語の背後にはどのような合戦があったのか」ではなく、「合戦はいかにして文学になったのか」を考えるのは、やはり文学研究の課題だろう。

また、文学研究や歴史学などの学問全体が取り落としてきた問題もあるように思われる。『平家物語』は日本人に広く愛されてきた作品であり、学者の専有物でないことは言うまでもない。テキストの調査や史実の研究の外側で、自由な解釈に基づくたくさんの言説や、新たな作品の再生産が古くからなされてきたわけで、新たな小説や演劇・映画・漫画・アニメ・人形劇等々は、現在も絶えず生み出され続けている。そうした諸作品と学問的な読解は、別世界にあるようで、実はつながっている面もある。学問の成果がフィクションに影響することがあるのはわかりやすいが、フィクションの世界から学問の世界への影響も、ないとは言い切れない。本書でふれた壇ノ浦合戦の潮流説・水夫攻撃説などの問題は、そういった問題を考えるための好例だが、筆者は、フィクションの世界で育ったと見られる掟破り説を、歴史学者が無批判に引用しているのを見たこともある。学問もその時代の空気から離れて存在するわけではなく、学者の書くことが常に客観的であるわけでもない。学問のあり方は、研究論文の世界以外に向けても開かれた視野から、検証される必要があるだろう。

ともあれ、戦争と文学の関係や、学問の客観性などといった大きな問題に、この小著が何か明確な結論を提示できるわけもないが、問題提起ぐらいはしていると受け止めていただければうれしく思う。個々の問題については、紙幅の関係で省略していることも多く、参考文献に掲げた拙著『戦場の精神史』『軍記物語と合戦の心性』『日本評伝選　熊谷直実』などをご参照いただければありがたい。

本書のお話をいただいたのは、十五年ほど前に遡る。声をかけてくださった吉川弘文館の上野純一氏からは、その後もたびたび慫慂と激励をいただいたが、筆者の能力不足により、上野氏の在任中にお約束を果たすことができなかったのは、ほんとうに申し訳ないことであった。筆者が勤務先で定年を迎え、時間ができたことで、ようやく完成が可能となり、岡庭由佳氏と木之内忍氏のお世話をいただいて、刊行にこぎつけた。関係各位にお詫びと感謝を申し上げて、あとがきとする。

二〇二五年二月

佐　伯　真　一

参考文献

※本書で引用した文献を著者名五十音順に記した。
※論文が単行本に再録された場合、初出年時は原則として省略したが、何度も再録・再刊された場合など、初出のみを記した場合もある。

赤木　登「壇之浦における文治元年三月二十四日の潮流」(『古代文化』三八巻一号、一九八六年一月)
浅香年木『治承・寿永の内乱論序説』(法政大学出版局、一九八一年)
阿部泰郎『聖者の推参』(名古屋大学出版会、二〇〇一年)
天野文雄「能における語り物の摂取―直接体験者の語りをめぐって―」(『芸能史研究』六六号、一九七九年七月)
荒川秀俊「壇ノ浦合戦に際しての潮流の役割―黒板勝美氏の所論批判―」(『日本歴史』二二七号、一九六七年四月)
石井謙治『和船Ⅱ(ものと人間の文化史)』(法政大学出版局、一九九五年)
石井紫郎『日本人の国家生活(日本国制史研究Ⅱ)』(東京大学出版会、一九八六年)
石母田正『平家物語』(岩波新書、一九五七年)
今井正之助「「扇の的」考―「とし五十ばかりなる男」の射殺をめぐって―」(『日本文学』六三巻五号、二〇一四年五月)

植木行宣『山・鉾・屋台の祭り』（白水社、二〇〇一年）
上杉和彦『源平の争乱（戦争の日本史6）』（吉川弘文館、二〇〇七年）
生形貴重「「新中納言物語」の可能性―延慶本『平家物語』壇浦合戦をめぐって―」（『大谷女子短期大学紀要』三一号、一九八八年三月）
上横手雅敬『平家物語の虚構と真実』（講談社、一九七三年）
大森亮尚「芸能「八島」序論―民俗芸能からのアプローチ―」（『芸能』一九七五年七月）
岡久穀三郎『神戸市史概説神戸物語』（上崎書店、一九四二年）
刑部　久「『平家物語』壇浦合戦譚に見るいくさ語りの完成―叙事詩的作物にとって表現とは如何なるものか―」（『平家物語　研究と批評』有精堂出版、一九九六年）
落合重信「一ノ谷合戦―義経の坂落としは、一ノ谷か鵯越麓か―」（『歴史と神戸』二五巻一号、一九八六年二月）
折口信夫「「八島」語りの研究」（『多磨』八巻二号、一九三九年二月）
金沢正大「治承寿永争乱に於ける信濃国武士団と源家棟梁―特に「横田河原合戦」を中心として―」（『政治経済史学』一〇〇号、一九七四年九月）
金指正三「壇の浦合戦と潮流」（『海事史研究』一二号、一九六九年四月）
川合　康『源平合戦の虚像を剥ぐ―治承・寿永内乱史研究―』（講談社、一九九六年）
川合　康『院政期武士社会と鎌倉幕府』（吉川弘文館、二〇一九年）
喜田貞吉『喜田貞吉著作集・四』（平凡社、一九八二年）

北川忠彦『軍記物論考』（三弥井書店、一九八九年）
木南　弘「義経の鵯越コースについて」（『兵庫史学』六六号、一九七五年一二月）
木下順二「子午線の祀り」（『文藝』一九七八年一月）
木下順二『平家物語』（古典を読む18）』（岩波書店、一九八五年）
木村茂光「金砂合戦と初期頼朝政権の政治史」（『帝京史学』二九号、二〇一四年二月）
日下　力『平家物語転読』（笠間書院、二〇〇六年）
黒板勝美『日本史談第一篇　義経伝』（文会堂書店、一九一四年）
黒板勝美「一ノ谷の戦」（日本歴史地理学会編『摂津郷土史論』仁友社、一九一九年）
小林健二「屏風絵を読み解く―香川県立ミュージアム「源平合戦図屏風」の制作をめぐって―」（松尾葦江編『文化現象としての源平盛衰記』笠間書院、二〇一五年）
小林秀雄『無常といふ事』（創元社、一九四九年）
近藤好和『弓矢と刀剣―中世合戦の実像―』（吉川弘文館、一九九七年）
近藤好和『中世的武具の成立と武士』（吉川弘文館、二〇〇〇年）
近藤好和『日本評伝選　源義経』（ミネルヴァ書房、二〇〇五年）
斎藤国治『星の古記録』（岩波書店、一九八二年）
斎藤英喜『アマテラスの深みへ―古代神話を読み直す―』（新曜社、一九九六年）
佐伯真一「頼朝伝説―神と流人の間―」（『民間伝承集成5　落人』創世記、一九八〇年）
佐伯真一『平家物語遡源』（若草書房、一九九六年）

佐伯真一『戦場の精神史』（日本放送出版協会、二〇〇四年）
佐伯真一『軍記物語と合戦の心性』（文学通信、二〇二一年）
佐伯真一『日本評伝選　熊谷直実』（ミネルヴァ書房、二〇二三年）
佐伯真一「仏法の戦争への関与をめぐって―『平家物語』と冥なる戦い―」（『仏教文学』四九号、二〇二四年六月）
佐々木紀一「我観義経戦記」（『国語国文』七四巻七号、二〇〇五年七月）
佐々木巧一「鼓判官―平家物語の笑い―」（『國學院雑誌』一九六六年一二月）
佐藤信彦「平家物語と人間探究」（『日本諸学振興委員会研究報告第十二篇』文部省教学局、一九四一年）
司馬遼太郎『義経』（文藝春秋、一九六八年）
島津忠夫「八島の語りと平家・猿楽・舞」（『論集3（中世）日本文学・日本語』角川書店、一九七八年）
杉橋隆夫「富士川合戦の前提―甲駿路「鉢田」合戦考―」（『立命館文学』五〇九号、一九八八年一二月）
鈴木　彰『平家物語の展開と中世社会』（汲古書院、二〇〇六年）
鈴木眞哉『謎とき日本合戦史』（講談社、二〇〇一年）
砂川　博『平家物語新考』（東京美術、一九八二年）
高橋　修「熊野別当湛増と熊野水軍―その政治史的考察―」（『ヒストリア』一四六号、一九九五年三

月）
高橋秀樹『北条氏と三浦氏（対決の東国史2）』（吉川弘文館、二〇二一年）
髙橋昌明『武士の成立　武士像の創出』（東京大学出版会、一九九九年）
髙橋昌明『都鄙大乱―「源平合戦」の真実―』（岩波書店、二〇二一年）
武久　堅『平家物語・木曾義仲の光芒』（世界思想社、二〇一二年）
谷　宏「平家物語の形成と本質」（『日本文学の遺産』福村書店、一九五二年。『日本文学研究資料叢書・平家物語』有精堂、一九六九年再録）
田村睦美「『平家物語』知盛舟掃除考」（『青山語文』四二号、二〇一二年三月）
辻本恭子「乳母子伊賀平内左衛門家長―理想化された知盛の死―」（関西学院大学『日本文芸研究』五六巻四号、二〇〇五年三月）
鶴巻由美「「三種神器」の創定と『平家物語』」（『軍記と語り物』三〇号、一九九四年三月）
徳江元正『室町藝能史論攷』（三弥井書店、一九八四年）
中澤克昭『中世の武力と城郭』（吉川弘文館、一九九九年）
中村直勝・村上元三『歴史対談　平家物語』（講談社、一九七一年）
長村祥知「法住寺合戦」（鈴木彰・樋口州男・松井吉昭編『木曾義仲のすべて』新人物往来社、二〇〇八年）
長村祥知「治承・寿永内乱期の在京武士」（『立命館文学』六二四号、二〇一二年一月）
中本静暁「元暦二年三月二十四日の壇ノ浦の潮流について」（梅光女学院大学『地域文化研究』一〇号、

一九九五年三月）
難波喜造「えびらに一つぞ残つたる―『平家物語』橋合戦のリアリズム―」（『日本文学』一九七八年六月）
野口　実『中世東国武士団の研究』（高科書店、一九九四年）
野口　実「橋合戦における二人の忠綱」（『文学』二〇〇二年七月）
畠山次郎『木曽義仲』（銀河書房、一九八一年）
服部幸雄『さかさまの幽霊―〈視〉の江戸文化論―』（平凡社、一九八九年）
早川厚一・佐伯真一・生形貴重『四部合戦状本平家物語全釈　巻七』（和泉書院、二〇〇三年）
東　啓子「『平家物語』・義経坂落しの考察―坂落しの史実の再考と物語による相違」（『武庫川国文』四九、一九九七年三月）
菱沼一憲「木曽義仲の挙兵と市原・横田河原の合戦」（『群馬歴史民俗』二五号、二〇〇四年三月）
菱沼一憲『源義経の合戦と戦略―その伝説と実像―』（角川書店、二〇〇五年）
藤木久志『戦国の作法―村の紛争解決―』（平凡社、一九八七年）
市古貞次編『平家物語研究事典』（明治書院、一九七八年）
細川涼一『女の中世―小野小町・巴・その他―』（日本エディタースクール出版部、一九八九年）
細川涼一『平家物語の女たち―大力・尼・白拍子―』（講談社、一九九八年）
益田勝実「平家物語・橋合戦―高校国語（乙）教材の研究―」（『日本文学』一九五六年七月）
益田勝実「発想と享受」（『観世』三五巻九号、一九六八年九月）

松島周一「富士川合戦と平家物語」（『日本文化論叢』一一号、二〇〇三年三月）
水原　一『平家物語の形成』（加藤中道館、一九七一年）
水原　一『延慶本平家物語論考』（加藤中道館、一九七九年）
村上美登志『中世文学の諸相とその時代』（和泉書院、一九九六年）
村松　剛『死の日本文学史』（新潮社、一九七五年）
目黒将史「文芸における〈技〉表現をめぐって―『判官都話』を起点に―」（『青山語文』五二号、二〇二二年三月）
安田元久『源義経（日本の武将7）』（人物往来社、一九六六年）
安田元久「平家の滅亡」（『日本の合戦・一　源平の盛衰』新人物往来社、一九七八年）
柳田國男「有王と俊寛僧都」（『文学』一九四〇年一月）
柳田國男「実盛塚」（『郷土研究』一九一四年五月）
山本隆志編著『那須与一伝承の誕生―歴史と伝説をめぐる相剋―』（ミネルヴァ書房、二〇一二年）
横内裕人『日本中世の仏教と東アジア』塙書房、二〇〇八年再録）
渡辺　保『源氏と平氏』（至文堂、一九五五年）
NHK編『無敵義経軍団（歴史への招待5）』（日本放送出版協会、一九九〇年）

著者紹介

一九五三年、千葉県に生まれる
一九八二年、東京大学大学院人文科学研究科博士課程単位取得退学
帝塚山学院大学助教授、国文学研究資料館助教授を経て、
現在、青山学院大学名誉教授、博士（文学）

〔主要編著書〕
『戦場の精神史』（日本放送出版協会、二〇〇四年）
『平家物語大事典』（共編、東京書籍、二〇一〇年）
『軍記物語と合戦の心性』（文学通信、二〇二一年）

歴史文化ライブラリー
617

平家物語の合戦
戦争はどう文学になるのか

二〇二五年（令和七）四月一日　第一刷発行

著　者　佐《さ》伯《えき》真《しん》一《いち》
発行者　吉川道郎
発行所　株式会社 吉川弘文館
東京都文京区本郷七丁目二番八号
郵便番号一一三―〇〇三三
電話〇三―三八一三―九一五一〈代表〉
振替口座〇〇一〇〇―五―二四四
https://www.yoshikawa-k.co.jp/
印刷＝株式会社 平文社
製本＝ナショナル製本協同組合
装幀＝清水良洋・宮崎萌美

ISBN978-4-642-30617-1

歴史文化ライブラリー

1996.10

刊行のことば

現今の日本および国際社会は、さまざまな面で大変動の時代を迎えておりますが、近づきつつある二十一世紀は人類史の到達点として、物質的な繁栄のみならず文化や自然・社会環境を謳歌できる平和な社会でなければなりません。しかしながら高度成長・技術革新にともなう急激な変貌は「自己本位な刹那主義」の風潮を生みだし、先人が築いてきた歴史や文化に学ぶ余裕もなく、いまだ明るい人類の将来が展望できていないようにも見えます。このような状況を踏まえ、よりよい二十一世紀社会を築くために、人類誕生から現在に至る「人類の遺産・教訓」としてのあらゆる分野の歴史と文化を「歴史文化ライブラリー」として刊行することといたしました。

小社は、安政四年(一八五七)の創業以来、一貫して歴史学を中心とした専門出版社として書籍を刊行しつづけてまいりました。その経験を生かし、学問成果にもとづいた本叢書を刊行し社会的要請に応えて行きたいと考えております。

現代は、マスメディアが発達した高度情報化社会といわれますが、私どもはあくまでも活字を主体とした出版こそ、ものの本質を考える基礎と信じ、本叢書をとおして社会に訴えてまいりたいと思います。これから生まれでる一冊一冊が、それぞれの読者を知的冒険の旅へと誘い、希望に満ちた人類の未来を構築する糧となれば幸いです。

吉川弘文館

歴史文化ライブラリー

戦国の城の一生 つくる・壊す・蘇る —— 竹井英文
九州戦国城郭史 大名・国衆たちの築城記 —— 岡寺　良
戦国期小田原城の正体 「難攻不落」と呼ばれる理由 —— 佐々木健策
上杉謙信の本音 関東支配の理想と現実 —— 池　享
徳川家康と武田氏 信玄・勝頼との十四年戦争 —— 本多隆成
戦国大名毛利家の英才教育 元就・隆元・輝元と妻たち —— 五條小枝子
戦国大名の兵粮事情 —— 久保健一郎
戦国時代の足利将軍 —— 山田康弘
足利将軍と御三家 吉良・石橋・渋川氏 —— 谷口雄太
〈武家の王〉足利氏 戦国大名と足利的秩序 —— 谷口雄太
室町将軍の御台所 日野康子・重子・富子 —— 田端泰子
名前と権力の中世史 室町将軍の朝廷戦略 —— 水野智之
摂関家の中世 藤原道長から豊臣秀吉まで —— 樋口健太郎
戦国貴族の生き残り戦略 —— 岡野友彦
鉄砲と戦国合戦 —— 宇田川武久
検証 川中島の戦い —— 村石正行
検証 長篠合戦 —— 平山　優
検証 本能寺の変 —— 谷口克広
明智光秀の生涯 —— 諏訪勝則
加藤清正 朝鮮侵略の実像 —— 北島万次
落日の豊臣政権 秀吉の憂鬱、不穏な京都 —— 河内将芳
豊臣秀頼 —— 福田千鶴
天下人たちの文化戦略 科学の眼でみる桃山文化 —— 北野信彦
イエズス会がみた「日本国王」 天皇・将軍・信長・秀吉 —— 松本和也
海賊たちの中世 —— 金谷匡人
琉球王国と戦国大名 島津侵入までの半世紀 —— 黒嶋　敏
天下統一とシルバーラッシュ 銀と戦国の流通革命 —— 本多博之

近世史

江戸城の土木工事 石垣・堀・曲輪 —— 後藤宏樹
慶長遣欧使節 伊達政宗が夢見た国際外交 —— 佐々木　徹
徳川忠長 兄家光の苦悩、将軍家の悲劇 —— 小池　進
女と男の大奥 大奥法度を読み解く —— 福田千鶴
大奥を創った女たち —— 福田千鶴
江戸のキャリアウーマン 奥女中の仕事・出世・老後 —— 柳谷慶子
江戸に向かう公家たち みやこと幕府の仲介者 —— 田中暁龍
細川忠利 ポスト戦国世代の国づくり —— 稲葉継陽
家老の忠義 大名細川家存続の秘訣 —— 林　千寿
隠れた名君 前田利常 加賀百万石の運営手腕 —— 木越隆三
明暦の大火 「都市改造」という神話 —— 岩本　馨
〈伊達騒動〉の真相 —— 平川　新

歴史文化ライブラリー

江戸の町奉行――南 和男
大名行列を解剖する 江戸の人材派遣――根岸茂夫
江戸大名の本家と分家――野口朋隆
江戸の武家名鑑 武鑑と出版競争――藤實久美子
武士という身分 城下町萩の大名家臣団――森下 徹
旗本・御家人の就職事情――山本英貴
武士の奉公 本音と建前 江戸時代の出世と処世術――高野信治
近江商人と出世払い 出世証文を読み解く――宇佐美英機
犬と鷹の江戸時代 〈犬公方〉綱吉と〈鷹将軍〉吉宗――根崎光男
武人儒学者 新井白石 正徳の治の実態――藤田 覚
土砂留め奉行 河川災害から地域を守る――水本邦彦
外来植物が変えた江戸時代 里湖・里海の資源と都市消費――佐野静代
闘いを記憶する百姓たち 江戸時代の裁判学習帳――八鍬友広
江戸時代の瀬戸内海交通――倉地克直
江戸のパスポート 旅の不安はどう解消されたか――柴田 純
江戸の捨て子たち その肖像――沢山美果子
江戸時代の医師修業 学問・学統・遊学――海原 亮
踏絵を踏んだキリシタン――安高啓明
墓石が語る江戸時代 大名・庶民の墓事情――関根達人
石に刻まれた江戸時代 無縁・遊女・北前船――関根達人
近世の仏教 華ひらく思想と文化――末木文美士
住職たちの経営戦略 近世寺院の苦しい財布事情――田中洋平
伊勢参宮文化と街道の人びと ケガレ意識と不埒者の江戸時代――塚本 明
吉田松陰の生涯 猪突猛進の三〇年――米原 謙
松陰の本棚 幕末志士たちの読書ネットワーク――桐原健真
龍馬暗殺――桐野作人
日本の開国と多摩 生糸・農兵・武州一揆――藤田 覚
幕末の海軍 明治維新への航跡――神谷大介
海辺を行き交うお触れ書き 浦触の語る徳川情報網――水本邦彦
〈ロシア〉が変えた江戸時代 世界認識の転換と近代の序章――岩﨑奈緒子
江戸の海外情報ネットワーク――岩下哲典

近・現代史

江戸無血開城 本当の功労者は誰か?――岩下哲典
五稜郭の戦い 蝦夷地の終焉――菊池勇夫
水戸学と明治維新――吉田俊純
大久保利通と明治維新――佐々木 克
刀の明治維新 「帯刀」は武士の特権か?――尾脇秀和
京都に残った公家たち 華族の近代――刑部芳則
〈染織の都〉京都の挑戦 革新と伝統――北野裕子
大久保利通と東アジア 国家構想と外交戦略――勝田政治

歴史文化ライブラリー

名言・失言の近現代史 上 一八六八—一九四五——村瀬信一
皇居の近現代史 開かれた皇室像の誕生——河西秀哉
日本赤十字社と皇室 博愛か報国か——小菅信子
リーダーたちの日清戦争——佐々木雄一
陸軍参謀 川上操六 日清戦争の作戦指導者——大澤博明
軍港都市の一五〇年 横須賀・呉・佐世保・舞鶴——上杉和央
〈軍港都市〉横須賀 軍隊と共生する街——高村聰史
第一次世界大戦と日本参戦 揺らぐ日英同盟と日独の攻防——飯倉 章
日本酒の近現代史 酒造地の誕生——鈴木芳行
温泉旅行の近現代——高柳友彦
失業と救済の近代史——加瀬和俊
難民たちの日中戦争 戦火に奪われた日常——芳井研一
昭和天皇とスポーツ 〈玉体〉の近代史——坂上康博
昭和陸軍と政治 「統帥権」というジレンマ——高杉洋平
松岡洋右と日米開戦 大衆政治家の功と罪——服部 聡
唱歌「蛍の光」と帝国日本——大日方純夫
着物になった〈戦争〉 時代が求めた戦争柄——乾 淑子
稲の大東亜共栄圏 帝国日本の〈緑の革命〉——藤原辰史
地図から消えた島々 幻の日本領と南洋探検家たち——長谷川亮一
軍用機の誕生 日本軍の航空戦略と技術開発——水沢 光

国産航空機の歴史 零戦・隼からYS-一一まで——笠井雅直
首都防空網と〈空都〉多摩——鈴木芳行
帝都防衛 戦争・災害・テロ——土田宏成
帝国日本の技術者たち——沢井 実
強制された健康 日本ファシズム下の生命と身体——藤野 豊
「自由の国」の報道統制 大戦下の日系ジャーナリズム——水野剛也
学徒出陣 戦争と青春——蜷川壽惠
検証 学徒出陣——西山 伸
特攻隊の〈故郷〉 霞ヶ浦・筑波山・北浦・鹿島灘——伊藤純郎
陸軍中野学校と沖縄戦 知られざる少年兵「護郷隊」——川満 彰
沖縄戦の子どもたち——川満 彰
米軍基地の歴史 世界ネットワークの形成と展開——林 博史
沖縄米軍基地全史——野添文彬
世界史のなかの沖縄返還——成田千尋
考証 東京裁判 戦争と戦後を読み解く——宇田川幸大
ふたつの憲法と日本人 戦前・戦後の憲法観——川口暁弘
名言・失言の近現代史 下 一九四六——村瀬信一
戦後文学のみた〈高度成長〉——伊藤正直
首都改造 東京の再開発と都市政治——源川真希
鯨を生きる 鯨人の個人史・鯨食の同時代史——赤嶺 淳

歴史文化ライブラリー

文化史・誌

- 山寺立石寺 霊場の歴史と信仰――山口博之
- 神になった武士 平将門から西郷隆盛まで――高野信治
- 跋扈する怨霊 祟りと鎮魂の日本史――山田雄司
- 将門伝説の歴史――樋口州男
- 殺生と往生のあいだ 中世仏教と民衆生活――苅米一志
- 浦島太郎の日本史――三舟隆之
- おみくじの歴史 神仏のお告げはなぜ詩歌なのか――平野多恵
- 〈ものまね〉の歴史 仏教・笑い・芸能――石井公成
- スポーツの日本史 遊戯・芸能・武術――谷釜尋徳
- 戒名のはなし――藤井正雄
- 墓と葬送のゆくえ――森　謙二
- 運　慶 その人と芸術――副島弘道
- ほとけを造った人びと 止利仏師から運慶・快慶まで――根立研介
- 祇園祭 祝祭の京都――川嶋將生
- 洛中洛外図屛風 つくられた〈京都〉を読み解く――小島道裕
- 化粧の日本史 美意識の移りかわり――山村博美
- 日本ファッションの一五〇〇年 明治から現代まで――平芳裕子
- 乱舞の中世 白拍子・乱拍子・猿楽――沖本幸子
- 神社の本殿 建築にみる神の空間――三浦正幸
- 古建築を復元する 過去と現在の架け橋――海野　聡
- 生きつづける民家 保存と再生の建築史――中村琢巳
- 大工道具の文明史 日本・中国・ヨーロッパの建築技術――渡邉　晶
- 苗字と名前の歴史――坂田　聡
- 日本人の姓・苗字・名前 人名に刻まれた歴史――大藤　修
- アイヌ語地名の歴史――児島恭子
- 日本料理の歴史――熊倉功夫
- 日本の味　醬油の歴史――林　玲子・天野雅敏編
- 中世の喫茶文化 儀礼の茶から「茶の湯」へ――橋本素子
- 香道の文化史――本間洋子
- 話し言葉の日本史――野村剛史
- ガラスの来た道 古代ユーラシアをつなぐ輝き――小寺智津子
- 鋳物と職人の文化史 小倉鋳物師と琉球の鐘――松井和幸・新郷英弘
- たたら製鉄の歴史――角田徳幸
- 名物刀剣 武器・美・権威――酒井元樹
- 賃金の日本史 仕事と暮らしの一五〇〇年――高島正憲
- 書物と権力 中世文化の政治学――前田雅之
- 気候適応の日本史 人新世をのりこえる視点――中塚　武
- 災害復興の日本史――安田政彦

歴史文化ライブラリー

民俗学・人類学

古代ゲノムから見たサピエンス史——太田博樹
日本人の誕生 人類はるかなる旅——埴原和郎
倭人への道 人骨の謎を追って——中橋孝博
役行者と修験道の歴史——宮家 準
幽霊 近世都市が生み出した化物——髙岡弘幸
妖怪を名づける 鬼魅の名は——香川雅信
遠野物語と柳田國男 日本人のルーツをさぐる——新谷尚紀

世界史

ドナウの考古学 ネアンデルタール・ケルト・ローマ——小野 昭
神々と人間のエジプト神話 魔法・冒険・復讐の物語——大城道則
文房具の考古学 東アジアの文字文化史——山本孝文
中国古代の貨幣 お金をめぐる人びとと暮らし——柿沼陽平
中国の信仰世界と道教 神・仏・仙人——二階堂善弘
渤海国とは何か——古畑 徹
アジアのなかの琉球王国——高良倉吉
琉球国の滅亡とハワイ移民——鳥越皓之
イングランド王国前史 アングロサクソン七王国物語——桜井俊彰
ヒトラーのニュルンベルク 第三帝国の光と闇——芝 健介
帝国主義とパンデミック 医療と経済の東南アジア史——千葉芳広
人権の思想史——浜林正夫

考古学

タネをまく縄文人 最新科学が覆す農耕の起源——小畑弘己
イヌと縄文人 狩猟の相棒、神へのイケニエ——小宮 孟
顔の考古学 異形の精神史——設楽博己
〈新〉弥生時代 五〇〇年早かった水田稲作——藤尾慎一郎
弥生人はどこから来たのか 最新科学が解明する先史日本——藤尾慎一郎
文明に抗した弥生の人びと——寺前直人
青銅器が変えた弥生社会 東北アジアの交易ネットワーク——中村大介
樹木と暮らす古代人 木製品が語る弥生・古墳時代——樋上 昇
アクセサリーの考古学 倭と古代朝鮮の交渉史——高田貫太
古 墳——土生田純之
前方後円墳——下垣仁志
古墳を築く——一瀬和夫
東国から読み解く古墳時代——若狭 徹
東京の古墳を探る——松崎元樹
埋葬からみた古墳時代 女性・親族・王権——清家 章
鏡の古墳時代——下垣仁志
神と死者の考古学 古代のまつりと信仰——笹生 衛
土木技術の古代史——青木 敬

歴史文化ライブラリー

大極殿の誕生 古代天皇の象徴に迫る——重見　泰
国分寺の誕生 古代日本の国家プロジェクト——須田　勉
東大寺の考古学 よみがえる天平の大伽藍——鶴見泰寿
海底に眠る蒙古襲来 水中考古学の挑戦——池田榮史
よみがえる東北の城 考古学からみた中世城館——飯村　均
中世かわらけ物語 もっとも身近な日用品の考古学——中井淳史
ものがたる近世琉球 喫煙・園芸・豚飼育の考古学——石井龍太

古代史

邪馬台国の滅亡 大和王権の征服戦争——若井敏明
日本語の誕生 古代の文字と表記——沖森卓也
日本国号の歴史——小林敏男
日本神話を語ろう イザナキ・イザナミの物語——中村修也
六国史以前 日本書紀への道のり——関根　淳
東アジアの日本書紀 歴史書の誕生——遠藤慶太
〈聖徳太子〉の誕生——大山誠一
倭国と渡来人 交錯する「内」と「外」——田中史生
大和の豪族と渡来人 葛城・蘇我氏と大伴・物部氏——加藤謙吉
物部氏 古代氏族の起源と盛衰——篠川　賢
東アジアからみた「大化改新」——仁藤敦史
よみがえる古代山城 国際戦争と防衛ライン——向井一雄
よみがえる古代の港 古地形を復元する——石村　智
古代氏族の系図を読み解く——鈴木正信
古代豪族と武士の誕生——森　公章
飛鳥の宮と藤原京 よみがえる古代王宮——林部　均
出雲国誕生——大橋泰夫
古代出雲——前田晴人
古代の皇位継承 天武系皇統は実在したか——遠山美都男
壬申の乱を読み解く——早川万年
苦悩の覇者 天武天皇 専制君主と下級官僚——虎尾達哉
戸籍が語る古代の家族——今津勝紀
古代の人・ひと・ヒト 名前と身体から歴史を探る——三宅和朗
疫病の古代史 天災、人災、そして——本庄総子
万葉集と古代史——直木孝次郎
郡司と天皇 地方豪族と古代国家——磐下　徹
地方官人たちの古代史 律令国家を支えた人びと——中村順昭
采女 なぞの古代女性 地方からやってきた女官たち——伊集院葉子
古代の都はどうつくられたか 中国・日本・朝鮮・渤海——吉田　歓
平城京に暮らす 天平びとの泣き笑い——馬場　基
平城京の住宅事情 貴族はどこに住んだのか——近江俊秀
すべての道は平城京へ 古代国家の〈支配の道〉——市　大樹

歴史文化ライブラリー

各冊一七〇〇円～二一〇〇円（いずれも税別）
▽残部僅少の書目も掲載してあります。品切の節はご容赦下さい。
▽書目の一部は電子書籍、オンデマンド版もございます。詳しくは出版図書目録、または小社ホームページをご覧下さい。